조선후기 통신사 필담창화집 번역총서 27

長門戊辰問槎 · 韓客對話贈答

장문무진문사 · 한객대화증답

조선후기 통신사 필담창화집 번역총서 27

長門戊辰問槎·韓客對話贈答

장문무진문사·한객대화증답

최이호 역주

보고사

이 역서는 2008년도 정부재원(교육과학기술부 학술연구조성사업비)으로 한국연구재단의 지원을 받아 연구되었음(KRF-2008-322-A00073)

이 번역총서는 2012년도 연세대학교 정책연구비(2012-1-0332) 지원을 받아 편집되었음.

차례

◇ 한객대화증답 韓客對話贈答

◇ 영인자료 [우철]

일러두기

1. 통신사 필담창화집 번역총서는 제1차 사행(1607)부터 제12차 사행(1811) 까지, 시대순으로 편집하였다.

2. 각권은 번역문, 원문, 영인자료(우철)의 순서로 편집하였다.

3. 300페이지 내외의 분량을 한 권으로 편집하였으며, 분량이 적은 필담 창화집은 두 권을 합해서 편집하고, 방대한 분량의 필담창화집은 권을 나누어 편집하였다.

4. 번역문에서 일본 인명과 지명은 한국 한자음 그대로 표기하고, 처음 나오는 부분의 각주에 일본어 발음을 표기하였다. 그러나 번역자의 견 해에 따라 본문에서 일본어 발음대로 표기를 한 경우도 있다.

5. 번역문에서 책명은 『 』, 작품명은 「 」로 표기하였다.

6. 원문은 표점 입력하였는데, 번역자의 의견에 따라 표기하는 것을 원칙 으로 하였지만, 가능하면 한국고전번역원에서 정한 지침을 권장하였 다. 이 경우에는 인명, 지명, 국명 같은 고유명사에 밑줄을 그어 독자 들이 읽기 쉽게 하였다.

7. 각권은 1차 번역자의 이름으로 출판되었는데, 최종연구성과물에 책임 연구원과 공동연구원의 이름이 반드시 들어가야 한다는 한국연구재단 의 원칙에 따라 최종 교열책임자의 이름으로 출판되는 책도 있다.

8. 제1차 통신사부터 제12차 통신사에 이르기까지 필담 창화의 특성이 달라지므로, 각 시기 필담 창화의 특성을 밝힌 논문을 대표적인 필담 창화집 뒤에 편집하였다.

장문무진문사

長門戊辰問槎

무진년 아카마가세키에서 펼쳐진
문학의 향연과 학문 토론

　『장문무진문사(長門戊辰問槎)』는 1748년(무진년, 영조24)에 조선 통신사가 에도로 가는 도중 장문주의 아카마가세키(赤間關)에 머무를 때, 일본의 문사와 나누었던 시문과 필담을 각 문사(文士) 별로 묶은 책이다. 이 책은 현재 국립중앙도서관에 소장되어 있고, 한 면에 10행 20자로, 상권은 50면, 중권은 51면, 하권은 21면, 총122면의 3권 3책의 간본(刊本)이며, 1748년 8월에 낭속(浪速)의 칭굉당(稱觥堂)에서 출판되었다.

　필담에 참여한 일본 문사는 상권에 초장중산(草場中山), 소전촌부산(小田村鄌山), 산근화양(山根華陽), 중권에 산현당원(山縣棠園), 번택구산(繁澤緱山), 산근용산(山根龍山), 산현수천(山縣洙川), 전중노성(田中蘆城), 하권에 초장중산(草場中山), 소창녹문(小倉鹿門), 좌좌목곡강(佐佐木曲江) 총 10명이다. 중권의 전중노성(田中蘆城)의 시와 하권의 편지와 시는 직접 만나지 않고 서면을 통해 이루어진 것이다. 이들은 대부분 이 책의 서문을 쓴 야마가타 슈난(山縣周南, 1687~1752)의 제자들로 명륜관(明倫館)의 강사와 생도들이었고, 오규 소라이(荻生徂徠)의 고문사(古文辭)를 배운 사람들이었다. 이 중에서 소전촌부산(小田村鄌山), 산근화양

(山根華陽)은 1719년 생도의 신분으로 통신사를 접대했던 인물이다. 이에 응대한 조선 문사는 제술관 박경행(朴敬行, 1709~?), 정사서기 이봉환(李鳳煥, 1710~1770), 부사서기 유후(柳逅, 1692~1780), 종사서기 이명계(李命啓, 1714~?) 사자관 김천수(金天壽)이다.

일본의 문사들이 대부분 명륜관의 강사나 생도였기 때문에 조선 사신들은 자연스럽게 일본의 학문에 관심을 가졌다. 박경행이 일본에서 통용되고 있는 『주역(周易)』의 주석을 묻자, 산현수천(山縣洙川)은 "정전과 본의를 따르는 것은 귀국과 같지만, 의리를 가르치는 것은 다른 경전에도 이미 갖추어져 있습니다. 그래서 굳이 『주역』을 가르칠 필요가 없으니, 『주역』은 점을 치는 책일 뿐입니다. 우리나라도 『고의(古義)』와 『사설(私說)』 등의 책이 있으니, 이는 이토 진사이(伊藤仁齋)가 지은 것입니다."라고 대답하였다. 그리고 지금 일본에서 학계를 이끌고 있는 사람이 누구인지를 묻자, 소전촌부산(小田村鄜山)은 오규 소라이가 고문사를 일으킨 이후로 핫도리 난가크(服部南郭, 1683~1759), 다자이 슌다이(太宰春台, 1680~1747), 그리고 야마가타 슈난이 그 뒤를 이어 경학과 문장이 뛰어나다고 대답하였다. 이토 진사이는 고의학파(古義學派)의 창시자인데, 오규 소라이가 그 뒤를 이어 받았다. 그리고 오규 소라이의 제자인 핫도리 난가크와 야마가타 슈난이 또 그의 학문을 이어 받았고, 다자이 슌다이는 오규 소라이에게서 배웠지만 오규 소라이의 설을 비판하기도 하였다. 이렇듯 무진 통신사가 일본에 갔을 때 일본의 학계는 이토 진사이, 오규 소라이로 이어지는 고의학파가 중심을 이루고 있었다.

이 책은 야마가타 슈난이 서문에서 밝혔듯이, 1748년 이에시게(家重)

의 습직(襲職)을 축하하기 위해 파견된 무진 통신사와 장문주의 여러 문사가 아카마가세키에서 만나 필담을 나누고 시를 창수한 것들이 모이자, 나니와(浪華)의 책장사가 이를 모두 기록하여 책으로 출판한 것이다. 아카마가세키는 사행이 처음 일본의 본주에 닿는 기착지로 지금의 하관(下關, 시모노세키)이다. 이곳은 장문주의 변방에 해당되기 때문에 장문주에 지공(支供)을 담당하였는데, 사행 때마다 장문주의 본성인 추번(萩藩)에서 지공을 위해 관리들을 파견하였다. 추번은 번주(藩主) 대대로 계승된 문화중흥 정책과 오규 소라이의 고제(高弟) 야마가타 슈난의 출현을 계기로 학문적으로 매우 번성하여 오규 소라이의 학풍으로 일신되었다. 그리하여 문학에 소양이 있는 여러 유관(儒官) 그룹의 필담집이 출현할 수 있었다. 1719년 기해사행의『양관창화집(兩關唱和集)』, 1748년 무진사행의『장문무진문사(長門戊辰問槎)』, 1763년 계미사행의『장문계갑문사(長門癸甲問槎)』가 모두 그러한 것들이다.

장문무진문사 상

주남선생(周南先生)[1] 서(序)

낭속(浪速)[2] 칭굉당(稱觥堂) 펴냄

『무진문사(戊辰問槎)』 소인(小引)

조선 사신이 내빙하여 우리 임금의 즉위를 축하하니, 우리 번(藩)에서는 전례에 따라 가르침을 받들고자 장문주(長門州) 내의 관사를 성대하게 꾸미고, 마침내 문학(文學) 몇 사람에게 명하여 조선의 문사들을 좇아 고사(故事)대로 행하게 하였다. 그리하여 서로 수창한 시가 쌓여서 큰 책을 이루니, 낭화(浪華)의 책장사들이 조선과 일본 사람의 글을 모아 기록하여 전부 출판하였다. 내가 이에 새로 판각된 것에 주목하여, '아! 이 또한 나라의 문물을 볼 수 있으니 장차 성대한 일이 되겠구나.'라고 생각하였다. 품평하고 교정하는 일 같은 경우는 세상

---

1 주남선생(周南先生): 산현주남(山縣周南, 야마가타 슈난, 1687~1752). 이름은 효유(孝孺), 호는 주남(周南), 자는 차공(次公) 또는 소개(少介)이다. 강호시대 중기의 유학자로, 적생조래(荻生徂徠)의 고제(高弟)이다. 장주번번교(長州藩藩校)와 명륜관(明倫館)에서 2대째 학두(學頭)를 맡았다. 한시와 국사에 정통했고 교육자로서도 명성이 높았다. 저서에 『주남문집(周南文集)』 등이 있다.

2 낭속(浪速): 대판부(大阪府) 대판시(大阪市) 낭속구(浪速區)를 가리킨다.

에 식견이 있는 사람이 있으니 나같이 부족한 사람이 할 수 있는 일
이 아니다.

관연(寬延) 원년(元年)[1] 초겨울에 장문 현효유(縣孝孺)

장문무진문사(長門戊辰問槎) 성명(姓名)

중산(中山)

성(姓)은 초장(草場), 이름은 윤문(允文), 자는 계영(季英), 다른 자는 평삼(平三)으로,
장주 추부(長州萩府)의 기실(記室)이다.

부산(鄜山)

성은 소전촌(小田村), 이름은 망지(望之), 자는 공망(公望), 다른 자는 문조(文助)로,
장주 추부의 기실이다.

화양(華陽)

성은 산근(山根), 이름은 청(淸), 자는 자탁(子濯), 다른 자는 칠랑좌위문(七郎左衛門)
으로, 장주 추부의 기실이다.

당원(棠園)

성은 산현(山縣), 이름은 태항(泰恒), 자는 백항(伯恒), 다른 자는 차랑우위문(次郎右
衛門)으로, 장주 추부의 기실이다.

구산(緱山)

성은 번택(繁澤), 이름은 한장(漢章), 자는 자운(子雲), 다른 자는 삼랑(三郎), 본래 성
은 대강(大江)으로, 장주 추부의 기실이다.

---

1 관연(寬延) 원년(元年): 1748년(영조 24)이다.

용산(龍山)

성은 산근(山根), 이름은 도진(道晉), 자는 세록(世祿)으로, 장주 추부의 기실이다.

수천(洙川)

성은 산현(山縣), 이름은 자기(子棋), 자는 노언(魯彦), 다른 자는 계팔(季八)로, 장주 추부 사람이다.

노성(蘆城)

성은 전중(田中), 이름은 성지(省之), 자는 계삼(季參)으로, 장주 추부 사람이다.

녹문(鹿門)

성은 소창(小倉), 이름은 실무(實無), 자는 언평(彦平)으로, 장주 추부의 기실이다.

곡강(曲江)

성은 좌좌목(佐佐木), 이름은 충사(忠嗣), 자는 자업(子業), 다른 자는 직강(織江)으로, 장주 추부의 기실이다.

한객성명(韓客姓名)

구헌(矩軒)

성은 박(朴), 이름은 경행(敬行), 자는 인칙(仁則)으로, 제술관(製述官)이다.

제암(濟菴)

성은 이(李), 이름은 봉환(鳳煥), 자는 성장(聖章)으로, 정사 서기(正使書記)이다.

취설(醉雪)

성은 류(柳), 이름은 후(逅), 자는 자상(子相)으로, 부사 서기(副使書記)이다.

해고(海皐)

성은 이(李), 이름은 명계(命啓), 자는 자문(子文)으로, 종사 서기(從事書記)이다.

자봉(紫峯)

성은 김(金), 이름은 천수(天壽), 자는 군실(君實)로, 사자관(寫字官)이다.

한객 성명 중 10분의 1을 기록하였고, 나머지는 『화한창화록(和韓唱
和錄)』에 있다.

『장문무진문사(長門戊辰問槎)』 권상(卷上)

○ 통자

만리 항해에 바다신의 노여움을 만나지 않고 의젓하게 이곳에 도착
하였으니, 하늘이 사문(斯文)을 싫어하지 않아 제군에게 은혜를 내려
준 것이니, 또한 양국의 경사가 아니겠습니까. 경하드립니다.

저는 성은 초장(草場), 이름은 윤문(允文), 자는 계영(季英), 호는 중산
(中山)입니다. 지금 본 번(藩)의 명을 받들어 일행들과 함께 와서 빈관
으로 찾아뵈오니, 바라건대 멀리 버리지 마시고 맞이하여 주신다면
그대들에게 감사한 마음을 어찌 말로 다할 수 있겠습니까.

해고 이공께 삼가 드리다
奉呈海臯李公案下

중산(中山)

비단 돛 멀리 채운사이에 걸고서 　　　　　　　錦帆遙掛彩雲間

바다 위 선계 몇 곳이나 올랐나 　　　　　　　海上仙區幾處攀

옥 같은 사람 난대²에서 나왔으니 　　　　　　　一出蘭臺人若玉

훌륭한 사관처럼 명산 물으리라³ 　　　　　　　可知令史問名山

삼가 화답하다
奉和

해고(海臯)

배타고 바다 건너 적간관에 이르니 　　　　　　舟度魚龍到赤間

꽃 내린 제천⁴에 오를 수 있었네 　　　　　　諸天花雨得躋攀

이역에서 훌륭한 시로 보답해줘 기쁜데 　　　　瓊瓜異域欣相報

문궤⁵가 언제 바다와 산에 막혀버렸나 　　　　文軌何曾隔海山

---

2 난대(蘭臺): 한(漢)나라 궁궐 안의 장서각(藏書閣) 이름인데, 보통 비서성(秘書省)을 가리킨다.

3 훌륭한…… 물으리라: 이해고를 사마천에 비유한 것이다. 사마천은 유람을 좋아하여 남북으로 천하의 명산대천을 다니면서 호한(浩瀚)한 기운을 얻어 이를 문장으로 발휘하여 『사기』를 지었다 한다. 『古文眞寶 後集 卷9 上樞密韓太尉書』

4 제천(諸天): 불교에서 여러 천상(天上)의 세계를 뜻하는 말로, 높은 곳에 위치한 절이나 암자를 뜻하는데, 여기에서는 사신이 머무는 빈관을 가리킨다.

5 문궤(文軌): 예악과 문물제도를 같이하는 한 문명권이라는 말이다. 『중용장구(中庸章句)』제28장에, "지금 천하에 수레는 궤철이 같고, 글은 문자가 같다.[今天下, 車同軌,

제술관 박공께 삼가 드리다
奉呈製述官朴公案下

중산

서쪽 하늘 흰 구름에 나는 황학을	西天黃鶴白雲隈
타고 떠난 신선 언제나 돌아올까[6]	駕去仙人何處回
바닷길 위 아름다운 삼화수[7]	海上三花珠樹色
그대 멀리서 가지하나 꺾어 오겠지	知君遙折一枝來

증산이 보여준 시에 삼가 답하다
奉酬中山見示韻

구헌

해지자 적간관 기슭에 배 묶어두고	西日維舟赤岸隈
삼신산에 신선 찾아보고 돌아오려네	三山且欲訪仙回
바다는 백마로 맹세한 때부터 열렸고	海從白馬刑時闢
사람은 금아[8]가 가득한 곳에서 왔네	人自金鴉漫處來

書同文.]”고 한 데서 온 말이다.

6　서쪽……돌아올까: 황학을 타고 떠난 신선을 에도로 떠나는 제술관 박경행에 빗대어
표현한 것이다. 당(唐)나라 최호(崔顥)의 「황학루(黃鶴樓)」 시에 “옛사람이 이미 황학을
타고 떠났으니 이곳에는 공연히 황학루만 남아 있네. 황학이 한번 가서 다시 돌아오지
않으니, 흰 구름만 천년동안 부질없이 유유하구나.[昔人已乘黃鶴去, 此地空餘黃鶴樓.
黃鶴一去不復返, 白雲千載空悠悠.]”하였다.

7　삼화수(三花樹): 1년에 꽃이 세 번 피는 나무라는 뜻으로 패다수(貝多樹)를 말한다.
『운급칠첨(雲笈七籤)』에, “역시 모두 유리(琉璃)요 수정(水晶)인데, 그 속에는 삼화(三
花)의 나무와 오색(五色)의 열매가 있었다.”하였다.

제암 이공께 삼가 드리다
奉呈濟菴李公榻下

중산

절색의 가인이 난간에 기댔다가	佳人絶色倚欄干
낭간⁹ 가져와 시원하게 자리 비추네	携去琅玕照席寒
이 땅에서는 이제껏 보기 드문 일이라	此地從來稀所見
서쪽 곤륜산 푸른 구름을 돌아보네¹⁰	崑崙西顧碧雲端

중산이 준시에 삼가 답하다
奉酬中山瓊韻

제암

그대의 붉은 자루 붓¹¹ 기상이 뛰어나	之子彤毫氣象干
종이에 가도와 맹교의 한빈(寒貧)¹² 쓰지 않네	雲箋不寫島郊寒

---

8 금아(金鴉): 태양의 별칭으로 해 속에 세 발 달린 까마귀가 있다는 전설에서 나온 말이다.

9 낭간: 옥(玉) 비슷한 일종의 아름다운 돌을 말하는데, 전하여 훌륭한 문사(文詞)나 또는 좋은 간언(諫言)을 비유한 것으로, 한유(韓愈)의 「착착(齪齪)」 시에, "구름을 헤치고 천문에 호소하여, 뱃속을 열어서 낭간을 바치련다.[排雲叫閶闔, 披腹呈琅玕.]"한 데서 온 말이다.

10 서쪽…… 돌아보네: 꿈인 듯 황홀하다는 뜻이다. 곤륜산(崑崙山)은 중국의 서쪽에 있다는 상상 속의 산으로, 서왕모(西王母)가 그곳에 살며, 산 위에는 예천(醴泉)과 요지(瑤池)가 있다고 한다. 『포박자(抱朴子)』 거혹(袪惑)에 "곤륜산에 주옥(珠玉)이 열리는 나무가 있으니, 사당(沙棠)과 낭간(琅玕)과 벽괴(碧瑰)의 나무가 그것이다."라는 말이 나온다.

11 붉은 자루 붓[彤毫]: 본래 역사를 기록하는 붓을 뜻하는데, 여기에서는 시를 짓는 문사의 붓을 말한다.

신선 배에 싣고 감에 그 광채 밤 밝히니	載去仙舟光燭夜
일어나 끝없이 넓은 하늘과 바다 보네	起看天水浩無端

한 번 뵈었을 뿐인데 저를 매우 사랑해 주시고 게다가 말을 아끼지 않으시고 문득 폐부까지 보여주시니, 소인의 영광이 여기에 무엇을 더하겠습니까. 매우 감사합니다. 잠깐 사이에 저의 마음속에 있는 말을 다 할 수 없기에, 애오라지 율시를 지어 삼가 제공(諸公)의 시단(詩壇)에 드립니다.

一接龍光, 深蒙奉愛, 況不慳齒牙之餘, 忽示肺腑, 小人之榮, 庸何加焉? 不堪感謝. 唯憾頃刻之間, 不能盡鄙衷也, 聊賦鄙律, 奉呈諸公吟壇.

중산

북쪽에서 빙례 닦으러 와서	北來修聘禮
부절 가지고 부상에 이르렀네	擁節搏桑邊
별은 현자들 자리 위를 돌고	星動群賢坐
옥같은 제자 시편 이루었네	玉成諸子篇
장대한 유람 함께 바다 건너왔는데	壯遊齊踏海
그 재기 홀로 하늘을 이야기하네[13]	才氣獨談天

---

12 가도와 …… 한빈(寒貧): 소식(蘇軾)의 「제유자옥문(祭柳子玉文)」에서 당나라 시인들의 시격(詩格)을 평하여 "맹교의 시격은 청한하고, 가도의 시격은 수척하며, 원진의 시격은 경조하고, 백거이의 시격은 비속하다.[郊寒島瘦, 元輕白俗.]"라고 한 데서 온 말이다.

13 하늘을 이야기하네: 변론이 훌륭하다는 말이다. 전국 시대 제(齊)나라의 추연(鄒衍)은 일찍이 천체 우주(天體宇宙)에 관하여 글을 저술하였는데, 그 변론(辯論)이 워낙 굉원박대(宏遠博大)하였으므로, 세인(世人)들이 그를 일러 '하늘을 이야기하는 추연[談天衍]'

| 동쪽 나라 승경 묻고자 하는가 | 欲問東方勝 |
| 부용산에 금방 해가 걸렸구나 | 芙蓉初日懸 |

또 중산의 시에 차운하다
又次中山詩韻

구헌

지는 꽃 밑에서 마음 터놓고	傾倒殘花底
바닷가를 이리저리 돌아다녔네	支離積水邊
봄은 여름 바다로 돌아가고	春歸祝融海
땅은 장유의 시편을 담네	地入壯遊篇
새벽꿈에 삼도에서 돌아오니	曉夢還三島
시정이 멀리 떨어졌다오	詩情各一天
고향 생각 어이 그만 두리	鄕心那可挽
바람에 그림 깃발 나부끼네	風外畫旌懸

중산이 준시에 삼가 차운하다
奉次中山贈韻

해고

| 이역의 빼어난 경관 다 보고자 | 領盡殊方勝 |

이라 호칭하였다.

적간관 기슭에 배 묶어 두었네	維舟赤岸邊
이미 고조사[14]의 그림을 보았고	已看高照畵
유람하며 쓴 시편 서로 주었네	相贈遠遊篇
우연히 만나 동석하여 기쁜데	萍水欣同席
삼상[15]이 각자 하늘에 걸렸구나	參商帳各天
고향 그리워 끝내 암담한데	鄕愁終黯黯
멀리 꿈에 밤 등불 걸렸구나	遙夢夜燈懸

중산이 준시에 삼가 화답하다
奉和中山贈韻

제암

맑고 화창한 계절의 꽃나무요	芳樹淸和節
넓은 바닷가의 신선 뗏목이라	仙槎莽蕩邊
누대에 있는 주인과 손님이	樓臺有賓主
구름과 달 아래에서 시를 보네	雲月見詩篇
향기는 삼신산 약초 비슷한데	香近三山草
마음은 만리 고향 생각 간절하네	心長萬里天
내 아끼지 않고 다 말할 테니	傾困吾不惜
등불 켜고 밤새 이야기하세	夜語一灯懸

---

14 고조사(高照寺): 애지현(愛知縣) 일궁시(一宮市)의 사찰이다.

15 삼상(參商): 삼성(參星)은 서남방에 있고 상성(商星)은 동방에 있어 동서(東西)로 서로 등지고 있기 때문에 이별한 뒤에 오래도록 만나지 못할 때의 비유로 쓰인다. 『春秋左傳 昭公 元年』

다시 첩운하여 해고 사백께 삼가 드리다
再疊韻奉呈海皐詞伯

중산

어전 시험에서 재기를 드날려	才氣翩翩殿試間
계림에서 가지하나 잡았었네[16]	一枝曾向桂林攀
임금의 은혜로 선약 찾기 위해	主恩爲覓神仙藥
다시 바다 위 부용산 바라보네	更見芙蓉海上山

중산이 다시 첩운한 시에 삼가 답하다
奉酬中山再疊韻

해고

동쪽 나라 유람에 고향 소식 아득한데	東遊消息莽蒼間
서쪽으로 돌아가는 구름 잡을 수 없네	西望歸雲不可攀
신선 술 상락주[17]에 취해 머물면서	桑落仙醪留一醉
자라 등에 업힌 삼신산[18] 함께 보네	共看鰲背寄三山

---

16 계림에서 …… 잡았었네: 뛰어난 재주로 급제하였다는 말이다. 진(晉) 나라 때 치선(郤
詵)이 대책(對策)으로 상제(上第)를 받았는데, 임금이 그에게 묻기를 "경(卿)은 스스로
어떻게 생각하는가?" 하니, 대답하기를 "신(臣)이 대책으로 천하 제일(天下第一)이 되었
으니, 이는 마치 계림 일지(桂林一枝)나 곤산 편옥(崑山片玉)과 같은 것입니다." 하였다.
17 상락주(桑樂酒): 뽕잎이 떨어질 무렵에 빚은 술을 말한다.
18 자라 …… 삼신산: 자라가 등 위에 받치고 있는 산을 오산(鰲山)이라 하는데, 동해에
있는 삼신산(三神山)을 말한다.

앞 시에 다시 차운하여 제암 이공께 드리다
再次前韻呈濟菴李公

중산

푸른 강가에서 서로 만나 술 마시며	相逢杯酒碧江干
반 쯤 취에 크게 노래하니 의기 차구나	半醉高歌意氣寒
영리의 가인이 시를 마구 쏟아내니[19]	郢里佳人潰咳唾
일시에 옥이 되어 문단에 흩어지네	一時作玉散林端

중산에게 다시 화답하다
再和中山

제암

아침에 안개 낀 물결 보니 장대 같고	烟波朝瞻似長干
쌓인 돌에 구름 스미니 옥 나무 차구나	積石雲侵瓊樹寒
문득 부질없이 삼도의 나그네 만났는데	忽謾相逢三島客
채색 붓 끝에 여의주 반짝반짝 거리네[20]	驪珠璀璨彩毫端

---

19 영리의…… 쏟아내니: 영리는 초나라 서울로, 화답하기 어려울 정도로 매우 뛰어난 시를 뜻한다. 어떤 사람이 영중(郢中)에서 처음에 「하리파인(下里巴人)」이란 노래를 부르자 그 소리를 알아듣고 화답하는 사람이 수천 명이었고 「양아해로(陽阿薤露)」를 부르자 화답하는 사람이 수백 명으로 줄었고 「양춘백설가(陽春白雪歌)」를 부르자 화답하는 사람이 수십 명으로 줄었다. 이렇게 곡조가 더욱 높을수록 그에 화답하는 사람이 더욱 적었다. 『文選 卷45』

20 채색…… 거리네: 시가 훌륭하다는 말이다. 당나라 백거이(白居易)의 「우이졸시수수기정배소윤시랑몽이성제사편일시수화(偶以拙詩數首寄呈裴少尹侍郎蒙以盛製四篇一時酬和)」에 "내게 보내준 시편이 어찌나 주옥처럼 찬란한지, 주렁주렁 네 줄로 꿰인 것이

○ 필어

아룀. 중산: 저는 어려서부터 책을 좋아하여 비록 다급하고 위급한 상황에서도 놓지 않았으나, 식견은 없고 팔에 귀신이 붙어 지금까지도 뜻을 이루지 못하였습니다. 비록 그러하나 제가 책에 있어서만큼은 두예(杜預)처럼 벽(癖)이 있을 뿐만 아니라[21] 집에도 남은 종이가 없을 만큼 다 썼습니다. 지금 다행스럽게도 대방에서 온 문단의 거장을 만났으니, 저는 보잘 것 없는 사람이지만 두루 사랑하여 문득 창수해 주시기를 어찌 바라고 바라지 않겠습니까. 외람되이 종이에 글을 써서 드리니, 삼가 제군께서는 엄하게 봐 주십시오. 바라건대 저를 위해 제 글을 비평해 주신다면 매우 감사하겠습니다.

물음: 귀국은 문명의 교화가 추노(鄒魯)[22]처럼 융성하니, 아마도 벼슬아치가 숲처럼 많고 글씨를 잘 쓰는 사람도 많을 것입니다. 훌륭한 인물이 몇 명이나 됩니까? 가르쳐 주십시오.

답함. 구헌: 신묘하게 글씨를 쓰는 사람은 적지 않으나, 지금 이름을 날리는 사람을 누구라고 가리키거나 말할 수 없습니다. 그대가 준 붓으로 나중에 저의 견해를 기록하여 말씀드리겠습니다.

여룡의 구슬이어라.[報我之章何璀璨, 粲粲四貫驪龍珠.]"하였다.

21 두예처럼 …… 아니라: 두예는 진(晉) 두원개(杜元凱)이다. 그는 장군인 한편 학문이 깊었고, 특히 『좌전(左傳)』을 몹시 즐겨하여 스스로 '좌전벽'이 있다 하였다.

22 추노(鄒魯): 유학(儒學)의 근거지라는 말이다. 공자가 춘추 시대 노(魯) 나라 사람이었고, 맹자가 전국 시대 추(鄒) 땅 사람이었던 데에서 비롯된 것이다.

서축(書軸)에 대한 평어

구헌

제가 글씨에 있어서 진실로 훌륭한 식견이 있지 않으나 이 서첩에 있어서만큼은 저도 모르게 신명이 생기고 흥이 납니다. 대개 해서·초서·팔분(八分)[23]·반행(半行)[24]이 각각 그 골수를 얻었는데, 해서와 팔분은 엄밀하고자 하였고, 초서와 반행은 소상(疎爽)하고자 하였습니다. 이는 옛사람의 자취인데 족하께서 이미 그 자취를 밟으셨습니다. 다만 안목을 갖춘 사람이 안진경(顏眞卿)[25]의 힘과 유공권(柳公權)[26]의 굳셈으로써 족하를 위해 정문일침(頂門一鍼)을 놓는다면 족하께서도 또한 사양할 수 없을 듯하니, 이는 족하를 더 진취시키지 않겠습니까.

---

23 팔분(八分): 서체 이름이다. 자체는 예서(隸書)와 비슷하나 그 짜임새에 파임이 많은 것이 특징이다. 팔분체(八分體)이다.

24 반행(半行): 행서(行書)보다 조금 더 부드럽게 흘려서 반흘림에 가깝게 쓰는 글씨체이다.

25 안진경(顏眞卿): 709~785. 중국 당(唐)나라의 서예가이다. 왕희지(王羲之)의 전아(典雅)한 서체에 대한 반동이라고도 할 수 있을 만큼 남성적인 박력 속에, 균제미(均齊美)를 충분히 발휘한 글씨로 당대(唐代) 이후의 중국 서도(書道)를 지배했다. 해서·행서·초서의 각 서체에 모두 능했고 많은 걸작을 남겼다.

26 유공권(柳公權): 778~865. 중국 당나라의 정치가이자 서예가로 안진경의 뒤를 이어 당의 해서(楷書)를 집대성하였다. 유공권체는 안진경체의 두툼한 멋보다는 힘찬 필력(筆力)이 더 강조되고, 점과 획이 강건하여 날카로운 느낌을 준다.

서축에 대한 평어

제암

지우(芝宇)를 직접 뵙고 이어서 아름다운 글을 살펴보고, 해 뜨는 나라에 인문이 잘 갖추어져 있다는 것을 알았습니다. 한 서축의 은구(銀鉤)[27]가 금 소리로 시작하고 옥 소리로 거두니[28] 남들은 재주가 적어서 걱정인데 그대는 재주가 많아서 걱정이라는 고인의 평[29]이 그대를 위해 준비한 것입니다. 제가 글씨에 있어서는 소경이 그림을 보는 것과 다를 바 없지만, 서시(西施)[30]를 보고 굳이 성명을 알고서 아름답다고 칭찬할 필요가 있겠습니까.

서축에 대한 평어

해고

소리 없는 그림[시(詩)]과 마음을 바르게 하는 그림[글씨(書)]이 모두

---

27 은구(銀鉤): 아름다운 필체의 글씨를 뜻하는 말이다. 진(晉)나라 색정(索靖)이 서법(書法)을 논하면서 "멋지게 휘돈 것이 흡사 은 갈고리와 같다.[婉若銀鉤]"라고 초서(草書)를 평한 말에서 유래한 것이다. 『晉書 卷60 索靖列傳』

28 금 소리로…… 거두니: 금 소리는 종(鐘)이고 옥 소리는 경(磬)이다. 음악을 합주할 때 먼저 종을 쳐서 시작하여 마지막에 경을 쳐서 마치기 때문에, 전하여 사물의 집대성(集大成)을 찬미하는 말로 쓰인다.

29 남들은…… 평: 무선(茂先, 진(晉)나라 장화(張華)의 자(字))이 사형(士衡, 진(晉)나라 육기(陸機)의 자(字))의 문장에 대해 평한 말로, 명나라 왕세정(王世貞)이 편찬한 『엄주사부고(弇州四部稿)』권146에 보인다.

30 서시(西施): 춘추 시대 월(越)나라의 미인으로, 얼굴을 찡그리는 것마저도 사람들을 고혹시킬 정도의 미인이었다고 한다.

보배이니, 공벽(拱璧)[31]을 얻은 듯합니다. 옛날에 시(詩)·서(書)·화(畵)
삼절(三絶)을 일컬었는데, 공께서 두 가지를 얻으셨으니 존경하고 존
경합니다.

이상은 석상에서 창수한 것이다.

우리 소인들이 매우 다행스럽게도 많은 군자들을 보고서 직접
가르침을 받았으니, 감사하고 기쁜 마음 헤아릴 수 없었습니다.
그런데 갑자기 강한 날개로 하늘로 솟구치듯 가시니, 슬퍼서
떠나신 곳 바라보며 절할 뿐입니다. 그리움에 견딜 수 없어 칠
언율시를 지어 대포자(大浦子)에게 맡겨 배에 보내 드리오니,
꾸짖고 곁에 두시기만 하여도 다행이겠습니다. 큰 사신 깃발이
서쪽으로 향하는 날을 삼가 기다릴 뿐입니다.

吾儕小人, 何幸得接君子之林, 親承咳唾乎? 感喜不啻不料, 忽爾六翮
翀天, 悵然望塵拜焉. 戀戀不能已, 漫賦七律, 憑大浦子以獻枢樓, 徒叱
置之爲幸. 伏俟大旆西向之日耳.

중산

| 적마관문에 자기가 새로운데 | 赤馬關門紫氣新 |
| 어떻게 진인을 맞이하여 볼까[32] | 逢迎何意見眞人 |

---

31 공벽(拱璧): 두 손으로 감싸 잡을 만큼 큰 벽옥(璧玉)으로, 더없이 진귀한 보배를 뜻
한다.
32 적마관문에 …… 볼까: 노자가 서쪽으로 길을 떠나 함곡관(函谷關)에 거의 이르렀을 때,
관령(關令) 윤희(尹喜)가 누대에 올라 사방을 바라보다가, 보라색 기운[紫氣]이 관문 위
로 떠 오는 것을 살펴보고는, 분명히 진인(眞人)이 올 것이라고 예측을 하였는데, 얼마

한 번 발해에서 말을 몬 뒤로	一後渤澥能驅右
다시 부상에서 나루 물으려 하네	更向扶桑將問津
손에 쥔 명월주 남쪽 바다 달이요	握裏明珠南海月
꿈속의 청초[33] 고향의 봄이로다	夢中青草故園春
그 풍류 원래 사명을 감당할 수 있으니	風流元自堪辭命
맑은 조정 벼슬아치의 표상인 줄 알겠네	可識清朝表搢紳

두 번째
其二

사신이 표표히 동쪽 바다로 유람오니	槎客飄然東海遊
관문에서 술 마시며 함께 누대 기댔네	關門杯酒共凭樓
용광의 기운 풍성에서 맑게 빛나고[34]	龍光晴逈豊城氣
붕새는 적수 물결 치고 높이 나네[35]	鵬擊天高赤水流

뒤에 과연 노자가 푸른 소[青牛]를 타고 왔다는 고사가 전한다. 『列仙傳 上』

33 꿈속의 청초: 남조(南朝) 송(宋)의 시인 사영운(謝靈運)이 시상(詩想)에 골몰하다가 꿈
속에서 족제(族弟)인 사혜련(謝惠連)을 만나보고는 '지당생춘초(池塘生春草)'라는 명구
(名句)를 지은 고사를 인용한 것이다.

34 용광의 …… 빛나고: 용광은 전설적인 보검인 용천검(龍泉劍)의 빛이다. 진(晉)나라 무
제(武帝) 때의 문장가로 천문(天文), 방기(方技) 등의 글에도 정통했던 장화(張華)가 일
찍이 북두와 견우 사이에 자기(紫氣)가 뻗치는 것을 보고, 뇌환(雷煥)을 그 서기(瑞氣)의
출처인 예장(豫章)의 풍성현(豊城縣)으로 보내 풍성현의 옛 옥사(獄舍) 터를 발굴해서
용천(龍泉)과 태아(太阿)의 두 명검(名劍)을 얻었던 고사가 있다. 『晉書 卷36 張華列傳』
왕발(王勃)의 「등왕각서(滕王閣序)」에 "물건의 정화는 천연의 보배이니 용천검의 광채가
북두와 견우의 자리를 쏘아 비추고[物華天寶, 龍光射牛斗之墟.]"라고 하였다.

35 붕새는 …… 나네:『장자』, 「소요유(逍遙遊)」에 "붕새가 남쪽 바다로 옮겨갈 때에는 물

천추의 영곡은 자연스레 불리었는데　　　　郢曲千秋堪自唱

오늘 수주[36]는 누굴 향해 던질까　　　　　隋珠今日向誰投

머물며 평원의 음주처럼 하고 싶은데　　　　淹留須擬平原飲

인간세상에서 좋은 모임 갖기 어렵구나　　　良會人間難可求

세 번째
其三

봄에 채익이 푸른 바다 하늘을 나니　　　　彩鷁春飛滄海天

깃발은 펄럭펄럭 운연에서 나부끼네　　　　旌旗獵獵動雲烟

교인은 몇 곳에서 구슬을 희롱하였나[37]　　鮫人幾處弄珠出

신선은 삼신산에서 약 캐고 돌아가네　　　　仙子三山採藥旋

해지자 남도[38] 밖으로 기러기 돌아가고　　西日歸鴻藍嶋外

결을 치는 것이 삼천 리요, 회오리바람을 타고 구만 리를 올라가 여섯 달을 가서야 쉰다.
[鵬之徙於南冥也, 水擊三千里, 搏扶搖而上者九萬里, 去以六月息者也.]"라고 한 데서
온 말로, 전하여 영웅호걸이 웅대한 포부를 펴는 데에 비유한다.

36 수주(隋珠): 수후(隋侯)의 구슬이다. 수후가 외출 중에 큰 뱀이 다쳐서 괴로워하는 것
을 보고 치료해 주게 하였는데, 나중에 그 뱀이 밤에도 달처럼 환히 비치는 구슬을 바쳐
보은(報恩)했다는 이야기가 전한다. 명월주(明月珠) 혹은 영사주(靈蛇珠)라고도 한다.
『搜神記 卷20』

37 교인(鮫人)은…… 하였나: 교인은 전설 속의 인어(人魚)를 말한다. 남해 물속에 사는
교인(鮫人)이 비단을 잘 짰는데, 물 밖으로 나와 인가에 머물면서 매일 비단을 짜다가,
작별할 무렵에 눈물을 흘려서 구슬을 만들어 주인에게 주었다는 이야기가 있다. 『太平御
覽 卷803』

38 남도(藍島): 아이노시마. 일본 후쿠오카현 기타큐슈[北九州市]에서 북쪽으로 4.2㎞ 떨
어진 히비키나다[響灘]에 있는 섬으로, 통신사가 머무는 곳이다.

북풍에 적간관 앞의 말이 울부짖구나[39]　　　　北風鳴馬赤關前
그대들 본래부터 고향 생각 많이 하니　　　　知君時自多鄕思
시 완성되면 동방에 천고토록 전해지리　　　　賦就東方千古傳

네 번째
其四

뗏목 타고 은하에 이른 객[40]에 대해 듣고　　　　曾聞銀漢乘槎客
다시 신선을 하늘 끝에서 보게 되었구나　　　　復見仙郞窮日邊
구름 나는 갈석[41]에는 금 부절 흔들리고　　　　碣石雲飛金節動
달 뜬 봉래산에는 비단 돛 걸렸어라　　　　蓬萊月出錦帆懸
한 번 동해에서 먼지 날리고 간 뒤에　　　　一從東海揚塵後
다시 대방 사람 빙례 닦은 때 만났네　　　　更値大邦修聘年
이역만리에 지기 적다고 말하지 말라　　　　休道異鄕知己少
인간세상 백설가 그대 위해 전하리니　　　　人間白雪爲君傳

---

39 북풍에 …… 울부짖구나: 무명씨(無名氏)의 「고시(古詩)」에 "호지의 말은 북풍에 몸을
　 의지하고, 월지의 새는 남쪽 가지에 둥지를 짓네.[胡馬依北風, 越鳥巢南枝.]"한 데서
　 온 말로, 전하여 고향 그리는 정을 의미한다.
40 뗏목 …… 객: 한(漢) 나라의 장건(張騫)이 서역(西域)에 사신으로 가다가 뗏목을 타고
　 천상(天上)의 은하수(銀河水)에 갔다 왔다는 전설이 있다.
41 갈석(碣石): 향천현(香川縣) 고송시(高松市) 삼조정(三條町)을 가리킨다.

다섯 번째
其五

사신 깃발 푸른 바닷가에 잠시 머무니	文旆暫留碧海陰
연이은 수레와 말이 숲처럼 울창하네	追隨車騎欝如林
청구[42]의 상서로운 놀 천지에 가득하고	靑丘瑞靄來天地
양곡[43]의 태양은 고금을 비추구나	暘谷太陽光古今
부 지으니 양원의 시편[44]에 뒤지지 않고	作賦不慙梁苑簡
바람결에 초대[45]에서 낭송 더욱 그립네	臨風更憶楚臺吟
긴 옷자락 그대 본래 왕문의 객이라[46]	長裾君本王門客
사방에 전대하니[47] 대장부의 마음이라	專對四方男子心

---

42 청구(靑丘): 동방의 지역을 지칭한 말로 조선을 말한 것이다.

43 양곡(暘谷): 해 뜨는 곳, 즉 일본을 가리킨다.

44 양원(梁苑)의 시편: 양원은 한(漢)나라 양효왕(梁孝王)의 화려한 정원을 가리킨다. 양효왕이 일찍이 아름다운 정원을 만들어 놓고 빈객을 맞이하는 장소로 삼았는데, 일찍이 이곳에서 사마상여, 추양(鄒陽), 매승, 엄기(嚴忌) 등 뛰어난 시인들이 자주 노닐었다. 『史記 卷117 司馬相如列傳』

45 초대(楚臺): 초(楚)나라 무산(巫山)의 양대(陽臺)를 말하는데, 여기에서는 아름다운 누대를 말한다.

46 긴 …… 객이라: 언변이 훌륭함을 칭찬하는 말이다. 추양이 옥중에서 올린 글을 오왕(吳王) 유비(劉濞)가 보고 감탄하여 그를 상객(上客)으로 예우하였는데, 그 글 중에 "내가 고루한 나의 마음을 꾸미려고만 들었다면, 어떤 왕의 궁문인들 나의 긴 옷자락을 끌고 다닐 수가 없었겠는가.[飾固陋之心, 則何王之門, 不可曳長裾乎?]"라고 말한 데에서 유래한 것이다. 『漢書 卷51 鄒陽傳』

47 사방에 전대(專對)하니: 나랏일을 담당하여 잘 처리하는 것을 말한다. 『논어』, 「자로(子路)」에 이르기를 "『시경』 삼백 편을 모두 읽고서도 사방에 사신으로 나가 전대하지 못한다면 아무리 많은 글을 읽었다 해도 소용이 없다." 하였다.

이상은 삼가 제술관 박공께 부치고, 겸하여 기실 이공(李公) 두 분께
드린 것이다.

지난 번 제현들의 맑은 자리에 배석할 때, 한 번 큰 종을 두드림
에 대음(大音)을 들었으니[48], 실로 천애(天涯)의 일대 유쾌한 일
이 아니겠습니까. 그런데 공에서 오지 않으시고 사신의 관소에
있었으니, 하늘이 좋은 인연을 아끼심이 어찌 여기에 이르렀단
말입니까. 그래서 명함을 소매에 넣고 빈관에 가서 찾아뵈려
했었는데, 갑자기 배가 출발하여 뵙고 싶은 바람을 이루지 못하
였으니 매우 유감입니다. 서둘러 절구 4편을 지어 대포자에게
맡겨 그대에게 드리니, 사행 중에 틈이 있거든 답장하여 주십시
오. 취설 유공께 드리다

昨陪諸賢之清筵, 一叩洪鐘, 聞大音焉, 實天涯之一大愉決哉? 而公在
使臺不臨, 天之慳良緣也, 何爾至此? 欲袖刺窺賓館, 俄值發船, 不逢披
雲, 遺憾不可言也. 卒爾賦鄙絶四章, 託大浦子, 呈左右, 行中有暇, 幸
賜答章. 醉雪柳公案下.

중산

청구의 북쪽 오색구름 가에	青丘之北五雲隈
금강산 있어 해와 달이 도는구나	中有金剛日月回
그댄 본래 신선이라 주착이 없어	君自仙人無住著

---

48 한 번 …… 들었으니: 좋은 시를 지어서 주었다는 말이다. 『예기』, 「학기(學記)」에, "질
문에 잘 대응하는 자는 종을 치는 것을 기다리는 것과 같다. 작게 두드리면 작게 울려
주고, 크게 두드리면 크게 울려 준다.[善待問者如撞鍾, 叩之以小者則小鳴, 叩之以大者
則大鳴.]"라는 말이 나온다.

바람 타고 동쪽 봉래산에 왔구나　　　　　　御風東更到蓬萊

두 번째
其二

일야에 하늘 남쪽 자기가 차갑더니　　　　一夜天南紫氣寒
용천검 가지고 와서 강가를 비추네　　　　携來龍劍照江干
도리어 호해에 비바람이 걱정되나　　　　還愁湖海多風雨
곤궁한 사귐 아니면 보지 못했으리　　　　不是窮交不可看

세 번째
其三

적수는 아득하게 만여 리에 펼쳐 있고　　　赤水蒼茫萬里餘
높은 관문에 지는 해는 하늘에 가깝네　　　高關落日近天居
문득 서쪽에서 오는 유룡[49]의 기운 보니　　西來忽見猶龍氣
인간세상에서 한 번 글 짓는 것도 좋으리[50]　好向人間一著書

---

49 유룡(猶龍): 도(道)가 매우 고심(高深)하고 신묘(神妙)하여 마치 변화를 예측할 수 없
　는 용과 같다는 뜻에서 온 말로 본래는 노자(老子)를 가리킨 말이었다. 공자(孔子)가 노자
　를 만나고 와서 제자들에게 말하기를 "용에 이르러서는 내가 알지 못하겠으니, 풍운을
　타고 하늘로 오른다. 내가 오늘 노자를 보니, 용과 같았도다!" 한 데서 온 말이다. 『史記
　卷63 老子列傳』
50 인간세상에서 …… 좋으리: 노자의 『도덕경(道德經)』같은 좋은 글을 써 달라는 말이다.

네 번째
其四

저작랑의 채색 붓 훌륭하고 훌륭해	彩筆翩翩著作郎
한림에 있는 십년 동안 광채 있었네	翰林十載有輝光
한 번 왕명 받고 동쪽 바다 유람 와	一時含命遊東海
도처에 지은 시편 문단에 으뜸이었네	到處詩篇更擅場

동쪽으로 가는 제술관 및 세 서기를 삼가 전송하다
奉送製述官及三書記之東

중산

바다 성 모퉁이에 신선 배 문득 보고	仙舟忽見海城隈
이날 우리들 이응(李膺) 모시고[51] 돌아왔네	此日吾曹御李回
용문의 한 청안객(靑眼客)[52]인 줄 알겠으니	可識龍門一靑客

춘추 시대 진(秦)나라 함곡관 영(函谷關令) 윤희(尹喜)가 노자에게 글을 지어 달라고 부탁하니, 노자는 그에게 『도덕경』 오천언을 지어 주고 떠났다. 『列仙傳』

51 이응(李膺) 모시고: 현자를 가까이에서 모실 수 있음을 뜻한다. 후한(後漢) 때 이응(李膺)의 풍도를 사모한 사대부들이 그의 접견을 받기만 해도 용문(龍門)에 올랐다면서 기뻐했는데, 순상(荀爽)이 그를 위해 수레를 몰고는 집에 돌아와서 "오늘 내가 비로소 이 선생님의 수레를 몰 수 있었다.[今日乃得御李君矣]"라고 자랑했다는 고사가 전한다. 『後漢書卷67 黨錮列傳 李膺』

52 청안객(靑眼客): 마음이 서로 통하는 벗을 말한다. 진(晉)나라 때의 명사인 완적(阮籍)은 세속의 법도에 구애받지 않고 지내면서 속사(俗士)를 대할 적에는 백안(白眼)으로 대하고, 고사(高士)를 대할 적에는 청안(靑眼)으로 대하였다. 완적의 어머니가 죽어 장사를 지낼 적에 혜희(嵆喜)가 가서 조문하면서 슬피 울었는데, 완적은 그를 속사라고 여겨 백안으로 보자, 혜희가 화를 내면서 되돌아갔다. 혜희의 동생인 혜강(嵆康)이 그 말을 듣고

그대 전송하러 거마가 구름처럼 왔구나 　　　　送君車馬若雲來

두 번째
其二

먼 유람에 시 이루니 기운 호방한데 　　　　遠遊賦就氣何豪
이번 길에 강산이 채색 붓에 아롱지네 　　　　此去江山照彩毫
함곡관에 올라 안장에 기대 보니 　　　　試上函關倚鞍見
부용산 눈빛이 높이 그대 기다리네 　　　　芙蓉雪色待君高

세 번째
其三

거문고 한 곡조에 유수가 맑은데[53] 　　　　一曲朱絃流水淸
서로 만나 보니 옛 지기의 정이라 　　　　相逢却見舊知情
내일 아침이면 멀리 헤어질 테니 　　　　明朝恨作天涯客
종자기의 이름 천년토록 전해질까? 　　　　爲問鍾期千載名

는 술과 거문고를 가지고 가서 조문하자, 완적이 몹시 기뻐하면서 청안으로 대하였다.
『晉書 卷49 阮籍列傳』

53 거문고 …… 맑은데: 춘추 시대 초(楚)나라 사람 백아(伯牙)가 거문고를 잘 연주하였는
데, 그가 흐르는 물에 뜻을 두고 연주를 하면[志在流水], 그의 지음(知音)인 종자기(鍾子
期)가 듣고는 "멋지다, 거문고 솜씨여. 호호탕탕 유수와 같구나.[蕩蕩乎若流水]"라고 알
아주었다는 고사가 있다. 『呂氏春秋 卷14 孝行覽 本味』

네 번째
其四

적마관문에 붉은 말이 씩씩한데	赤馬關門赤馬驕
스산한 새벽 길게 우니 바람 이네	長鳴風起曉蕭蕭
황금대[54] 위에서 그대 오길 기다렸다가	黃金臺上待君到
풍포(豊浦) 동쪽 만리교에 갔다네	行矣豊東萬里橋

이상은 배에 준 것인데, 화답시를 받지 못했다.

○ 통자

조선이 일본과 우호를 맺고자 큰 사신 깃발 동쪽 향해 왔습니다. 나루터는 멀리 천여 리나 떨어졌지만 파도는 일지 않고 바다 신은 위엄을 부리지 않아, 사신 뗏목이 무사히 와서 잠시 적관간에서 쉬게 되었으니 매우 축하드립니다. 저는 성은 전(田), 이름은 공양(公望), 자는 망지(望之), 호는 부산(鄜山)입니다. 저의 주군인 장문후의 명을 받고 빈관으로 찾아뵈오니, 삼가 바라건대 저희들을 배척하지 마시고 한 번 푸른 구름을 헤치고 흰 꿩[55]을 볼 수 있도록 해 주시면 매우 고맙겠습니다. 하지만 저의 약한 활과 굽은 화살[56]로 어찌 쏘아 맞출 수 있겠습니까.

---

54 황금대(黃金臺): 대(臺) 이름으로, 전국 시대 연 소왕(燕昭王)이 역수(易水)의 동남쪽에 황금대를 짓고 천하의 현사(賢士)들을 초빙하였다.

55 흰 꿩: 상대를 흰 꿩에 빗댄 것이다. 흰 꿩은 상서로운 새로, 『후한서(後漢書)』, 「남만전(南蠻傳)」에 "교지(交趾)의 남쪽에 월상국이 있었는데, 주공(周公)이 섭정(攝政)했을 때에 통역을 여러 번 거쳐 흰 꿩을 바쳤다."하였다.

제술관 구헌 박공께 삼가 드리다
奉呈製述官矩軒朴公案下

부산

바다에 뗏목 띄우고 가는 박망후	海上浮槎博望侯
한나라 옛날에 신선 유람 했었지	漢家昔日作仙遊
그대 이제 가서 두우성 범할테니	羨君今犯斗牛去
황하의 근원 찾을 수 없다고 말하지 말게	勿謂河源不可求

부산께 삼가 화답하다
奉和鄜山足下

구헌

인간세상에서 만호후가 되기보다는	不願人間萬戶侯
고주로 호탕하게 바람 타고 노리라	孤舟浩蕩馭風遊
수레와 문자 남북의 구별 없어서	車書不間天南北
눈 가득 여의주 바다에서 찾았다네	滿眼驪珠入海求

구헌공의 시에 삼가 화답하다
再和矩軒公瓊韻

부산

손에 쥔 명월주가 수후를 움직이니	掌中明月動隋侯

56 약한…… 화살: 자신의 재주와 능력이 부족함을 표현한 말이다.

가지고서 한 때 동쪽 바다 유람하네　　　　　携去一時東海遊
영사가 되어 굴속에 돌아가지 말라　　　　　勿爲靈蛇還窟裏
아득한 적수에서는 찾기 어려우니　　　　　　茫茫積水可難求

부산의 시에 다시 첩운하다
再疊郿山座上韻

구헌

주나라 때 봉건제도 공후를 갈라 놓으니　　　周時封建裂公侯
국경 나뉜 역참 주방 먼 유람 길 호송하네　　分境傳廚護遠遊
기화요초로도 천제가 취할 줄 알았기에　　　瑤草亦知天帝醉
그 당시 공손한 요구에 응하지 않았었네　　　當年不肯應恭求

제암 이공께 삼가 드리다
奉呈濟菴李公案下

부산

북두성 무늬의 세 자 용천검이　　　　　　　三尺龍泉北斗文
천금의 고가라고 세상에 알려졌네　　　　　　千金高價世間聞
가져왔다가 이날 풍성으로 가면　　　　　　　携來此日豐城去
무지개 같은 자기 바다 구름 비추리　　　　　紫氣如虹照海雲

이 지역은 풍포군(豊浦郡)에 속하기 때문에 풍성(豊城)의 고사를 차용하였다.

부산의 운에 삼가 화답하다
奉和釜山瓊韻

제암

천지간에 임금의 호령 무늬를 이루니	乾坤風水渙爲文
바다 밖 삼신산에서도 흡족히 들었겠네	海外三神愜所聞
벽도화[57] 아래에서 서로 이야기하며	碧桃花下人相語
부상의 오색구름을 웃으며 가리키네	笑指扶桑五色雲

제암 이공의 시에 다시 화답하다
再和濟菴公瓊韻

부산

오채색 무늬의 난새와 봉황 날아오니	鸞鳳搏來五彩文
울음소리 음률에 맞아 듣기 황홀하네	瑤音和律不堪聞
내일 아침 세찬 바람 불어 닥치거든	明朝恐値長風至
곧장 봉래산 흰 구름 속으로 들어가게	直向蓬來入白雲

---

57 벽도화(碧桃花): 벽도는 전설상의 신선인 서왕모(西王母)가 한 무제에게 주었다는 선
　도(仙桃)를 이른다.

부산이 다시 첩운한 시에 삼가 답하다
奉酬鄗山再疊

제암

아침저녁으로 귀허[58]엔 천문이 뒤섞이고	歸墟朝暮混天文
봄날 인어 비단 짜는 소리 언덕 너머 들리네	鮫杼春聲隔岸聞
그대 부상에 채색 누에고치 따 가지고 와	彩繭扶桑君摘到
화려한 비단 짜서 연운 같은 옷 지었네[59]	織成華錦纈烟雲

해고 이공께 삼가 드리다
奉呈海臯李公案下

부산

미인이 멀리 서방으로부터 오니	美人遙至自西方
고운 얼굴에 구름비단 치마로다	宛轉娥眉雲錦裳
홀연히 양춘가 한 곡조 부르니	忽唱陽春歌一曲
고상한 곡조 화답 어려워 애타구나	調高難和斷人腸

---

58 귀허(歸墟): 전설상 바닷속에 있다는 깊이를 알 수 없는 계곡을 말한다. 『열자(列子)』,
「탕문(湯問)」에 "발해(渤海)의 동쪽 몇십만 리나 되는지 알 수 없는 곳에 큰 골짜기가
있는데, 실로 밑이 없는 골짜기이다. 그 아래는 밑이 없고, 이름을 귀허라고 한다." 하였다.
59 그대…… 지었네: 훌륭한 재주로 좋은 글을 지었다는 말을 옷에 빗대어 표현한 것이다.

부산이 부친 시에 삼가 화답하다
奉和釜山寄韻

해고

아득히 넓은 바다 한 쪽 난야[60]에서	蘭若迢迢水一方
시와 술로 멀리 떨어진 선비들 모였네	天涯詩酒集冠裳
바다 노을과 신기루 안개 자욱한 자리에서	鮫霞蜃霧紛□座
비단을 목과로 보답하니[61] 매우 부끄럽네	瓜報多慚錦繡腸

해고의 시에 다시 화답하다
再和海皐公瑤韻

부산

사신수레 쉬지 않고 동쪽으로 달리니	星軺不駐向東方
노래 끝난 이별 자리에 눈물이 옷 적시네	歌罷離筵淚濕裳
함령 넘을 때 응당 마부 꾸짖으리니	函嶺踰時應叱馭
험하고 험한 외길 양장[62] 같아서겠지	崎嶇一路入羊腸

함령(函嶺)은 동도(東都) 서쪽 250리에 있다.

---

60 난야(蘭若): 범어 아란야(阿蘭若)의 준말로, 한가롭고 고요하여 비구들이 수행하기에
   적당한 곳을 이르는데, 변하여 절을 가리키는 말로 쓰인다.

61 비단을 …… 보답하니: 『시경』, 「목과(木瓜)」에 "나에게 목과를 던져 주니, 구슬로 보답
   하였네.[投我以木瓜, 報之以瓊琚.]"라고 하였는데, 여기서는 이와 반대로 부산의 훌륭한
   문장에 변변치 않은 글로 보답한다는 뜻이다.

62 양장(羊腸): 산서성(山西省)에 있는 판도(坂道) 이름이다. 비탈길이 마치 양의 창자처
   럼 꼬불꼬불하여 매우 험난하므로 붙여진 이름이다.

부산이 다시 첩운한 시에 삼가 답하다
奉酬鄾山再疊韻

해고

영약이 죽지 않는 처방이라는 말 듣고	靈藥曾聞不死方
동쪽 구름바다 떠가며 바지 걷어 올렸네[63]	東浮雲海試褰裳
봄 지나 꽃 떨어져 공연히 이별 서글프니	春歸花落空傷別
강철 같은 심장 약해지는 걸 어찌하랴[64]	無奈柔鉛繞鐵腸

○ 필어

구헌: 적간관 파도에 겨우 그대 나라에 이르러 여러 훌륭한 분들을 뵙게 되니, 만리 객수에 위로가 됩니다. 족하께서 만일 좋은 시를 지으신 것이 있다면 한 번 볼 수 있겠습니까?

---

63 바지 걷어 올렸네: 적극적으로 찾아 나섰다는 말이다. 『세설신어(世說新語)』, 「언어(言語)」에 "가령 진나라와 한나라의 임금이라면, 분명히 바지를 걷어 올리고 발에 물을 적셨을 것이다.[若秦漢之君, 必當褰裳濡足]"는 말이 나오는데, 진과 한의 임금은 각각 진시황(秦始皇)과 한 무제(漢武帝)를 가리킨다. 『사기(史記)』 봉선서(封禪書)에 "봉래(蓬萊), 방장(方丈), 영주(瀛洲)의 삼신산에 선인(仙人)과 불사약(不死藥)이 있다는 방술사(方術士)의 말을 듣고 진시황과 한 무제가 직접 동해(東海)까지 갔다가 돌아왔다."는 내용의 기록이 실려 있다.

64 강철 …… 어찌하랴: 이별에 마음이 약해져 어찌할 수 없다는 말이다. 유연(柔鉛)은 부드러워서 어떤 형태로도 바뀔 수 있는 납이다. 진(晉)나라 유곤(劉琨)이 단필제(段匹磾)에게 구류(拘留)되어 반드시 죽게 되리라고 예상하고는 별가(別駕) 노심(盧諶)에게 오언시(五言詩)를 지어 주었는데, 그중에 "어찌 생각했으랴 백번 단련된 강철이라고 자신했던 내가, 손가락으로 구부릴 정도로 흐물흐물하게 변할 줄이야.[何意百鍊剛, 化爲繞指柔.]"라고 하며 연약해진 자신의 심경을 토로한 말이 나온다. 『晉書 卷62 劉琨列傳』

물음. 부산: 기해년(1719, 숙종45) 가을에 조선의 빙사가 적마관에 사신 수레를 멈추니, 본 번의 유관(儒官) 아무개 등이 빈관에서 사신을 영접하였습니다. 저는 그때 겨우 15세여서 유관의 뒤를 따라 이곳에 이르러 다행스럽게 강백(姜栢)[65]·장응두(張應斗)[66] 두 분을 뵐 수 있었습니다. 어리석고 무지한 저는 무릎에 앉았던 한 별[67]에 해당되지 못하였지만 구석에 앉아 시간을 보냈으니, 지금까지도 저로 하여금 그때가 생각나게 합니다. 생각건대 강공은 60세 정도일 것이고 장공은 아마도 조정에서 지팡이를 짚을 나이[68]일 것이니, 확삭(矍鑠)[69]하십니까?

---

65 강백(姜栢): 1690~1777. 조선 후기 문신 겸 시인으로, 자는 자청(子靑), 호는 우곡(愚谷)·경목(耕牧)이다. 찰방을 역임하였고, 과시(科詩)에 능했으며 시풍(詩風)이 호탕하였다. 1719년 9차 통신사행 때 서기로 일본에 다녀왔다.

66 장응두(張應斗): 1670~1729. 자는 필문(弼文), 호는 국계(菊溪)이다. 1719년 통신사행 때 서기로 일본에 다녀왔다.

67 무릎에 앉았던 한 별: 자신에 대한 겸사로 순욱(荀彧)의 고사에 빗대어 표현한 것이다. 후한(後漢) 때의 고사(高士) 진식(陳寔)이 일찍이 순숙(荀淑)의 집을 방문했던바, 그가 본래 가난하여 노복(奴僕)이 없었으므로, 장자(長子) 진기(陳紀)에게 수레를 몰게 하고 차자 진심(陳諶)에게는 지팡이를 갖고 뒤에서 따르게 하고 손자 진군(陳羣)은 아직 어려서 수레에 앉힌 채로 순숙의 집을 들어가자, 순숙은 아들이 여덟이었는데, 셋째 아들 순정(荀靖)을 시켜 손님을 맞아들이게 하고 여섯째 순상(荀爽)을 시켜 술시중을 들게 하고 손자 순욱(荀彧)을 무릎에 앉혀 안고 있었다. 이들은 모두 재덕(才德)이 뛰어난 인물들이었으므로, 이날 밤에 덕성(德星)이 나타나자, 태사(太史)가 아뢰기를 "500리 안에 반드시 현인이 모였을 것입니다.[五百里內有賢人聚]"라고 했다고 한다. 순숙이 살던 마을은 본래 서호리(西豪里)였는데, 현령(縣令) 원강(苑康)이 말하기를 "옛날 고양씨(高陽氏)가 재자(才子) 8인을 두었었다." 하고는 그 마을을 고양리(高陽里)로 바꿔 부르게 하였으며, 당시 사람들은 순숙의 여덟 아들을 팔룡(八龍)이라 호칭했다고 한다. 『世說新語 德行』

68 조정에서 …… 나이: 80세를 말한다. 『예기』, 「왕제(王制)」에 "80세가 되면 조정에서 지팡이를 짚는다.[八十杖於朝]" 하였다.

69 확삭(矍鑠): 나이 든 사람이 여전히 강건하여 젊은이처럼 씩씩하게 행동하는 것을 말한다. 동한(東漢)의 복파장군(伏波將軍) 마원(馬援)이 62세의 나이에도 불구하고 말에 뛰어

답함. 구헌: 물으신 것은 화양에게 답한 편지에서 다 말씀드렸으니, 함께 보시기를 바랍니다.

물음. 부산: 귀국 부산포에 있는 전수사(專修寺)라는 절을 우리나라 승려인 친란(親鸞)[70]의 제자 원지(源智)[71]가 불법의 기반을 열었다고 하는데, 지금도 남아 있습니까?

답함. 구헌: 제가 살고 있는 곳은 부산과 매우 멀어서 이 절의 유무를 모르겠고, 지금 사행 중이라 경황이 없어 물을 수도 없으니 어떻게 대답할 수 있겠습니까.

답하고 물음. 구헌: 귀국의 문화(文華)에 대해서는 이미 청천(青泉)[72]에게서 들었는데 그 사이에 또 30년이 지났습니다. 근래에 국가의 성세를 드날리는 자 중에서 누가 우두머리를 맡고 있습니까? 백석(白石)[73]의 문인들 또한 전수받은 것이 있고, 시 이외에도 성리학에 뜻

어 올라 용맹을 보이자, 광무제(光武帝)가 "이 노인네가 참으로 씩씩하기도 하다.[矍鑠哉 是翁也]"라고 찬탄한 고사가 전한다. 『後漢書 卷24 馬援列傳』

70 친란(親鸞): 1173~1262. 겸창(鎌倉)시대 초기의 일본 승려로, 정토진종의 종조이다.

71 원지(源智): 1183~1239. 겸창(鎌倉)시대 전기의 정토종(淨土宗) 승려이다.

72 청천(青泉): 신유한(申維翰, 1681~1752)의 호로, 자는 주백(周伯), 본관은 영해(寧海)이다. 증광문과(增廣文科)에 병과(丙科)로 급제한 다음 1719년에 제술관(製述官)으로 정사 홍치중(洪致中)을 따라 일본에 다녀왔다. 저서에 『청천집(青泉集)』·『분충서난록(奮忠紓難錄)』·『해유록(海遊錄)』 등이 있다.

73 백석(白石): 원여(源璵, 1657~1725)의 호로, 보통 신정백석(新井白石, 아라이 하쿠세키)으로 불린다. 일본 강호시대(江戶時代) 중기의 주자학자(朱子學者)이며, 정치인이다. 유신(儒臣)으로서 막부(幕府) 장군의 막신(幕臣)이 되어 많은 사적을 남겼다. 저서에 『번한보(藩翰譜)』·『독사여론(讀史餘論)』·『서양기문(西洋紀聞)』 등이 있다. 『日

을 두고 있습니까? 바라건대 자세히 말씀해 주십시오.

답함. 부산: 우리나라의 문학이 성대했던 때는 40년 전으로, 조래 (徂徠)[74] 선생께서 복고의 학문으로 해내에 홀로 우뚝하니 따르는 사람들이 구름처럼 많았습니다. 그 이후에 효시는 동도(東都)의 남곽 (南郭)[75]·춘대(春臺)[76]와 우리 번의 주남(周南)이 모두 경학과 문장으로 심오한 경지에 이르렀고, 백석은 단지 시로 명성을 드날렸을 뿐입니다.

本歷史辭典』

74 조래(徂徠): 적생조래(荻生徂徠, 오규 소라이, 1662~1728). 이름은 쌍송(雙松)이고 조래(徂徠)는 그의 호이다. 일본의 고학파(古學派)로서, 『논어변(論語辯)』·『조래집(徂 徠集)』 등의 저술이 있다.

75 남곽(南郭): 복부남곽(服部南郭, 핫도리 난가크, 1683~1759). 이름은 원교(元喬), 자 는 자천(子遷), 소우위문(小右衛門)이라 칭하였고, 부거관(芙蕖館)이라고도 하였다. 강 호시대 중기의 유학자, 한시인, 화가이고, 적생조래의 고제(古弟)이다. 저서에 『남곽문집 (南郭文集)』·『절구시집(絕句詩集)』 등이 있다.

76 춘대(春臺): 태제춘대(太宰春台, 다자이 슌다이, 1680~1747). 이름은 순(純), 자는 덕 부(德夫), 통칭 미좌위문(彌左衛門)이라고 한다. 강호중기의 유학자, 경세가(經世家)이 다. 저서에 『논어고훈(論語古訓)』, 『춘대문집(春台文集)』 등이 있다.

저번에 인접사(引接寺)[77]에서 박공 등 여러 사람들을 만나 직접
가르침을 받았는데, 자리에 차공(車公)[78]이 없어 여러 사람들이
모두 안색이 좋지 않았습니다. 대마도의 남계공(枏溪公)에게 물
어보니, 공이 삼사대(三使臺)에 있어 와서 보지 못하였다고 하
였습니다. 그래서 지금까지도 매우 유감스럽습니다. 인하여 절
구 4편을 지어 취설 유공께 삼가 드립니다.

昔接朴公諸公於引接寺, 親承咳唾, 而座無車公, 諸公皆有不豫色. 扣
之對州枏溪公, 公在三使臺, 不得來見, 於今遺憾不少. 因賦鄙絶四章
奉呈醉雪柳公案下.

부산

사신 왕래 예나 지금이나 수고로운데	使節往還勞古今
신선 배 오늘 저녁 강가에 정박하였네	仙舟此夕滯江潯
서쪽에서 온 분 청우의 객이 아닌가	西來不是靑牛客
적마관 위에 자기가 짙게 드리웠구나	赤馬關頭紫氣深

---

77 인접사(引接寺): 경도시(京都市) 상경구(上京區)에 있는 고야산(高野山) 진언종(眞言宗)에 속하는 절이다.

78 차공(車公): 차공은 진(晉)나라 차윤(車胤)을 가리키는데, 차공을 유취설에 빗대어 표현한 것이다. 차공은 풍채와 기지가 뛰어나 연회하는 자리에 그가 없으면 재미가 없었다. 그가 환온(桓溫)의 하료(下僚)로 있었는데 성대한 연회가 있을 때 그가 없으면 "차공(車公)이 없으니 재미가 없다." 하였고, 사안(謝安)도 성대한 연회를 열어 그를 대접했다. 『晉書 卷83 車胤列傳』

두 번째
其二

바다 임한 빈관 앞에 산 빛이 차가운데 臨海舘前山色寒
적간관문에 석양이 강가에 떨어지구나 關門斜日落江干
그대 지금 여룡굴 내려다보고 있으니 君今下眼驪龍窟
명월주 나에게 던져 보여 주게나 願擲明珠與我看

세 번째
其三

풍류 있는 사신 노고 사양치 않고 風流使者不辭勞
배에 옮겨와 기대니 의기 높구나 徙倚柁樓意氣高
바다 따라가는 앞길에 장관 많으니 遵海前程多壯觀
내일 아침에 또 광릉의 파도[79] 보리라 明朝且望廣陵濤

네 번째
其四

비단 돛대 멀리 바다 동쪽으로 날아가니 錦帆遙向海東飛

---

79 광릉(廣陵)의 파도: 한(漢) 나라 매승(枚乘)이 오객(吳客)과 초 태자(楚太子)의 문답
형식으로 지은 '칠발 팔수(七發八首)'에, 광릉(廣陵) 곡강(曲江)에 이는 파도의 장관을
멋지게 묘사한 내용이 나온다. 『文選 卷34』

두 언덕의 청산이 나그네 옷에 아롱지네　　　兩岸青山映客衣

지금 이곳엔 비록 맛있는 농어회 없지만　　　此地縱無鱸膾美

가을바람 일 때 돌아가는 그대 기다리리[80]　　秋風起日待君歸

지난 번 함지의 음악[81]을 들었는데, 남은 메아리가 아직도 귓가에 맴돕니다. 배를 정박한 날이 얼마 되지 않아 정다운 이야기를 다시 하기 어려우니, 그립고 그리운 마음 가눌 길이 없습니다. 애오라지 율시 한 편 지어 동쪽으로 유람하는 구헌·제암·해고 세 분을 송별합니다.

昨聞咸池大音, 遺響猶在耳. 繫纜不日, 晤言難再, 不堪戀戀之情. 聊賦一律送別矩軒、濟菴、海皐三公東遊.

　　　　　　　　　　　　　　　　　　　　부산

여러 섬들 빈관에 이웃해 있으니　　　島嶼隣賓舘

바다 기운 사이에 잠영[82]이 빛나네　　簪纓海氣間

삼한의 구름 눈으로 보기 어려운데　　韓雲難矚目

나루터 나무만이 활짝 웃고 있네　　　津樹只怡顔

난초 향기 여러 번 맡고자 하나　　　蘭臭貪三嗅

표범 가죽 무늬 하나만 보았다오[83]　　豹文窺一斑

80　지금······ 기다리리: 진(晉)나라 장한(張翰)이 가을바람이 불어오는 것을 보고는 고향인 오(吳)땅의 순챗국[蓴羹]과 농어회[鱸膾]가 생각나서 벼슬을 그만두고 바로 돌아갔다는 고사가 있다. 『晉書 卷92 文苑列傳 張翰』

81　함지(咸池)의 음악: 함지는 요 임금의 음악이라고도 하고, 일설에는 황제(黃帝)가 만든 음악인데 요 임금이 증수(增修)하여 사용했다고도 한다.

82　잠영(簪纓): 관(冠)에 꽂는 비녀와 갓끈으로, 고관대작(高官大爵)을 이른다.

| 참으로 아름다운 땅 아니어서 | 以非洵美土 |
| 일찍 동쪽 향해 떠나시는가 | 早已向東寰 |

구헌 박공께 삼가 드리다
奉呈矩軒朴公案下

부산

우혈[84]은 누가 찾았나	禹穴誰探得
용문에 그대 스스로 올랐다오	龍門君自攀
장대한 마음으로 바다 건너와	壯心堪踊海
호기로 일찍 적간관 지났다오	豪氣早過關
선약 캐기 위해 영주로 떠나고	采藥瀛洲去
구슬 주우러 합포로 돌아가네[85]	拾珠合浦還
우연히 모녀[86]의 유적 찾았고	偶尋毛女跡
때론 우인[87]의 얼굴 보았다네	或駐羽人顏

---

83 표범……보았다오: 표범 가죽의 무늬 하나만을 보았다는 '규표일반(窺豹一斑)'의 준말로, 일부분만을 보고 완전한 정체(整體)를 보지 못했다는 뜻이다.

84 우혈(禹穴): 회계산의 지맥(支脈)인 완위산(宛委山)에 있는 우(禹) 임금의 유적으로서 사마천이 20세 때에 유력했던 곳이다. 『史記 太史公自序』

85 구슬……돌아가네: 동한(東漢) 때에 맹상(孟嘗)이 합포 태수(合浦太守)로 부임하여 폐단을 개혁하고 청렴한 정사를 펼치자 그동안 마구 캐내어 생산되지 않던 진주(珍珠)가 예전처럼 다시 많이 나오기 시작했다는 환주합포(還珠合浦)의 고사를 차용하였다. 『後漢書 卷76 循吏列傳 孟嘗』

86 모녀(毛女): 전설 속의 선인(仙人)이다.

87 우인(羽人): 우화등선(羽化登仙)한다는 신선을 말하는데, 사람이 득도를 하면 몸에 모우(毛羽)가 돋아난다는 전설이 굴원이 지은 「원유(遠游)」의 주에 소개되어 있다. 『楚

명승 구경할 마음과 도구 겸했으니	濟勝兼情具
좋은 유람 병약해선 안 된다네	好遊非病屏
한나라의 훌륭한 태사는	漢家良太史
시부 지으러 명산 두루 다녔다네	詩賦遍名山

제암 이공께 삼가 드리다

奉呈濟菴李公案下

부산

삼한의 선사가 목란선 타고 오니	三韓仙使木蘭舟
비단 닻 상아 돛대에 자기 흐르네	錦纜牙檣紫氣流
서쪽 구름 보니 대마도 지나가고	西顧看雲過馬島
동쪽 유람 해 따라 청주[88]에 들어오네	東遊指日入蜻洲
백년의 옥백으로 우호 맺으면서	百年玉帛結和好
양국의 사대부 술잔 서로 주고받네	二國衣冠事獻酬
태평한 세월에 멀리 오지 않았다면	正是升平無遠通
만나서 풍속의 우수성 말했겠는가	相逢共說土風優

辭 卷5』

88 청주(蜻洲): 청정주(蜻蜓州)로 일본의 옛 칭호이다.

두 번째
其二

부상 바닷가 적마관 높은 곳에	赤馬關高桑域濱
신선이 배 멈추고 통하는 나루 묻네	仙郎停棹問通津
산 빛은 해 띠고 배에 들어 차갑고	山光帶日入船冷
나무는 안개 머금고 언덕에 와 새롭네	樹色含烟來岸新
북 피리 연주하니 바다 신 놀라고	鼓笛奏來驚海若
훌륭한 문장 지으니 강의 신 감동하네	文章裁作感江神
서로 만남에 더욱 옛 지기 같으니	相逢更似舊知己
멀리 떨어져도 이웃 될 수 있다네	始信天涯爲比隣

해고 이공께 삼가 드리다
奉呈海皐李公案下

부산

비단 돛 동으로 가며 바닷길 물으니	錦帆東去問滄洲
한 줄기 장풍이 바다 구름 거두네	一片長風海霧收
문득 가인이 부는 피리 소리 듣고	忽聽佳人能弄笛
바로 함께 배에 있는 신선 보았네	便看仙侶共同舟
세찬 파도는 위세 떨치며 바다 뒤집고	驚濤振勢沸鮫室
뜨거운 해는 더욱 타올라 신기루 비치네	畏日增華映蜃樓
은혜 받은 태사는 지금 붓 들고서	太史啣恩今載筆
지나가는 강산을 노래에 담는구나	江山過處入歌謳

두 번째
其二

대방의 사신이 강나루에 머무르니	大邦使節滯江關
서둘러 맞이하여 함께 활짝 웃었네	倒屣逢迎共解顔
규룡이 낳은 훌륭한 보배 가지고	拾得蚪胎生至寶
자라 등에 업힌 고산에 올랐지	攀來鼇背負孤山
남아가 처음 뜻으로 천하 내달려	懸弧夙志馳天下
붓 잡고 큰 명성 세상에 떨쳤어라	搦管大名鳴世間
동방에 와 아름다운 시 많이 지으니	東道到時多麗句
돌아가는 그대 전송하며 슬퍼하네	主人惜別送君還

이상 10수에 대해서는 화답시를 받지 못했다.

○ 통자

백년의 옛 맹약을 다지고 양국의 우호를 닦다.

세 사신께서 멀리 동쪽 향해 올 때에 만리 창해에 파도가 일지 않아 배가 무사히 적간관에 도착하였으니, 한량없는 큰 복 받은 것을 매우 축하드립니다. 저는 성은 산(山), 이름은 청(淸), 자는 자익(子瀷), 호는 화양(華陽)입니다. 강관(講官)으로 본 번에 벼슬하고 있었는데, 사신 깃발이 온다는 말을 듣고 명을 받들고서 이곳에서 삼가 기다린 지 며칠이 되었습니다. 이제 멀리 버리지 마시고 한 자 되는 작은 땅에 참석할 수 있게 해 주신다면 매우 감사하겠습니다. 저의 아들 도진(道晉)도 따라와 말석에 참여한다면 존엄하신 분들을 가볍게 하겠지만, 그래도

만약 곁에 배석하여 가르침을 받을 수 있도록 해 주신다면, 은덕에 배부름이 실로 늙은 소가 송아지를 핥는 애정[89]과 같을 것입니다. 삼가 바라건대 어여삐 살펴 주십시오.

절구 한 편을 제술관 박공께 삼가 드리다
俚絕一章奉呈製述官朴公

화양

적마관 기슭에 바다 빛이 짙은데	赤馬關頭海色高
동쪽 광릉에 파도 보기 좋아라	廣陵東去好觀濤
이곳 장대한 유람에 흥 넘쳐나니	壯遊此處興何淺
매숙은 수고롭게 칠발 지었구나	七發還敎枚叔勞

화양의 시에 차운하다
次酬華陽見示韻

구헌

해안의 조수 소리 배 아래 큰데	海岸潮聲下棹高
양국에 이제 풍파 일어나지 않네	兩疆今不起風濤

---

89 늙은…… 애정: 자식을 끔찍이 사랑하는 어버이를 뜻하는 말이다. 양표(楊彪)의 아들 양수(楊修)가 조조(曹操)에게 죽음을 당하였는데, 그 뒤에 조조가 양표에게 왜 그토록 야위었느냐고 묻자, 양표가 "늙은 소가 송아지를 핥아 주는 애정을 아직도 지니고 있어서 그렇다.[猶懷老牛舐犢之愛]"라고 대답한 고사에서 유래한 것이다.『後漢書 卷54 楊震列傳 楊彪』

| 문득 작은 종이에 흥건한 붓 글씨 보니 | 忽看短幅淋漓筆 |
| 뗏목타고 고생한 노고 위로하는구나 | 爲問孤槎跋涉勞 |

구헌 박공의 시에 다시 화답하다
再和矩軒朴公高韻

화양

바다 구름 다 날려 저녁 하늘 높은데	海雲飛盡暮天高
현도[90] 서쪽으로 천리 파도 이어졌네	玄菟西連千里濤
봄날 안부 묻고 싶지만 강가에 홍안 없으니	春謝江頭鴻雁少
고향생각 꿈에 들어와 몇 번이나 괴로웠나	鄕懷入夢幾回勞

화양이 다시 첩운한 시에 화답하다
和華陽再疊韻

구헌

머리 위 은하수 가는 길에 높이 떠있고	頭上銀河去路高
격년 동안 돌아가는 꿈 파도에 부치네	隔年歸夢寄滄濤
내일 새벽 조후[91]에 서풍이 세찰 테니	明晨潮候西風遠

---

90 현도(玄菟): 한 무제(漢武帝)가 일찍이 위만 조선(衛滿朝鮮)을 없애고 한사군(漢四郡),
즉 낙랑군(樂浪郡), 진번군(眞蕃郡), 임둔군(臨屯郡), 현도군(玄菟郡)을 설치했다. 그중
의 현도군을 말하는데, 그 위치는 지금의 평안도 일대에 해당한다.

91 조후(潮候): 조수가 드는 시간을 말한다.

| 뱃사공 키를 트는 수고 필요 없으리라 | 不費篙師捩柁勞 |

제암 이공께 삼가 드리다
奉呈濟菴李公案下

화양

삼천리 한 길에 큰 바다 텅 비었는데	一路三千大海空
돛 달고 아스라이 장풍 타고 가네	懸帆漂渺馱長風
멈추지 않고 계속 또 어디로 가는가	行行不駐知何處
해 뜨는 동쪽 부상을 다 구경하리라	看盡扶桑日出東

화양의 시에 삼가 화답하다
奉和華陽見示韻

제암

구슬 나무 누대에 바닷물 허공에 가득하니	珠樹樓臺海浸空
봄날 선사가 개나리꽃 바람 따라가네	仙槎春趁棟花風
백년의 호저[92]에 정신적 사귐 있으나	百年縞紵神交在
부평초처럼 떠도는 인생 정처 없다오	萍水浮生西復東

---

92 호저(縞紵): 호(縞)는 흰 명주로 만든 띠를 말하며, 저(紵)는 모시로 만든 옷을 말하는
데, 친구 간의 선물이나 교제(交際)를 뜻하는 말로 사용된다. 『춘추좌씨전(春秋左氏傳)』
양공(襄公) 29년 조에 "오(吳)나라 계찰(季札)이 정(鄭)나라에 사신으로 갔다가 그곳에서
처음으로 만난 자산(子産)을 보고 구면처럼 여겨서 흰 명주로 만든 띠[縞帶]를 그에게
선물로 주었더니, 자산은 모시로 만든 옷[紵衣]을 답례로 주었다." 하였다.

제암 이공의 시에 다시 화답하다
再和濟菴李公高韻

화양

아득한 창파에 푸른 하늘 잠기니	渺渺蒼波涵碧空
나그네 배 석우풍[93]에 잠시 정박했네	客舟暫泊石尤風
즐거운 일은 고인의 술만 한 게 없으니	結驪誰似故人酒
내일 아침이면 닻줄 풀고 동쪽 향하리	解纜明朝又向東

화양의 시에 다시 답하다
再酬華陽韻

제암

산호의 자기가 허공에 흔들리니	珊瑚紫氣蕩虛空
동틀 녘 신선 배 바람 타기에 좋구나	拂曙仙舟好馭風
훗날 서로 그립던 곳 묻고자 하는가	欲問他時相憶處
채운이 멀리 해 뜨는 동쪽 가리키리라	彩雲遙指日生東

---

93 석우풍(石尤風): 역풍(逆風) 혹은 회오리바람을 말한다. 옛날 상인인 우모(尤某)의 부
  인 석씨(石氏)가 멀리 무역을 떠나 돌아오지 않는 남편을 그리워하다가 죽게 되자, 당시
  에 떠나는 배를 붙잡지 못한 것을 한스러워 하면서 "멀리 떠나는 배가 있으면 내가 마땅히
  천하의 부인들을 위해서 큰 바람을 일으켜 저지하겠다."고 말했다는 전설에서 유래한 것
  이다. 『玉臺新詠 卷10 丁督護歌』

해고 이공께 삼가 드리다
奉呈海皐李公

화양

서풍이 안개 불어 창해 맑게 개이니	西風滄海霧吹烟
만리 긴 바닷길 맑고 물결 일지 않네[94]	萬里長流淸不漣
사명 받들고 행로난(行路難)[95] 노래하지 말게	奉使休歌難路曲
상서로운 구름이 목란선 호송하리니	祥雲護送木蘭船

화양의 시에 삼가 답하다
奉酬華陽贈韻

해고

해 뜰 녘 누선이 붉은 안개 향해 가니	旭日樓船向紫烟
정처 없는 마름꽃 잔물결 희롱하듯	蘋花不定弄漪漣
떠다니는 신세니 오늘 이별 상심 말게	萍水莫傷今日別
청추[96]에 북쪽으로 돌아가는 배 만나리니	淸秋相見北歸船

---

94 맑고 …… 않네: 『시경』, 「위풍(魏風) 벌단(伐檀)」에, "어차어차 박달나무를 베어, 하수 (河水)의 물가에 놓아두니, 하수가 맑고 또 잔물결이 일도다.[坎坎伐檀兮, 寘之河之干 兮, 河水淸且漣猗.]"라고 한데서 인용하였다.

95 행로난(行路難): 세상길이 험난함을 읊으면서 이별의 슬픔을 노래한 악부가사(樂府歌 辭)의 곡 이름인데, 여기에서는 사행 길의 험난함을 읊은 것이다.

96 청추(淸秋): 음력 9월을 뜻하는 시어(詩語)이다.

○ 필어

제암: 만리 배 타고 해 뜨는 나라의 문헌(文獻)을 보고자 하였는데, 다행히 군자들의 돌보심과 성의(誠儀)를 입었으니, 세상에 드문 인연이라 필설(筆舌)로 주고받는다면 거의 경개(傾蓋)의 기쁨[97]을 얻을 수 있을 것입니다.

아룀. 화양: 기해년에 저는 겨우 약관의 나이요 일개 서생이라, 본번의 유신의 뒤를 따라 상관(上關)과 하관(下關)에서 사신들을 영접하였습니다. 그 때에 학사 신유한(申維翰) 및 강백(姜栢) · 성여필(成汝弼) · 장응두(張應斗) 세 서기의 은덕으로 문단에서 배석하여 모시며, 우이(牛耳)의 남은 피를 바르고 한 집에서 팔을 맞잡고 수차례 시를 주고받았습니다. 그리하여 지금까지도 남은 가르침을 생각함에 그립고 그리워 마음에 잊혀지지 않습니다. 벌써 30년이 지났지만 꿈처럼 황홀하여 감회가 한 번 일어나면 서글퍼 눈물을 훔치지 않은 적이 없었습니다. 제군께서는 지금 건강하십니까? 연세와 덕이 높으시니 관작이 더욱 올라 조정의 대들보가 되었는지요? 제 머리털은 희끗희끗하고 예전처럼 용렬하니, 늙은 천리마도 마구간에 엎드려 있으면 오히려 십리도 못 가는데 하물며 저같이 노둔한 말에 있어서이겠습니까. 저는 세상에 아무런 보탬이 되지 못하고 다만 죽지 않는다는 조롱[98]만

---

97 경개(傾蓋)의 기쁨: 경개는 길가에서 서로 만나 수레를 잠깐 세우고서 이야기를 한다는 말로, 한번 보고는 바로 지기(知己)로 받아들이는 것을 뜻한다.

98 죽지 않는다는 조롱: 못된 인간을 준열하게 꾸짖는 말인데, 여기에서는 늙은 자신에 대한 겸사로 쓰였다. 공자가 원양(原壤)에 대해서, '늙어서 죽지 않는 것을 적이라고 한

받고 있을 뿐입니다.

답함. 구헌: 기해년부터 지금까지 벌써 30년이 지났습니다. 성여필과 장응두는 이미 저 세상 사람이 되어 일으킬 수 없고, 강백도 늙고 병들어 산야에서 은거하고 있습니다. 청천만이 우뚝 홀로 남아 있기에, 올 때에 그와 함께 일본의 소식에 대해 함께 이야기 하고서 인하여 부상 서쪽에 문운(文運)이 크게 열렸음을 알았습니다. 이제 족하의 맑은 의범을 보고 비로소 전에 왔던 분이 창수했던 때의 일을 들어보니, 황홀하여 만리 이국에서 청천을 뵌 듯합니다. 청천은 지금 70세인데, 명예에 뜻이 없어 근래 영일(迎日) 태수로서 노년을 유유자적한 곳에서 보내고 있지만, 근력은 50세의 타인보다 적지 않아 아직까지도 일동(日東)의 여러 시인들에 대해 지칠 줄 모르고 이야기하며 잊지 못하겠다고 말하였습니다. 청천이 창수한 작품 중에 간행되어 전해진 것이 있습니까? 부디 저를 위하여 찾아 보여 주신다면 우연히 바다 멀리에서 청천의 모습을 대신할 수 있을 것입니다.

다시 답함. 화양: 성여필과 장응두 두 분은 이미 지하의 수문랑(修文郎)[99]이 되었고, 경목자(耕牧子) 강백도 늙고 병들어 관직을 그만두었다고 하니 한탄스럽지만, 오직 신청천만이 70세인데도 원기가 왕

다.[老而不死是謂賊]'는 말을 인용하였다. 『論語 憲問』

99 수문랑(修文郎): 천상(天上)에서 글을 짓는 관원으로, 뛰어난 인물의 죽음을 뜻한다. 진(晉)나라의 소소(蘇韶)가 죽은 뒤에 다시 나타나 형제들에게 말하기를 "현재 천상에는 공자(孔子)의 제자인 안연(顔淵)과 복상(卜商)이 수문랑으로 있다." 하였다. 『太平廣記 卷319 蘇韶』

성하고 씩씩하다고 하니 연세와 덕이 공경스럽습니다. 청천이 창수한 여러 작품은 예전에 이미 출판되어 아마 부상에 두루 퍼졌을 것입니다. 그런데 제가 고향을 2백리나 떠나왔고 수중에 한 권도 없어서 공의 요구에 응할 수 없으니, 이것이 안타까울 뿐입니다.

또 물음. 구헌: 말씀하신 바는 다 알겠습니다. 30년 전의 일이라 생각함에 길게 탄식할 뿐입니다. 사신의 일을 마치고 돌아갈 때에 청천의 시를 볼 수 있겠습니까? 부디 제 뜻을 저버리지 말아 주십시오.

답함. 화양: 그렇게 하겠습니다.

아룀. 화양: 기해년에 필문(弼文) 장응두가 저에게 금강산의 승경을 매우 자세히 말해주었습니다. 53개의 불상과 일만 이천 개의 봉우리가 있고, 많은 골짜기에 맑은 물이 넘쳐나며, 바위는 모두 서 있는 신선과 정좌한 부처 같으니, 영산(靈山)이라 할 만합니다. 그런데 귀국의 대전(大典)에는 명산에 봉사(封祀)하는 예수(禮數)가 기록되어 있지 않으니 어째서입니까? 천태산이 오악(五嶽)에 끼지 못한 것과 같은 경우입니까? 그 이유를 말씀해 주십시오.

답함. 구헌: 금강산은 천하제일의 동부(洞府)[100]입니다. 50여개의 금부처는 오히려 불가의 허탄하고 기궤한 법문(法門)에 속하지만, 일만 이천 개의 연화꽃 같은 빛이 북극성을 떠받치고 동쪽 바다를 누르고 있습니다. 우리나라는 황명(皇明)이 건국한 이후로 대대로 후작(侯爵)

---

100 동부(洞府): 도교(道敎)의 용어로, 신선들이 사는 지역이라는 뜻이다.

의 법도를 공손히 받들고 있기 때문에 감히 지역 내 산천에 희생과
폐백을 올리지 못한 것이니, 어찌 우리 동방이 임방(林放)만 못하다고
하겠습니까.[101]

이상은 4월 5일에 빈관에서 창화한 것이다.

남아가 활 걸고 힘차게 나는 뜻으로	男兒懸弧雄飛志
머리 묶고 팔 걷고 사방 유람하네	結髮攘臂遊四方
동쪽 서쪽 노나라 진나라까지 달렸고	西奔東走窮秦魯
북쪽 오랑캐 남쪽 월나라 얼마나 먼가	北胡南越何渺茫
새벽에 백제성을 출발하여[102]	晨發軔於白帝虛
저녁에 창오의 곁에 묵었네[103]	昏宿于蒼梧之傍
칠택에는 비바람 불어 낮에도 어둡고	七澤風雨晝溟溟
구의산의 뭇 봉우리 의아해하며 보네	九疑衆峰疑且望

---

101 임방(林放)만…… 하겠습니까: 우리나라도 예의 근본을 물은 임방처럼 예를 알고 있다
　는 말이다. 임방은 자는 자립(子立)으로, 공자(孔子)의 제자이다. 『논어(論語)』, 「팔일
　(八佾)」에, 노(魯)나라의 대부(大夫)인 계씨(季氏)가 대부임에도 불구하고 제후(諸侯)만
　이 지낼 수 있는 여제(旅祭)를 태산(泰山)에서 지내자 공자가 계씨의 가신(家臣)인 제자
　염유(冉有)에게 이를 막지 못한 것을 따지면서 "어째서 태산이 임방(林放)만 못하다고
　보는가?" 하고 질책한 내용이 보인다.
102 새벽에…… 출발하여: 백제성(白帝城)은 중국 사천성(泗川省) 봉절현(奉節縣)에 있는
　성 이름으로, 이백의 「조발백제성(早發白帝城)」 시에 "아침에 백제성 채색 구름 사이서
　출발하여, 천 리나 먼 길 강릉을 하루에 돌아왔네.[朝發白帝彩雲間, 千里江陵一日還.]"
　라는 말이 나온다.
103 저녁에…… 묵었네: 창오(蒼梧)는 중국 호남성(湖南省)에 있는 구의산(九疑山)으로,
　순(舜) 임금이 묻힌 곳이다. 팔선(八仙) 중의 하나인 여동빈(呂洞賓)이 악양루(岳陽樓)에
　제한 「동빈유악양(洞賓遊岳陽)」 시에 "아침에 북해에서 노닐다가 저녁에는 창오산에 묵
　네.[朝遊北海暮蒼梧]"라는 말이 나온다. 『事文類聚前集 卷34』

곧바로 회계산에 올라 우혈을 찾았고	直上會稽探禹穴
드디어 발자취 사방팔방 누루 미쳤네	遂俾足跡遍八荒
게다가 그대 원래 신선 재질 있어	矧又君原負仙才
수레 돌려 문득 동쪽 바다 향해 왔네	廻轅忽向東海來
동쪽 바다 가운데에 삼신산 있으니	東海海中三神山
방장산 영주산 그리고 봉래산이라	方丈瀛洲及蓬萊
오색의 구름과 안개 대궐에 잠기니	五色雲烟鎖帝闕
아름다운 전각과 문 금은누대라네	瓊殿瑤扉金銀臺
삼화주수는 여름과 겨울에 꽃피고	三花珠樹榮冬夏
서지는 푸른 물가에 무더기로 자라네	瑞芝叢生碧水限
신선들 머뭇거리다 내려와 맞이하니	群僊徜徉下相迎
아름다운 여인네 자하술[104] 손에 드네	玉女手捧紫霞盃
우리 절름발이들 어찌 다다를 수 있으랴	吾曹跛人何所赴
천천히 비틀거리며 반걸음만 갔다오	蹣跚躄躨限跬步
수레 채에 매인 망아지 마냥 움츠리니	局促曾比轅下駒
젊은 사람이 어찌 천 리 달릴 수 있으랴	少壯誰能千里鶩
하루아침에 나에게 읍하며 찾아오니	一朝揖我存顧眄
눈썹 날리며 머리 들어 하늘 바라보았네	揚眉擡頭望天路
그윽한 구중궁궐에 청운이 우뚝하니	九重窅冥倬青雲
지우를 보고도 높은 다리 쫓기 어렵네	難逐高足見知遇
바닷가에 열린 반도 소반처럼 커서	海上蟠桃大如盤

---

104 자하술: 한 번 마시면 몇 달 동안 배가 고픈 줄을 알지 못한다는 신선의 술 이름이다. 『論衡 道虛』

반 먹고 주었는데도 난 먹지 못하였네	半餐投我我不餐
부상의 긴 가지 흰 태양을 떠받치니	扶桑長幹撐白日
높은 가지 부여잡고 다만 서성거리네	攀援枝高徒盤桓
신선은 예로부터 천상에 살았는데	羽客由來天上住
인간세상에서 어찌 볼 수 있겠는가	人間何能輒得看
좋은 운수 빌려 주어 가연으로 만나	嘉運假我良緣會
속인과 한 때 부질없이 함께 즐겼네	俗骨一時謾結歡
비파와 생황 연주하며 백설가 부르고	鼓瑟吹笙歌白雪
거문고 한 곡조에 봉황 난새 춤추네	朱絃一曲舞鳳鸞
봉황 난새 원래 가시에 깃들지 않으니	鳳鸞原不栖荊棘
순식간에 날개 높이 저으며 작별하네	須臾辭去高羽翼
만나는 날은 적고 이별할 날은 기니	會日常少別離多
부운처럼 모였다가 흩어짐 끝이 있을까	浮雲聚散曷能極
구씨산 정상에 새가 돌아오지 않으니[105]	緱氏山頭鳥不回
천태산 적성의 노을[106]이 더욱 짙구나	天台赤城霞轉惑
바라 볼 수 없어 우두커니 서서 우니	瞻望不及佇立泣

105 구씨산(緱氏山) …… 않으니: 멀리 떠난다는 말이다. 왕자교(王子喬)로 더 많이 알려
　　진 주 영왕(周靈王)의 태자 진(晉)이 피리 불기를 좋아하여 곧잘 봉황의 울음소리를 내곤
　　하였는데, 선인(仙人) 부구공(浮丘公)을 따라 숭산(嵩山)에 올라가서 선도(仙道)를 닦은
　　뒤, 30년이 지난 칠월 칠석에 구씨산(緱氏山) 정상에 백학(白鶴)을 타고 내려와서 산 아
　　래 가족들에게 손을 흔들어 인사하고는 며칠 뒤에 떠나갔다는 전설이 있다. 『列仙傳 卷上
　　王子喬』

106 천태산 …… 짙구나: 적성은 절강성(浙江省)에 있는 천태산(天台山)의 남쪽에 있는 산
　　이름으로, 토석의 색깔이 붉고 모양이 성첩과 같이 생겼다. 『문선』 권11에 실린 손작(孫
　　綽)의 「유천태산부(遊天台山賦)」에 이르기를 "적성의 노을을 들어서 표지를 세운다.[赤
　　城霞擧而建標]"하였다.

뒷날 기약 언제일지 헤아리기 어렵다네	後期何歲更難測
청풍명월 보니 더욱 그리운데	淸風明月重相想
낭랑하게 시 읊어 나에게 여운 남겨주었네	朗吟向我遺餘響

위 시는 칠언고풍 한 수로, 제술관 박공께 삼가 드린 것이다. 전날 저녁 빈관에서 두루 즐길 때에, 편미(鞭弭)의 공업[107]을 아직 끝내지 못하여 다시 만나기로 함께 약속하였는데, 하루아침에 갑자기 헤어져 서글픈 마음 말로 할 수 없었다. 그래서 애오라지 가슴속에 쌓인 것을 서술하였을 뿐이다. 화양이 머리 조아리고 쓰다.

---

107 편미(鞭弭)의 공업: 편미는 말채찍과 꾸미지 않은 활로, 임금의 곁에서 모시는 것을 말하는데, 여기에서는 사신의 임무를 완성한다는 뜻이다. 춘추 시대 진(晉)나라의 공자 중이(重耳)가 곤란한 처지에 빠져 초(楚)나라로 가게 되었을 때 초나라의 임금에게 도와 달라고 요청하면서 말하기를 "제가 만일 임금님의 은혜로 진나라로 돌아가게 된다면, 나중에 진나라와 초나라가 싸울 적에 저는 임금님을 피하여 90리를 물러나겠습니다. 그래도 임금께서 싸움을 그만두지 않고자 한다면, 그때에는 왼편에는 '채찍과 활[鞭弭]'을 들고, 오른편에는 '화살집과 칼집[櫜鞬]'을 차고서 임금과 겨루어 보겠습니다." 하였다. 『春秋左氏傳 僖公23年』

전날 밤 빈관에서의 만남은 천년에 한 번 있을까 말까 한 특별한 일이었습니다. 그런데 오직 족하께서만 계시지 않았으니, 이른바 차공이 없어 즐겁지 않다는 말[108]이 꼭 이러한 경우였습니다. 비록 그렇지만 변경에 있을 날이 많아 반드시 만날 기약이 있을 터인데, 하루아침에 갑자기 닻줄을 풀고 떠나 한 번 얼굴을 뵐 수 없을 줄은 생각하지 못하였습니다. 하늘이 좋은 인연을 빼앗았으니 어찌 우리들을 위로하지 않으십니까. 율시 2수를 지어서 취설 유공께 삼가 드립니다.

前夜賓館之會, 千秋一奇事. 唯恨足下獨不在焉, 所謂無車公不娛也. 雖然邊關多日, 必有會期, 不謂一朝俄爾解纜, 不得一面. 天奪良緣, 何不弔吾黨? 俚律二首, 奉呈醉雪柳公案下.

화양

훌륭한 사신이 동쪽 나라 향해 오니	翩翩使節向東方
구름 같이 많은 수레 길가를 비추네	千騎如雲照路傍
빙문함에 처음 보니 주나라 예악이요	□聘初觀周禮樂
홀 잡고 멀리 오니 한나라 현량이라	執圭遠到漢賢良
변방에 꽃 지니 봄 다 가려하고	關山花落春將盡
창해에 달 밝아 파도 일지 않네	滄海月明波不揚
태평시대 우문의 교화 더욱 기쁜데	更喜右文昭代化
백년의 맹약 다지러 선비들 모였구나	尋盟百載會衣裳

---

108 차공이 …… 말: 앞의 차공(車公) 주에 보인다.

두 번째
其二

기방의 시인들 본래 영웅호걸이라	箕邦詞客本豪雄
무지개 같은 재기 하늘에 솟을 듯	才氣如虹凌上穹
봄날 물결 헤치며 큰 바다 임하여	擊汰三春臨大海
장풍 타고서 멀리 만리 항해 하네	沆舟萬里馭長風
봉호는 채운 사이에 가까이 보이고	蓬壺近指彩雲裡
양곡에서 동쪽에 뜬 붉은 해 보겠네	暘谷行看紅日東
나랏일 어찌 고생스럽다 말하랴	王事寧道勞跋涉
먼 유람 중에 남아의 공업 세우리	懸弧功業遠遊中

칠언율시 2수를 제암 이공께 삼가 드리다
七言律二章奉呈濟菴李公

화양

임금이 황화시[109] 부르며 전송하니	爲唱皇華寵送優
사명 받든 사신[110] 절로 풍류 있네	詞臣奉使自風流
봄날에 사신 깃발 앵곡을 출발하여	乘春文斾出鶯谷
비단 돛 파도 헤치며 대마도 지나가네	破浪錦帆過馬州

---

109 황화시(皇華詩): 황화는 본디 『시경』 소아(小雅)의 편명인데, 천자의 명을 받들고 가
   는 사신의 행차를 천자가 보내는 시이다.
110 사신(詞臣): 홍문관 관원 등 문학을 관장하는 신하를 말하는데, 여기에서는 문학을
   잘하는 선비를 통틀어 말하였다.

어찌 황하 찾는 박망후의 흥에 뒤지랴	寧減尋河博望興
도리어 연릉과 함께 음악 보며 노니네[111]	還同觀樂延陵遊
넓고 넓은 동해에 무엇이 표상인가[112]	泱泱何者表東海
흰 눈 쌓인 부용산만이 떠 있구나	唯有芙蓉白雪浮

귀국의 장곡역(長谷驛)[113]을 앵곡(鶯谷)이라고도 칭한다.

두 번째
其二

신선 명부 상등에 올랐다 들었는데	仙籍曾聞列上班
뗏목 띄어 표표히 인간 세상에 왔구나	泛槎瓢忽到人間
붉은 깃발 새벽에 자하동 출발하니	絳旗曉出紫霞洞
상서로운 기운 적마관 하늘에 밝구나	瑞氣霄明赤馬關
삼화주수 나그네 맞이하여 꽃 피는데	珠樹三花迎客發
큰 반도 열매 누굴 위하여 딸까	盤桃大實爲誰攀
동쪽으로 더 가면 천태산 있을 텐데	東行更有天台在

---

111 도리어…… 노니네: 연릉(延陵)은 춘추 시대 오(吳)나라 공자(公子) 계찰(季札)의 봉지(封地)로, 연릉계자(延陵季子)를 가리킨다. 일찍이 사신으로 상국(上國)을 두루 유람하면서 당세의 어진 사대부들과 사귀었고, 특히 노(魯)나라에 사신으로 가서는 옛 주(周)나라의 음악을 차례로 관찰하고 돌아왔다. 『史記 卷31 吳太伯世家』

112 넓고 넓은…… 표상인가: 오(吳)나라 공자 계찰이 노(魯)나라에 가서 「제풍(齊風)」을 듣고, "아름답도다. 넓고 넓음이여, 대국의 풍모로다. 동해 제후 나라에 표상이 될 만하니, 태공 나라의 시로구나. 나라를 헤아릴 수 없도다.[美哉, 泱泱乎！大風也哉！表東海者, 其大公乎！國未可量也.]" 하였다.

113 장곡역(長谷驛): 지금의 전라북도 전주시 부근을 말한다.

유랑처럼 돌아오지 않을까 염려되네[114]　　　　　偏恐劉郎去不還

귀국의 개성부(開城府) 송악산(松岳山) 아래 자하동(紫霞洞)이 있는데, 고려의 시중 채홍철(蔡洪哲)이 이곳에 집을 짓고 자하동곡(紫霞洞曲)을 지었다. 신선 같은 분이 왔기에 축수하는 말을 가탁한 것이다.

우리나라 에도 동쪽에 골짜기가 있는데, 그 중 하나는 천태산이다.

오언율시 2수를 해고 이공께 삼가 드리다
五律二章奉呈海皐李公案下

화양

채익선 바다 동쪽으로 띄우니　　　　　彩鷁海東浮

세차게 날아 장쾌하게 유람하네　　　　　雄飛爲壯遊

맑은 날 파도 눈처럼 부서지고　　　　　波光晴見雪

대낮인데도 신기루 피어 오르네　　　　　蜃氣畫生樓

선약은 봉래산에서 찾고　　　　　藥是探蓬島

뗏목은 은하 거슬러 가야 하리　　　　　槎應泝漢流

지기석 갈아 완성하고 나면[115]　　　　　支機成研後

---

114 유랑(劉郎)처럼 …… 염려되네: 유랑은 후한(後漢) 때의 유신(劉晨)을 가리킨다. 전설에 의하면, 명제(明帝) 영평(永平) 연간에 유신이 천태산(天台山)에 들어가 약초(藥草)를 캐던 중 길을 잃고 헤매다 선녀(仙女)를 만나서 그와 동거(同居)한 지 반년 만에 자기 집에 돌아와 보니, 시대는 진대(晉代)이고 자손은 이미 칠대(七代)가 지나버렸는데, 그 후 다시 그가 천태산에 들어가 살펴보았으나, 옛 종적은 묘연하여 찾을 길이 없었다.

115 지기석(支機石) …… 나면: 훌륭한 시를 짓는다는 말이다. 지기석은 직녀가 베틀을 괴던 돌이다. 한(漢)나라 장건(張騫)이 뗏목을 타고 은하수로 올라가 직녀(織女)에게 돌을 받고는 성도로 가 엄군평(嚴君平)에게 보이니, 직녀가 베틀을 괴던 돌[支機石]이라 하였

시부가 청주에 두루 퍼지리라	詩賦徧蜻洲
집이 멀다고 누가 말하랴	誰道室斯遠
생각하면 일엽편주로도 가나니	相思一葦通
사귀는 정은 피차가 없지만	交情無彼此
땅이 동서로 나뉘었을 뿐	地勢但西東
담론은 붓 휘두르며 무르익고	談熟筆揮際
도는 눈으로 보는 가운데 있네[116]	道存目擊中
언어 다른 들 무엇이 방해되랴	不妨音吐異
사해 안이 모두 형제인 걸[117]	四海第兄同

위 시는 닻줄을 푼 뒤 대마도 유신 대포남계(大浦枏溪)에게 부탁하여 준 것인데, 화답시는 받지 못했다.

『장문무진문사(長門戊辰問槎)』 상(上)

다 한다. 『太平御覽 卷8』

116 도는…… 있네: 말없이 서로 쳐다보는 순간에 상대방의 마음을 이해하는 지기(知己)의 관계가 되는 것을 말한다. 『장자(莊子)』, 「전자방(田子方)」에 "그런 사람들은 언뜻 눈빛을 마주치기만 해도 그 속에 도가 들어 있음을 알아차린다.[若夫人者, 目擊而道存.]"라는 말에서 유래한 것이다.

117 사해…… 형제인 걸: 온 천하가 형제처럼 친하다는 말이다. 자하(子夏)가 "군자가 공경을 잃지 않고 남과의 관계에서 공손하여 예의가 있으면 사해 안이 모두 형제일 것이다.[君子敬而無失, 與人恭而有禮, 四海之內, 皆兄弟也.]"하였다. 『論語 顏淵』

장문무진문사 중

○ **통자(通刺)**

만리 먼 바닷길에 풍파(風波)가 일지 않아 비단 돛대 아무 탈 없이 무사히 이곳에 오셨으니, 두터운 양국 교제를 하늘이 실로 도운 것입니다. 우리 소인들이 이러한 좋은 때를 만났고, 또 사신의 성대한 위의와 어진 대부의 높은 의표를 볼 수 있게 되었으니, 매우 기쁘고 위로가 됩니다. 저는 성은 현(縣), 이름은 태항(泰恒), 자는 백자(伯子), 호는 당원(棠園)입니다.

해고 이공께 삼가 드리다
奉呈海皐李公坐下

당원(棠園)

오색의 연하 바다 모퉁이 비추니	五色煙霞照海隅
뗏목 타고 온 선사¹가 봉호² 묻네	乘槎仙使問蓬壺

---

1 뗏목 …… 선사: 장건(張騫)의 고사로, 한(漢)나라 때 장건이 뗏목을 타고 서역으로 사

아득한 적수[3] 어디인줄 아는가　　　　　渺茫赤水知何處

모래 섬 앞 간주와 만주도[4] 보게나　　　　請見洲前乾滿珠

삼가 화답하다
奉和

　　　　　　　　　　　　　　　　　　해고(海皐)

만리 하늘 한 모퉁이로 사신 뗏목이　　　　萬里隨槎天一隅

붉은 해 따라 방호에 들어 왔네　　　　　行隨赤日入方壺

문득 소매 속 보석 광채에 놀라　　　　　忽驚寶彩生懷袖

여룡의 야광주[5] 다 내보였다네　　　　　傾倒驪龍夜夜珠

신 가서 대완(大宛), 강거(康居), 월씨(月氏), 대하(大夏) 등 여러 나라들을 모두 한나라에 복속(服屬)시키고 이 공훈으로 박망후(博望侯)에 봉해졌다. 여기서는 배를 타고 온 조선 사신을 장건의 고사에 빗댄 것이다.

2 봉호(蓬壺): 신선이 산다는 섬으로 방호(方壺)와 봉래(蓬萊)를 가리킨다. 발해(渤海)의 동쪽에 오도(五島)가 있다. 첫째는 대여(岱輿), 둘째는 원교(員嶠), 셋째는 방호, 넷째는 영주(瀛洲), 다섯째는 봉래라 한다. 『列子 湯問』

3 적수(赤水): 고대 신화 전설속의 물 이름으로, 황제(黃帝)가 적수(赤水)에 가 놀다가 현주(玄珠)를 거기서 유실(遺失)하였다고 한다. 『莊子 天地』

4 간주(乾珠)와 만주도(滿珠島): 일본 칸몬해협[關門海峽]에 있는 두 개의 무인도를 말한다.

5 여룡의 야광주: 검은 용의 턱 밑에 있는 구슬이란 뜻으로, 전하여 아주 긴요한 문장 또는 훌륭한 시구 등을 비유한다.

해고 이공께 삼가 다시 화답하다
奉再和海皐李公

당원

서쪽 나라 재자가 동쪽 나라로 와	西邦才子向東隅
닻줄 묶고 옥 술병으로 취해 노래하네	繫纜醉歌對玉壺
이 모임 천추에 매우 드문 일이니	此會千秋稀所有
날 위해 손에 쥔 구슬 아까워 말게	爲吾莫惜手中珠

당원의 시에 삼가 화답하다
奉和棠園惠韻

해고

자라 머리[6]에 닻줄 묶고 부상에 머무니	鼇頭繫纜滯桑隅
선계의 햇빛 넘실넘실 비호[7]에 가득하네	仙晷盈盈滿費壺
천고에 백아의 거문고 곡조 멀리 퍼지는데	千古伯牙琴操遠
바다 산의 봄날에 삼주수[8] 늙어가네	海山春樹老三珠

6 자라 머리[鼇頭]: 바다 속의 산으로 오산(鰲山)을 가리키는데, 여기에는 신선이 산다고 한다. 『열자(列子)』 탕문(湯問)에 "바다에 다섯 개의 산이 있었는데 뿌리가 연결되지 못하여 바다에 둥둥 떠다니고 있었다. 이에 상제가 큰 자라 열다섯 마리를 보내어 머리로 산을 이게 하니, 비로소 산이 안정되었다." 하였다.

7 비호(費壺): 별천지를 말한다. 비장방(費長房)이 호공(壺公)이란 사람을 만나 따라가 보니, 시장 거리에서 약을 파는데, 두 가지 값을 부르지 않고 병이 모두 나았으며, 지붕에 항아리를 달아 놓고 해가 지면 그 속으로 들어가므로, 따라 들어가 보니 하나의 별천지였다.

8 삼주수(三珠樹): 전설 속의 진귀한 나무로 측백나무 잎과 비슷한데 모두 진주가 된다고 한다. 『山海經 海外南經』

구헌 박공께 삼가 드리다
奉呈矩軒朴公坐下

당원

초객의 풍류 더욱 사랑스러운데 　　　　楚客風流更耐憐

이제까지 백설가[9] 누가 전해왔나 　　　由來白雪有誰傳

고상한 곡조로 화답하기 어렵겠지만 　縱令高調謾難和

인간 세상에서 우아한 곡조 타보게 　試向人間彈雅絃

당원의 시에 삼가 답하다
奉答棠園坐上韻

구헌

봄 지난 창파 푸르러 사랑스러운데 　春盡滄波綠可憐

반도의 소식[10]은 시 통해 전해졌네 　蟠桃消息賴詩傳

미타사에 사신들 머물러 있으니 　　彌陀寺裏停行李

소철나무 그늘에 음악소리 요란하네 　蘇鐵陰中鬧管絃

9　백설가: 백설은 춘추 시대 초(楚)나라의 가곡 이름으로, 양춘(陽春)과 함께 남이 따라 부르기 어려운 고상한 시를 가리킬 때 쓰는 말이다.

10　반도(蟠桃)의 소식: 반도는 서왕모(西王母)가 심은 복숭아로, 3천 년에 한 번 꽃이 피고 3천 년에 한 번 열매를 맺으며 이를 먹으면 불로장생한다고 한다. 반도의 소식은 신선 세계의 소식을 말하는 것으로 일본을 신선 세계에 빗대어 표현하였다. 『太平廣記 卷3』

제암 이공께 삼가 드리다
奉呈濟菴李公坐下

당원

오채색 무늬 봉황 날개 펄럭이며　　　　　五彩鳳凰羽翼翩

이곳에 온 선객 위해 잔치자리 열었네　　　揭來仙客此初筵

인간 세상에서 어떻게 모시고 즐길까　　　人間何得謾陪燕

바로 음중의 이름만이 오래 전한다오[11]　正是飲中名久傳

당원에 시에 삼가 답하다
奉酬棠園瓊韻

제암

보검과 금빛 부채 그림자 이어지니　　　　寶刀金箑影聯翩

사월 하늘 꽃이 절 잔치에 가득하네　　　　四月天花滿佛筵

여의주와 같은 아름다운 시구 주시니　　　笑擲驪珠二十八

이곳 아름다운 풍경 그림으로 전해지리　　斯遊堪向畫圖傳

---

11 음중의 …… 전한다오: 이백(李白)의 시에 "예로부터 현달한 자들 죽으면 모두 적막하
　나, 술 잘 마신 사람들만이 그 이름을 남겼어라.[古來賢達皆寂寞, 惟有飲者留其名.]"라
　는 구절을 인용하였다. 『李太白集 卷2 將進酒』

제암 이공께 삼가 다시 화답하다
奉再和濟菴李公

당원

그대의 시부 본래 뛰어나 무척 좋아하였는데	憐君詩賦本翩翩
붓 아래 연기와 구름 일어 비단 자리 비추네	筆下烟雲照綺筵
연성벽 아는 이 적다고 이상하게 생각 말라	莫怪連城少相識
예로부터 이름난 구슬 초나라 신하가 전했으니[12]	由來明璧楚臣傳

당원의 재첩운에 삼가 다시 화답하다
奉再和棠園再疊

제암

구름 해 신선 산에 갈매기 나는데	雲日仙岑海鶴翩
기화요초 향기 남아 빈연에 풍기네	琪花留馥上賓筵
눈 가득 글재주 채색 비단에 넘치니	滿目詞筆盈彩幅
청천의 방초[13] 몇 사람에게 전했나	晴川芳草幾人傳

---

12 연성벽(連城璧) …… 전했으니: 연성벽은 전국 시대 조 혜문왕(趙惠文王)이 소장한 구슬로서 진 소왕(秦昭王)이 이를 십오성(十五城)과 바꾸자고 요구한 데서 일컬어진 말인데, 이 구슬의 유래를 살펴보면 다음과 같다. 초(楚) 나라 화씨(和氏)가 형산(荊山)에서 이 옥박(玉璞)을 얻어 이를 초 여왕(楚厲王)에게 바쳤으나 옥인(玉人)이 이를 돌이라 하므로 왕이 임금을 속였다 하여 화씨의 왼쪽 발꿈치를 베었고, 뒤에 무왕(武王)이 즉위하자 화씨는 또 이 옥박을 바쳤으나 이때 옥인 역시 돌이라 하므로 또한 임금을 속였다 하여 그의 오른쪽 발꿈치를 베었는데, 결국 그 다음 문왕(文王)이 즉위한 뒤에야 이것이 진짜 옥박이라고 판명되었다. 『史記 廉頗傳, 韓非子 和氏』

13 청천의 방초: 아름다운 시구를 말한다. 청천(晴川)은 비가 온 뒤 맑게 갠 날의 시냇물이고 방초(芳草)는 아름다운 풀로, 당(唐) 나라 최호(崔顥)의 시 「황학루(黃鶴樓)」에 "비

○ 필어(筆語)

물음. 당원: 귀국이 야인 여진(女眞)과 서로 이웃하고 있다고 하는
데, 그 나라 풍속은 정말 야만적입니까? 귀국은 평소에 이웃나라와 교
제하고 있습니까? 있다면 그 나라는 지금 청(淸)나라를 섬깁니까? 아
니면 국정(國政)을 따로 운영합니까?

답함. 구헌: 여진과 야인은 애당초 다른 이름이 아닙니다. 신주(神
州)[14]에 대해서는 더 이상 말할 수 없으니 양해하여 주십시오.

물음. 당원: 금일에 다행히 그대의 지미(芝眉)를 보니 저의 마음이
좋습니다. 아름다운 자리가 잠깐 사이에 홀연히 지나가니, 마치 태뢰
(太牢)의 자미(滋味)[15]를 맛보기를 꿈꾸었으나 손가락 하나도 적시지
못한 것과 같아 매우 유감입니다. 훗날 다시 만나 대궁이라도 주신다
면 매우 기쁠 것입니다.

답함. 해고: 한 자리에서 우연히 만나 종일토록 주미(麈尾)를 휘두
르며 아름다운 시를 연이어 짓느라 응접할 겨를이 없지만, 백붕(百
朋)[16]을 얻은 것처럼 감격스럽고 기쁩니다. 이미 낮에 만나 즐겼으니

갠 강엔 또렷한 한양의 나무요, 방초 무성한 앵무주로다.[晴川歷歷漢陽樹, 芳草萋萋鸚
鵡洲.]"라는 구절이 있다.

14 신주(神州): 중국의 별칭이다. 전국 시대 제(齊)나라 사람 추연(鄒衍)이 화하(華夏)의
땅을 적현신주(赤縣神州)라고 칭한 데에서 유래한 것이다. 『史記 卷74 孟子荀卿列傳』
15 태뢰(太牢)의 자미(滋味): 맛 좋고 성대한 음식을 말한다. 태뢰는 소·양·돼지를 아울
러 갖춘 제수(祭需)이다.
16 백붕(百朋): 고대(古代)에 패각(貝殼)을 화폐로 사용할 때 오패(五貝)를 일관(一串),

만남이 밤까지 이어지는 것은 진실로 원하는 바입니다. 하지만 여러 공이 뜻이 풀어져 돌아가려 하기에 감히 만류할 수 없으니 진실로 부끄럽습니다. 내일 만약 바람이 불지 않으면 이 모임을 다시 계속할 있을 것이니, 이것이 제가 바라는 바입니다.

구헌 박공께 삼가 드리다
奉呈矩軒朴公

당원

덕화가 널리 퍼지니	玄化云流布
천지가 이웃과 같네	天地如比隣
군자가 이때에 와서 쉬니	君子時來息
아름답도다! 서쪽 사람이여	美哉西土人
봄꽃처럼 문재 발휘하니	摛藻若春花
온화하고 순수한 옥 품은 듯	韜玉溫且純
금일 아름다운 잔치 모임에	今日良宴會
모습 낯서나 마음은 친하다네	貌踈情殊親
누각에는 상쾌한 바람 불고	層觀來爽氣
옥난간은 바다를 굽어보네	玉欄臨海漘

양관(兩串)을 일붕(一朋)이라고 했던 데서, 전하여 극히 많은 보화에 비유된다. 『시경(詩經)』『소아(小雅) 청청자아(菁菁者莪)』에 "무성하고 무성한 쑥이 저 구릉 가운데 있도다. 이미 군자를 만나니, 나에게 백붕을 주도다.[菁菁者莪, 在彼中陵. 旣見君子, 錫我百朋.]"라고 하였다.

섬에는 짙은 안개 걷히었고	島嶼收宿霧
미풍에 맑고 잔물결이 이네	微風清且淪
현묘한 담론 휘두르는 붓에 있고	玄論在揮筆
맑은 의론 응당 띠에 적으리라[17]	清議應書紳
잔치 자리 자주 갖기 어려운데	盛筵難數遇
어떻게 아름다운 손님 대접할까	何以燕嘉賓
만남과 이별 참으로 순식간이니	合離胡倏忽
어떻게 좋은 시절 길이 보낼까	安得永良辰

제암 이공께 삼가 드리다
奉呈濟菴李公

당원

적마관 서쪽 창해의 모퉁이에	赤馬關西蒼海隈
사신 별 그림자 떨어져 비단 돛 펼쳐졌네	使星影落錦帆開
술통 앞에서 문득 청운객[18]을 만났으니	尊前忽值雲間客
앉은 자리에서 함께 걸출한 재주 보노라	坐上同觀日下才
품 속 야광주에 사람들 검 어루만지나[19]	懷裏夜光人按劍

---

17 띠에 적으리라: 중요한 말을 새겨 잊지 않는 것을 말한다. 『논어(論語)』, 「위령공(衛靈公)」에 공자가 언(言)과 행(行)에 대해 말해주자 자장(子張)이 이를 띠에 기록한데서 온 말이다.

18 청운객(青雲客): 현귀(顯貴)한 자리에 있는 고관(高官)을 말한다.

19 품 속…… 어루만지나: 훌륭한 재주에 사람들이 놀란다는 말이다. 밤에 길 가는 행인의 앞에다 명월주(明月珠)나 야광주(夜光珠)를 몰래 던져 주면 고맙게 생각하는 대신 모두

시 속엔 채색 붓이요 달은 누대에 찼구나　　賦中彩筆月盈臺
초나라 노래 원래 다 화답하기 어려운데　　楚歌元自緫難和
어인 일로 파리[20]를 도로 던져 주었을까　　何事還投巴里來

두 번째
其二

바다 서쪽 이름난 보배 있다는 말 듣고　　西海曾聞命世珍
밤낮으로 우러르며 외로운 몸 기울였네　　瞻望日夜側孤身
곡 중에 백설가는 초나라 시인의 노래요　　曲中白雪楚詞客
하늘 밖 샛별은 한나라 사신의 별이라　　天外明星漢使臣
품속에 있는 연성벽 밝은 빛을 가지고　　能將懷裏連城色
술통 앞 가득한 사람들 두루 비추었네　　偏照尊前滿坐人
상국의 재주 있는 선비 원래 많으니　　上國有才元不乏
아송이 이때에 비로소 새로워졌구나　　初知雅頌此時新

칼에 손을 대면서 좌우를 두리번거릴 것이라는 명주암투(明珠暗投)의 고사에서 나온 말
이다. 『史記 卷83 鄒陽列傳』
20 파리(巴里): 파촉(巴蜀) 지방 사람들의 비속한 가곡(歌曲)이란 뜻으로, 전하여 자신의
시가(詩歌)를 겸칭(謙稱)하는 말로 쓰인다.

해고 이공께 삼가 드리다
奉呈海皐李公

당원

창해의 봄 구름 상서로운 바람 머금고서	溟渤春雲含瑞風
큰 돛 그림자 매단 사신 뗏목 가게 했네	垂天帆影使槎通
맛 좋은 술 마시며 하리파인 노래하다가	青尊姑對巴人裏
초나라 노래 백설가인 줄 비로소 알았네	白雪初知楚調中
중역[21]을 거친 만방은 풍속이 다르지만	重譯萬邦風俗異
붓을 휘두르니 사해가 모두 형제라네	操觚四海弟兄同
가벼운 갖옷입고 봉상의 뜻[22] 자약하니	輕裘自若蓬桑志
오늘 약목[23]의 동쪽에서 탄관하리라[24]	此日彈冠若木東

두 번째
其二

잠깐 만난 청아한 그대 향긋한 난초같아	清賞立談臭若蘭

---

21 중역: 먼 지방에서 여러 나라를 거쳐 오기 때문에 통역(通譯)을 여러 번 거친다는 말이다.

22 봉상의 뜻: 천하 사방에 펼칠 장한 뜻을 말한다. 옛날 남자 아이가 태어나면 세상에 큰 뜻을 펴도록 상목(桑木)으로 활을 만들고 봉초(蓬草)로 화살을 삼아 천지 사방에 쏘았다고 한다. 『禮記 內則』

23 약목: 해 뜨는 동쪽 바다에 있다는 상상(想像)의 신목(神木)인데 그 꽃이 광적색(光赤色)으로 땅을 비춘다고 한다. 부상(扶桑)과 같다.

24 탄관하리라: 관의 먼지를 턴다는 뜻으로, 의기투합한다는 뜻이다. 서한 왕길(王吉)이 관직에 임명되자 친구 공우(貢禹)도 덩달아 갓의 먼지를 털고 벼슬길에 나설 준비를 하였다. 『漢書 卷72 王吉傳』

우선 가려는 걸 늦추고 머뭇머뭇 거리네	且寬應去尙盤桓
자줏빛 기운에 쌍용이 움직이건 말건	任他紫氣雙龍動
청운에 독수리 한 마리[25] 보니 기쁘구나	自喜靑雲一鶚看
흥에 겨워 글 토하니 그 사람 옥 같은데	興至吐詞人似玉
취하여 와서 달 모양 비단 부채 흔드네	醉來揮扇月裁紈
일찍이 보검을 든 공자를 따랐었는데	曾從寶劍隨公子
바람과 비에 지금까지 오수가 차구나[26]	風雨于今吳水寒

취설(醉雪) 류공(柳公)께 삼가 부치다

당원

어제 여러 공을 위해 빈관에서 잔치를 열었을 때, 저희들이 다행히 좋은 자리에 배석할 수 있었으니 천재일우(千載一遇)인지라 매우 기뻤습니다. 그러나 그대가 없음을 한스럽게 여겨 집에 돌아가서도 마음이 편치 못하였습니다. 이로 인하여 율시 두 편을 지어 직접 만나는 것을 대신하오니, 바라건대 화답시를 주십시오.

---

25 독수리 한 마리: 유능한 인재를 말한다. 『한서(漢書)』, 「추양전(鄒陽傳)」에 "사나운 새 수백 마리가 있다 하더라도 독수리 한 마리만은 못하다.[鷙鳥累百, 不如一鶚.]"하였다.

26 일찍이 …… 차구나: 공자는 오(吳)나라 계찰을 말한다. 계찰이 상국(上國)으로 사신 가는 길에 서(徐)나라에 들렀는데, 서나라 임금이 계찰이 차고 있는 보검(寶劍)을 보고 좋아하면서도 차마 말을 꺼내지 못했다. 계찰은 그의 마음을 알고 보검을 주고 싶었으나 사신 가는 길이라 주지 못하고 떠났다. 돌아오는 길에 다시 서나라에 들르니 서나라 임금이 이미 죽었다. 계찰이 서나라 임금 묘소 가의 나무에 보검을 걸어놓았다. 종자(從者)가 "누구에게 주십니까?" 하니, 계찰이 "마음으로 이미 주기로 승낙했으니 어찌 그 사람이 죽었다고 하여 내 마음을 저버릴 수 있겠는가." 하였다. 『史記 卷31 吳太伯世家』

사마의 재주 있는 이름 한나라에서 일어나	司馬才名興漢年
당대에 떠들썩하게 훌륭한 글 전했네[27]	一時喧噪傳雄篇
상국의 문물을 동쪽 나라에서 보았는데	上邦文物東方覩
만리 사신별이 서쪽 바다에 걸려있구나	萬里使星西海懸
고향 그리는 꿈은 남도의 달에 흐려지고	懷土夢迷藍島月
파도 보며 지은 부 광릉에서 완성했네[28]	觀濤賦就廣陵天
관문에서 신선 같은 관리 머무르니	關門且自淹仙吏
자기가 두우성에 오래도록 머무르리[29]	紫氣長留牛斗邊

두 번째
其二

선사가 잠시 적수의 모퉁이에 머무니	仙使暫留赤水隈

27 사마의 …… 전했네: 사마(司馬)는 전한(前漢)의 사마상여(司馬相如)를 말한다. 그는 특히 부(賦)를 잘 지어, 무제(武帝)의 사랑을 많이 받았다. 초사(楚辭)를 조술(祖述)한 송옥(宋玉)·가의(賈誼)·매승(枚乘) 등에 이어 '이소재변(離騷再變)의 부(賦)'라고도 일컬어진다.

28 파도 …… 완성했네: 한(漢) 나라 매승(枚乘)이 오객(吳客)과 초 태자(楚太子)의 문답 형식으로 지은 「칠발 팔수(七發八首)」에, 광릉(廣陵) 곡강(曲江)에 이는 파도의 장관을 멋지게 묘사한 내용이 있다. 『文選 卷34』

29 관문에서 …… 머무르리: 자기는 자줏빛의 서기(瑞氣)를 말한다. 노자(老子)가 서쪽으로 함곡관(函谷關)을 나가려고 할 적에, 앞서 함곡관령(函谷關令) 윤희(尹喜)가 천기(天氣)를 관찰한 결과 함곡관 머리에 자기가 떠있음을 보고 성인이 그곳을 지나갈 것을 예측했는데, 과연 노자가 그곳에 왔었다고 한다. 『列仙傳』 풍성(豐城) 땅에 묻힌 용천(龍泉)과 태아(太阿)의 두 보검이 밤마다 두우(斗牛) 사이에 자기(紫氣)를 발산하였다는 전설이 있다. 『晉書 卷36 張華列傳』 여기서는 상대를 노자와 같은 성인에 비기고 자신을 신선관리인 윤희에 비긴 것이다.

구름 흩어져 비단 돛배 세우고 배회하네	錦帆雲散立徘徊
바람 부니 양류곡30에 시름 깊어지고	風飄楊柳愁難縮
봄 다 지나니 매화곡31도 애처롭구나	春盡梅花曲可哀
역로의 달이 밝은 옥벽과 함께 비추니	驛路月兼明璧映
이름난 승경 채색 붓 기다려 펼쳐지네	名□勝待彩毫開
돌아가면 삼도부32 아름다움 물을 손가	歸來何問三都美
해내에서 오래도록 부 짓는 재주 알아주리	海內久知作賦才

위 7수에 대한 화답시는 받지 못했다.

○ **통자**(通刺)

비단 돛 동쪽으로 갈 때에 따르는 무리 구름처럼 많은데, 풍파에 아무 탈 없이 배 타고 이곳에 이르렀으니 매우 축하합니다.

저는 성은 대강(大江)이요, 이름은 한장(漢章)이요, 자는 자운(子雲)이요, 호는 구산(緱山)입니다. 이제 암번(岩藩)의 유신(儒臣)을 따라와 다행히 여러 군자의 지미(芝眉)를 대하여 대방의 아름다운 문물을 볼 수

---

30 양류곡: 고대의 악부 가운데 하나인 절양류곡(折楊柳曲)으로, 버들가지를 꺾으면서 이 별하는 아쉬운 정을 노래한 것이다.

31 매화곡: 악부(樂府)의 횡취곡(橫吹曲) 가운데 하나로 매화락(梅花落)이라고도 한다.

32 삼도부(三都賦): 진(晉)나라의 문장가인 좌사(左思)가 10년 동안 고심하여 구상한 끝에 완성했다는 촉도부(蜀都賦)·오도부(吳都賦)·위도부(魏都賦)를 가리키는데, 이 문장이 천하에 명문(名文)으로 알려져서 호사가들이 그것을 서로 다투어 전사(傳寫)하는 바람에 낙양(洛陽)의 종이 값이 폭등하기까지 했다고 한다.

있게 되었으니, 기쁜 마음을 감당하지 못하겠습니다.

제술관 구헌 박공께 삼가 드리다
奉呈製述官矩軒朴公詞案下

구산

사신 깃발 유유히 적수가로 떠오니	文旆悠悠赤水隈
사신 수레 구름처럼 많이 왔구나	使君車騎如雲來
십오 국풍을 가면서 응당 들으리니	國風十五行應聽
그대 연릉 계자의 재주인 줄 알겠네[33]	知是延陵季子才

구산께 삼가 답하다
奉酬緱山案右

구헌

봄 지나 남은 꽃 바다 모퉁이 비추니	春後餘花映海隈
오각건과 학창의[34]로 의젓하게 왔도다	烏巾鶴氅浩然來

---

33 십오 국풍⋯⋯ 알겠네: 십오 국풍은 『시경』의 15개 국풍을 말하고, 연릉(延陵) 계자(季子)는 춘추 시대 오(吳) 나라 계찰(季札)이다. 사신으로 상국(上國)을 역방하며 현사대부(賢士大夫)들과 교유하였는데, 노(魯) 나라에 가서 주(周) 나라의 음악을 듣고는 열국(列國)의 치란(治亂)과 흥망(興亡)을 정확히 알아맞히었다고 한다. 『史記 卷31』

34 오각건(五角巾)과 학창의(鶴氅衣): 오각건은 은사가 쓰던 검은 두건이고, 학창의는 새의 깃털로 만든 외투로 도사가 입는 옷을 말한다. 여기서는 구산이 신선 같은 모습으로 왔기 때문에 이렇게 말한 것이다.

일본의 문화 다 같다는 사실 알려거든　　　　　　欲知日域同文化
먼저 장문에 가득 모인 재자 비춰보게　　　　　　先照長門四座才

구헌공의 시에 삼가 다시 화답하다
奉再和矩軒公瓊韻

구산

일엽편주 동쪽으로 백운 속에 들어오니　　　　　　扁舟東入白雲隈
만리 먼 바닷바람 손님을 보내 왔구나　　　　　　萬里海風送客來
이곳 떠나면 응당 이도부 지으리니　　　　　　　　玆去二都賦應作
인간 세상에서 장형의 재주 보겠네[35]　　　　　　人間一見張衡才

구산의 시에 거듭 차운하다
疊次緱山韻

구헌

의관 갖춘 선비 붉은 언덕에 잠시 머무니　　　　　衣冠乍駐紫崖隈
외로운 배 태양아래 파도 가르며 왔네　　　　　　破浪孤舟日下來
시 짓는 재주도 모름지기 배워야 하니　　　　　　詩藻亦應須學力
산천이 어찌 사람의 재주 국한시키랴　　　　　　山川寧肯局人才

---

35 이곳 …… 보겠네: 장형(張衡)은 후한 안제(安帝) 때의 시인으로 자는 평자(平子)이다.
　　그는 부(賦)에 능했는데 특히 이도부(二都賦: 서경부(西京賦)·동경부(東京賦))는 10년
　　을 걸쳐 지은 것으로 매우 유명하다.

이제암 서기께 삼가 드리다
奉呈李濟菴書記座下

구산

한 때 잠깐 만났는데 모두 영웅호걸이라	一時傾蓋悉英豪
자리에서 훌륭한 글 솜씨 보여 주었네	席上翩翩見彩毫
알겠도다 청우 탄 사람 적마관 지나가면	知是靑牛過赤馬
관문의 자기 그대 때문에 솟구치리란 것을	關門紫氣爲君高

구산의 시에 삼가 화답하다
奉和緱山瓊韻

제암

금오[36]등 위에서 호걸스런 시인 만나니	金鰲背上遇詩豪
구름 가득한 강즉에 오색 붓 휘날리네	雲滿江卽五色毫
오늘 저녁 만났는데 내일이면 이별하니	今夕相逢明日別
아득히 가야할 길에 낭화가 높구나	潜茫前路浪華高

---

36 금오(金鰲): 발해(渤海) 동쪽에 있는 다섯 신산(神山)을 머리에 이고 있다는 금색의
　　자라이다. 주6) 참조

해고 이사백께 삼가 드리다
奉呈海皐李詞伯

구산

사신[37]이 다음날 광릉가로 가면	詞臣明日廣陵邊
바다 위 흰 구름에 청한선[38] 떠가리	海上白雲靑翰船
그대 매숙처럼 흥 타고 잘 가게나	好去君乘枚叔興
인간 세상에 관도 시편 전해지리라[39]	人間傳賞觀濤篇

구산이 부쳐준 시에 삼가 답하다
奉酬緱山寄韻

해고

하늘에 생학[40]이 붉은 구름가로 나니	憑空笙鶴赤雲邊
내일이면 갠 무지개가 밤에 배 뚫으리	來日晴虹夜貫船
현허한 필력 없어 참 부끄러운데	自愧玄虛無筆力
누가 아름다운 비단에 새 시 수놓을까	誰將鮫錦繡新篇

---

37 사신(詞臣): 홍문관 관원 등 문학을 관장하는 신하를 말하는데, 여기에서는 문학을 잘
　하는 사신(使臣)을 뜻한다.
38 청한선(靑翰船): 새 모양을 조각하고 푸른색을 칠한 배를 말한다.
39 그대 …… 전해지리라: 매숙(梅叔)은 한 경제(漢景帝) 때 회음(淮陰) 사람인 매승(枚乘)
　의 자이다. 그가 지은 「칠발(七發)」 내용 중에 광릉(廣陵)의 곡강(曲江)에 가서 파도를
　구경하는 대목이 있는데, 파도에 대한 묘사가 매우 풍부하다. 『文選 卷34 七發』
40 생학(笙鶴): 신선이 타고 다니는 학의 이름이다. 주(周)나라 영왕(靈王)의 태자(太子)
　왕자 교(王子喬)가 학을 타고 젓대를 불며 하늘로 올라가 신선이 되었다고 한다. 『列仙傳』

석상의 세 사백께 삼가 드리다 3수
奉呈席上三詞伯 三首

구산

하늘 끝에 멀리 떨어져 있지만	各天雖遙隔
사해 사람들이 모두 형제라네	四海皆弟兄
잠깐 만났는데도 옛 친구 같고[41]	傾蓋交如故
걸상 내려[42] 함께 청담 나누네	下榻談共清
시 지어 서로 주고받으니	詩篇交相和
고깔모자 별처럼 반짝이네[43]	會弁爛如星
시 삼백 편 잘 외는 걸 보니	能誦詩三百
전대로 이름날 줄 일찍 알았네[44]	早知專對名
나와 마음을 함께하는 이여	願言同調子

---

41 잠깐…… 같고: 경개여고(傾蓋如故)의 고사이다. 『사기(史記)』권83 「추양열전(鄒陽列傳)」에 "흰머리가 되도록 오래 사귀었어도 처음 본 사람 같고, 수레 덮개를 기울이고 잠깐 이야기했어도 오랜 벗과 같다.[白頭如新, 傾蓋如故.]"라는 말이 나온다.

42 걸상 내려: 현자를 특별히 예우한 일을 말한다. 후한(後漢) 때 남창 태수(南昌太守) 진번(陳蕃)이 별로 손님을 접대하지 않다가도 그 고을에서 가난하게 지내는 서치(徐穉)라는 선비만 오면 특별히 자리를 내려 깔아주고, 그가 가면 즉시 말아서 다시 제자리에다 매달았다고 한다. 『後漢書 高士傳』

43 고깔모자[會弁] …… 반짝이네: 고깔모자는 옥으로 피변(皮弁)의 솔기 가운데를 장식한 관(冠)의 일종으로, 『시경』, 「위풍(衛風) 기욱(淇奧)」에 "문채나는 군자여, 귀막이가 수영(琇瑩)이며 피변(皮弁)에 꿰맨 것이 별과 같도다.[有匪君子, 充耳琇瑩, 會弁如星.]"하였다.

44 전대(專對)로 …… 알았네: 전대는 사신으로 외국에 가서 독자적으로 응대하며 일을 잘처리하는 것을 말한다. 공자가 "『시경』 삼백 편을 외더라도 정사를 맡겨 줌에 제대로 하지 못하며, 사방으로 사신을 가서 독단적으로 대응하지 못한다면 비록 시를 많이 왼들 어디에 쓰겠는가.[誦詩三百, 授之以政, 不達, 使於四方, 不能專對, 雖多, 亦奚以爲?]" 하였다. 『論語 子路』

훗날 모임 어느 때나 기약하랴　　　　後會何時期

잠깐 사이에 술잔 다 기울이고　　　　暫盡盃中物

거문고 타고 피리 부네　　　　　　　爲操竹與絲

거문고와 피리 소리 맑게 울리는데　　絲竹有淸音

어찌 이별 노래 연주하랴　　　　　　寧堪奏別離

두 번째
其二

북명에 살고 있는 물고기가　　　　　有魚在北溟

변하여 동쪽나라 날아 왔네　　　　　化飛此東國

한 번 날개 짓으로 수천 리 가니　　　一擧數千里

크도다! 하늘가에 드리운 날개여　　　偉哉垂天翼

아침에는 부상45 옆에서 쪼고　　　　朝傍扶桑啄

저녁에는 엄자46에 가서 쉰다네　　　暮過崦嵫息

그 소리 함지47와 잘 어울리고　　　　其音諧咸池

오색 깃털이 아주 찬란하네　　　　　羽毛燦五色

저기 저 작은 뱁새 무리들이　　　　　惟彼鷦鷯屬

어떻게 큰 붕새 따르겠는가　　　　　何得大鵬從

---

45 부상(扶桑): 전설상 나무의 이름으로 해가 뜨는 동쪽을 가리키는데, 해가 뜰 때 이 나무 아래에서 솟아나 나무를 스치고 떠오른다고 한다.

46 엄자(崦嵫): 옛날에 해가 들어가는 곳으로 여겼던 산 이름이다.

47 함지(咸池): 황제(黃帝)의 음악을 말한다.

이제부터 또 솟구쳐 날아가면   自今又翻飛

높이 부용봉에 날아오르리라   高搏芙蓉峰

부용봉(芙蓉峰)은 곧 부사산(富士山)이다.

세 번째
其三

봉래산 그리고 영주산은   蓬萊與瀛洲

신선 거처라 멀고 깊다네   仙居遙崢嶸

그곳에 한 신선이 있어   中有一神人

이치 깨달아 멀리 가려 했네   悟物欲遠征

사해 밖으로 생각이 치달리고   趨思四海外

맑은 구천과 뜻이 같았네   比志九天清

주머니에는 불노약이 있어   囊有不老藥

그 얼굴 무궁화처럼 곱구나[48]   其顏如舜英

진시황은 불노약 찾지 못했고   秦皇求不得

한 무제도 찾느라 수고로웠네[49]   漢帝勞逢迎

---

48 그······ 곱구나: 얼굴의 아름다움을 형용하는 말이다. 『시경(詩經)』, 「정풍(鄭風) 유녀
동거(有女同車)」에, "여자와 함께 걸어가니 그 얼굴 무궁화 같네[有女同行, 顏如舜英.]"
하였다.

49 진시황은······ 수고로웠네: 『사기(史記)』 봉선서(封禪書)에 "봉래(蓬萊), 방장(方丈),
영주(瀛洲)의 삼신산에 선인(仙人)과 불사약(不死藥)이 있다는 방술사(方術士)의 말을
듣고 진시황과 한 무제가 직접 동해(東海)까지 갔다가 돌아왔다."는 내용의 기록이 실려
있다.

표표히 나는 학을 타고서	飄乎御飛鶴
외로운 자취 천하를 종횡하누나	孤跡橫八紘

위 3수에 대한 화답시는 받지 못했다.

국신 제술관 박공께 삼가 드리다
奉贈國信製述官朴公案下

구산

만난 자리가 정신이 없어 남은 즐거움을 다 마치지 못하였다. 그래서 다음날 대마도 서기에게 시를 맡겨서 배가 정박하고 있는 곳에 시를 보냈다. 이하 같다.

가지고 오신 백벽[50] 빛이 사랑스러운데	携來白璧色相憐
인간 세상 던져주니 손바닥 위에 선명하네	投贈人間掌上鮮
신기루는 하늘을 비춰 누각 모양 이루고	蜃氣映天結樓閣
천문(天文)은 자리 비춰 운연 일으키네	星文照席起雲烟
부는 매숙이 광릉의 파도 보고서 이루었고	賦成枚叔觀濤日
이름은 마경이 촉에서 노닐 때에 떨쳤다네[51]	名震馬卿游蜀年
이 저녁 신선 배 누가 부러워하지 않으리오	此夕仙舟誰不羨
그대의 풍류 어찌 어진 이응에 뒤지겠는가[52]	風流寧減李膺賢

---

50 백벽(白璧): 희고 티가 없는 옥으로, 여기서는 상대방이 보내 준시를 뜻한다.

51 이름은······ 떨쳤다네: 마경(馬卿)은 전한(前漢) 때 문장가인 사마상여(司馬相如)를 가리킨다. 그가 촉(蜀)을 떠나 장안(長安)으로 향할 때, 성도(成都)의 승선교(昇仙橋) 다리 기둥에 "네 마리 말이 끄는 붉은 수레를 타지 않고서는 이 다리를 건너오지 않겠다."고 써서 공명(功名)에 대한 포부를 밝혔다. 『藝文類聚 卷63』

52 그대의······ 뒤지겠는가: 후한(後漢) 곽태(郭泰)는 가난하고 미천한 시골 사람으로 학식이 해박하고 언변이 유창하였는데 낙양(洛陽)에 가서 당시 명사인 이응(李膺)과 만났

전에 만났을 때, 차공(車公)[53]이 없어 즐겁지 않았으니, 남은 한을 말로 다 할 수 없습니다. 그래서 율시 두 수를 지어서 유취설(柳醉雪) 서기께 삼가 드리니, 만약 아름다운 시로 보답해 주신다면 매우 감사하겠습니다.

疇昔之會, 無車公, 其娛也不娛, 遺恨不可謂也. 賦鄙律二闋, 以奉贈醉雪柳書記案右, 若報以瓊瑤, 何幸過此

구산

기역[54]에서 뗏목 타고 온 그대	箕域乘槎子
태평시대에 빙례 닦으러 왔네	淸時修聘來
맹약 다지니 노나라 위나라요[55]	尋盟元魯衛
뜻 함께 하니 진뢰[56] 같다오	同志似陳雷
북해엔 봄 기러기가 다 날아가고	北海春鴻盡
서쪽 관문엔 조수가 밀려오네	西關潮水開
나그네 길에 천 리 꿈꾸는 곳은	客中千里夢

다. 그러자마자 그의 인정을 높이 받아 오래 사귄 벗처럼 절친한 사이가 되었다. 나중에 곽태가 고향으로 돌아갈 때 낙양성의 선비들이 모두 강변에 나와 그를 전송하였는데, 이응과 단둘이만 배를 타고 마치 신선처럼 강을 건너갔다. 『後漢書 卷68 郭泰列傳』

53 차공(車公): 진(晉)나라 차윤(車胤)을 가리키는데, 여기에서는 유취설을 차공에 빗대어 표현하였다. 차윤은 풍채와 기지가 뛰어나 연회하는 자리에 그가 없으면 재미가 없었다. 그가 환온(桓溫)의 하료(下僚)로 있었는데 성대한 연회가 있을 때 그가 없으면 "차공(車公)이 없으니 재미가 없다." 하였고, 사안(謝安)도 성대한 연회를 열어 그를 대접했다. 『晉書 卷83 車胤列傳』

54 기역(箕域): 기자(箕子)의 영역이라는 뜻으로 조선을 가리킨다.

55 노나라 위나라요: 두 나라가 형제국가라는 말이다. 『논어(論語)』, 「자로(子路)」에, "노나라와 위나라의 정사가 형제간이로다.[魯衛之政兄弟也.]"는 말이 있다.

56 진뢰(陳雷): 후한(後漢)의 진중(陳重)과 뇌의(雷義)를 가리킨다. 우의(友誼)가 매우 두터워 향리에서 "아교와 칠을 두고 단단하다 하지만 뇌의와 진중만은 못하리라.[膠漆自謂堅, 不如雷與陳.]" 하고 일컬었다 한다. 『後漢書 獨行 陳重 雷義傳』

밤이면 밤마다 부산 모퉁이라네　　　　　　　　夜夜釜山隈

두 번째
其二

배 정박하고 해관에 이르러　　　　　　　　　停橈臨海館
술 마시며 여행의 회포 푸네　　　　　　　　盃酒旅懷寬
높은 곳엔 먼 경치 다 들어오고　　　　　　　遐境入高境
멀리 유람하니 장관이 많도다　　　　　　　遠游多壯觀
천리의 뜻을 품고 날아올랐는데　　　　　　飛騰千里志
한 때의 이별에 탄식하누나　　　　　　　　離別一時嘆
언덕에 올라 돛 그림자 바라보니　　　　　　登岸望帆影
쓸쓸히 적수만 차고 차구나　　　　　　　蕭蕭赤水寒

이해고께 삼가 드리다 3수
奉贈李海皐公案下 三首
　　　　　　　　　　　　　　　　　　　　구산

바다 동쪽 밤빛이 특별히 그대 비추니　　　　海東夜色對君殊
석상에서 명월주 참으로 보겠네　　　　　　席上故看明月珠
고가의 연성 누구나 다 알 테니　　　　　　高價連城誰不識
어찌 굳이 홀로 초산에서 울손가　　　　　何須獨泣楚山隅

두 번째
其二

바닷가 나무 안개처럼 옥난간 에워싸니	海樹如烟遶玉欄
한 말 술로 서로 만나 흥이 무르익네	相逢斗酒興方寬
시인의 취중 흥취 누가 알랴	誰知詞客醉中趣
시 백편 안장 위에서 이루는 걸 보겠네	詩就百篇鞍上看

세 번째
其三

관문 밖 쇠꼬리 깃털 한창 펄럭이는데[57]	關外干旄方子子
비단 돛 동쪽으로 가니 어이 이별할고	錦帆東去何離別
유월에 무창[58] 이르면 고개 돌려 보게	武昌六月試回頭
우뚝 솟은 부용산 곁에 눈 쌓였으리	突突芙蓉天際雪

---

57 쇠꼬리 …… 펄럭이는데: 지위 있는 사람이 현자(賢者)를 찾아옴을 뜻한다. 쇠꼬리 깃털
[干旄]은 털이 긴 쇠꼬리를 깃대 위에다 매달고 수레 뒤에다 세우는 의장(儀仗)이다. 『시
경』, 「용풍(鄘風) 간모(干旄)」에, "우뚝한 쇠꼬리 깃털, 준읍의 교외에 있도다.[子子干
旄, 在浚之郊.]"라고 한 구절이 있다.
58 무창(武昌): 막부장군(幕府將軍)이 있는 강호(江戶)를 말한다.

○ 통자

동서 만리 피차간에 지역이 다르니 실로 풍마우불상급(風馬牛不相
及)[59]입니다. 그런데도 양국이 태평의 교화로 멀고 가까운 거리에 관
계없이 옛 맹약을 다지고 이웃나라와 우호관계를 돈독히 하게 되었습
니다. 이번에 빙대사(聘大使)가 엄숙히 오실 때에 바람 신은 바람을 일
으키지 않고 바다 신은 파도를 치지 않아, 비단 돛 아무 탈 없이 홀연
이곳에 이르게 되었으니 매우 기쁩니다.

저는 성은 산(山), 이름은 도진(道晉), 자는 세록(世祿), 호는 용산(龍
山)입니다. 아버지를 따라와 생각지도 않게 오늘 빈관에서 그대들의
지미를 뵙고 대방(大邦)의 아름다움과 어진대부의 풍채를 봄에 피운(披
雲)의 바람[60]을 대뜸 이루게 되었으니 매우 기쁩니다.

이제암 선생께 삼가 부치다
奉寄李濟菴先生案下

용산

신선 배 타고 두둥실 멀리 떠오니	仙舟汎汎遠相乘
이 날 바닷가에서 이응을 보았네	此日海頭看李膺
용문 바라보니 높이 만 길인데	却望龍門高萬仞

---

59 풍마우불상급(風馬牛不相及): 거리가 매우 멀다는 말이다. 발정된 말과 소가 서로 짝을
  구하나 멀리 떨어져서 만날 수 없다는 뜻으로『좌전(左傳)』희공(僖公) 4년조에 보인다.
60 피운(披雲)의 바람: 높은 사람을 이름만 듣고 있다가 직접 만나게 됨을 말한다.

풍운⁶¹처럼 별안간 누가 올랐나   風雲倏忽有誰登

공의 성(姓)이 이(李)씨이기 때문에 이응의 고사를 사용하였다.

위의 시는 연석(燕石)⁶²을 쌓아놓은 것이니, 만약 주객(周客)의 호로 (呼盧)⁶³를 면할 수 있고 아름다운 시문으로 보답해 주신다면 매우 감사하겠습니다.

용산의 시에 삼가 화답하다
奉和龍山見贈韻

제암

넓은 바다에 뗏목 하나 타고 오면서   滄溟多處一桴乘

선성의 은미한 말씀 가슴에 새겼었네   先聖微言早服膺

완전한 경전 소식 물으려 한지 오래라   欲問全經消息久

지척 부상에 그대와 함께 오르네⁶⁴   扶桑咫尺與君登

---

61 풍운(風雲): 『주역』 건괘(乾卦) 구오(九五) 문언(文言)에 "구름은 용을 따르고 바람은 범을 따른다.[雲從龍, 風從虎.]"에서 온 말로 훌륭한 군주와 신하의 만남을 뜻하는데, 여기에서는 상대와 자신이 만난 것을 말한다.

62 연석(燕石): 연산(燕山)에서 나는 돌로, 자신의 작품이나 물건에 대한 겸사로 쓰인다.

63 호로(呼盧): 호로는 장기·바둑·노름 등을 할 때 소리치는 것인데, 여기에서는 놀이 도구나 장난 거리를 말한다. 옛날에 목제(木製)의 투자(骰子) 다섯 개를 가지고 하는 저포(樗蒲)라는 놀이가 있었는데 이것은 다섯 개의 투자마다 양면의 한쪽에는 검은색을 칠하고 송아지를 그렸으며, 또 한쪽에는 흰색을 칠하고 꿩을 그렸다. 이 다섯 투자를 한 번 던져서 모두 검은색을 얻는 것을 노(盧)라 외치는데 이것이 가장 승채(勝彩)가 되는 데서 온 말이다.

앞의 시에 다시 첩운하여 이제암 선생께 삼가 답하다
再疊前韻奉酬李濟菴先生案下

용산

오늘 서로 잔 잡으니 매우 흥에 겨운데	把盃今日興堪乘
이별 생각에 눈물이 가슴을 적시려하네	思別淚痕欲濕膺
비록 노닐던 소문산 바위가 아닐지라도	不是蘇門遊巖地
길게 휘파람 부는 손등 같은 그대 보겠네[65]	看君長嘯似孫登

용산이 다시 첩운한 시에 삼가 답하다
奉酬龍山再疊

제암

종각은 바람 타고 물결 헤치기를 원했고[66]	宗生破浪願風乘
박망후의 신선 뗏목은 임금의 뜻 응했네[67]	博望仙槎聖旨膺

---

64 완전한······ 오르네: 완전한 경전[全經]은 진시황의 분서(焚書) 사건 이전에 완전하게
갖추어진 경서로, 서불(徐市)이 완전한 경전을 가지고 일본으로 왔다고 한다.

65 비록······ 보겠네: 완적(阮籍)이 소문산(蘇門山)에서 손등을 만나 많은 옛날 얘기들 또
는 서신(栖神) 도기(導氣)하는 방법을 물었으나 손등은 일체 대답을 않고 휘파람만 길게
불면서 가버렸는데, 그 소리가 마치 암곡(巖谷)에 메아리치는 봉황의 소리와 같았다고
한다. 『晉書 阮籍傳』

66 종각(宗慤)은······ 원했고: 웅혼한 기백과 원대한 뜻을 지니고 용맹스럽게 앞으로 나아
가는 것을 뜻한다. 남조(南朝) 송(宋)나라의 종각이 소년 시절에, "장풍을 타고 만리 물결
을 헤쳐 보고 싶다.[願乘長風, 破萬里浪.]"라고 포부를 밝힌 고사가 있다. 『宋書 卷76
宗慤列傳』

67 박망후의······ 응했네: 한 무제(漢武帝)가 박망후(博望侯) 장건(張騫)을 사신으로 보내
자 장건이 뗏목을 타고 서역으로 가서 대완(大宛), 강거(康居), 월씨(月氏), 대하(大夏)

무지개 같은 훌륭한 그대 명성 사랑스러운데 　　　　　愛子烟虹聲價蔚
영주[68] 높은 곳 어느 때나 오를 수 있을까 　　　　　瀛州高處幾時登

박구헌 선생께 삼가 부치다
奉寄朴矩軒先生案下

　　　　　　　　　　　　　　　　　　　　　　　　　용산

적목관가에 바다 빛 밝게 열리니 　　　　　　　　赤目關頭海色開
신선 뗏목 이날에 동쪽으로 왔네 　　　　　　　　仙槎此日向東來
아름답도다! 위봉전의 나그네가 　　　　　　　　可憐威鳳殿中客
당시 사신의 재주로 급제한 것이 　　　　　　　　射策當年使者才

위봉전(威鳳殿)은 고려시대에 어시(御試)하던 장소이다.

용산께 화답하여 드리다
和呈龍山詞案

　　　　　　　　　　　　　　　　　　　　　　　　　구헌

종죽 가득한 산에 절 누각 열리니 　　　　　　　　滿山樅竹寺樓開
한 무리 시인들 자리에 들어와 비추네 　　　　　　一隊詞人入坐采
시단(詩壇) 이어지고 종고 소리 진동하니 　　　　詩壘相承鐘鼓振

등 여러 나라들을 모두 한나라에 복속(服屬)시켰다.

68 영주(瀛洲): 당 나라 태종(太宗)이 글 잘하는 18명의 학사(學士)를 모아서 우대하니,
당시의 사람들이 그들을 신선이 사는 영주(瀛洲)에 올랐다고 부러워하였다.

중흥하고 창업할 일가의 재주라네   中興刱業一家才

앞 시를 다시 첩운하여 박구헌 선생께 삼가 답하다
再疊前韻奉酬朴矩軒先生案下

용산

큰 빈관의 아름다운 자리 상객이 여니   高舘華筵上客開

바다 위 구름이 가까이 술잔을 비추네   海雲近映酒盃來

장엄한 경관 보며 홍에 겨워할 줄 아니   壯觀知是堪乘興

그대는 절로 자허부[69] 지을 재주라네   君自子虛作賦才

용산의 첩운에 다시 화답하다
再和龍山疊示韻

구헌

새 시 계속 나와 채색 종이에 펼쳐지니   新詩疊出彩箋開

그 기운 동쪽 바다에서 출렁이며 왔네   氣自東溟蕩漾來

하늘 남쪽에 두우성 빛 밝은 걸 보니   牛斗天南光不晦

그대 집에 필시 긍당의 재주[70] 있겠네   君家果有肯堂才

---

69 자허부(子虛賦): 한(漢)나라 사마상여(司馬相如)가 양(梁)에서 노닐 때에 지은 문장 이름이다. 공자(公子) 자허(子虛)·오유 선생(烏有先生)·무시공(亡是公)의 세 인물을 가설(假說)하여 문답체(問答體)로 서술하였는데, 그 내용은 대략 제후(諸侯)의 유렵(遊獵)에 관한 일을 서술하고 끝에는 절검(節儉)의 뜻을 기술하여 임금을 풍간(諷諫)한 것이었다. 후일 한 무제(漢武帝)가 그것을 보고는 사마상여를 매우 칭탄(稱歎)했다고 한다.

이해고 선생께 삼가 부치다
奉寄李海皐先生案下

용산

일산 기울이며 잠깐 만났는데 옛 벗 같아	傾蓋相逢似故人
큰 빈관에 자리 열어 가빈 즐겁게 하네	開筵高舘樂佳賓
볼수록 기괴하구나! 바다 위 연하 빛이	怪看海上烟霞色
아름다운 채색 붓에 아롱져 새로워지는 게	更映翩翩彩筆新

용산의 시에 삼가 답하다
奉酬龍山惠贈韻

해고

금방 헤어질 남쪽 북쪽 사람 서로 만남에	相看南北暫時人
제현이 예로 손님 공경하니 매우 기쁘구나	多喜諸賢禮肅賓
물길도 산길도 멀고 먼 오늘 저녁에	水遠山長此何夕
구름과 놀이 조각조각 누대 둘러 새롭구나	雲霞片片繞樓新

---

70 긍당(肯堂)의 재주: 선조의 유업(遺業)을 잘 계승하는 재주를 말한다. 『서경(書經)』,
「대고(大誥)」에 "아버지가 집을 지으려고 모든 방법을 강구해 놓았는데 아들이 집터를
닦으려고도 하지 않는다면, 나아가 집을 얽어 만들 수가 있겠는가.[若考作室, 旣底法,
厥子乃不肯堂, 矧肯構?]"라는 말에서 유래한 것이다.

앞 시에 다시 첩운하여 이해고 선생께 삼가 답하다
再疊前韻奉酬李海皐先生案下

용산

그대는 본래 저 서방의 미인[71]이라 　　　　君自西方彼美人
대궐에서 맞이함에 가빈이라 칭찬하구나 　王門迎去好稱賓
한 집에서 술 마시니 오래 알고 지낸 듯 　一堂杯酒舊相識
사귀는 태도 누가 말하랴 정이 더욱 새롭네 交態誰言情更新

용산이 다시 첩운한 시에 삼가 답하다
奉酬龍山再疊韻

해고

망망한 바닷길 먼 손님 머물게 하니 　　風水茫茫滯遠人
하늘 동쪽엔 시절이 오월과 맞닿았네 　天東時節接薇賓
제백주[72] 마시니 오랜 벗인 듯 기쁘고 　交斟諸白歡如舊
높은 누각 꽃과 새의 기색이 새롭구나 　花鳥高樓氣色新

위의 시는 4월 5일 적마관의 빈관에서 창화한 것이다.

---

71 서방의 미인: 원래는 서주(西周)의 훌륭한 왕을 가리켜 말한 것인데, 여기에서는 상대를 칭찬하는 말이다. 『시경』, 「간혜(簡兮)」에 "산에는 개암나무가 있고 습지에는 감초가 있네. 누구를 그리워하는가. 서방의 미인이로다. 저 미인이여! 서방의 미인이로다.[山有榛, 隰有苓. 云誰之思? 西方美人, 彼美人兮, 西方之人兮.]"라고 하였다.

72 제백주(諸白酒): 일본의 고급술을 말한다.

박구헌 선생께 삼가 드리다 2수
奉贈朴矩軒先生梧右 二首

용산

서쪽 바다 장풍이 적목관 가에 불어와	西海長風赤目邊
파도에 목란선 타고 아무 탈 없이 왔네	波濤無恙木蘭船
강가 빈관에 객이 와 청안으로 대하니[73]	客來江舘對青眼
관문에 자줏빛 안개 뜬 줄 누가 알았으랴	誰識關門浮紫烟
취중에 시 백편 지으려[74] 채색 붓 날리니	酣醉百篇飛彩筆
호걸스런 여덟 분 화려한 자리 떨치네	英才八子動華筵
문단에는 종일토록 흥이 끝없으니	文園終日興無限
그대 통해 비로소 업하의 현자[75] 보았네	依爾初看鄴下賢

두 번째
其二

만리 먼 부산 바닷가의 사신 배를	星槎萬里釜山濱
한 조각 상서로운 구름이 호송했네	一片祥雲送使臣

---

73 청안으로 대하니: 반가워하는 눈빛을 말한다. 진(晉)나라 죽림칠현(竹林七賢)의 한 사
람인 완적(阮籍)은 예교에 얽매인 속된 선비가 찾아오면 백안(白眼)을 뜨고, 맑은 고사
(高士)가 찾아오면 청안(青眼)을 뜨고 대했다고 한다. 『晉書 卷49 阮籍列傳』

74 취중에 …… 지으려: 이백의 고사를 말한다. 두보(杜甫)의 「음중팔선가(飮中八仙歌)」
에 "이백은 술 한 말에 시 백 편을 짓는다.[李白一斗詩百篇.]"라고 하였다.

75 업하(鄴下)의 현자: 업하는 삼국 때 조조(曹操)의 도읍인데, 조식(曹植)을 위시한 건안
칠자(建安七子) 문인들을 말한다.

기러기는 북명 떠나 멀리 하늘 나는데	鴈去北溟遙太素
객은 남국에서 노닐며 양춘곡 부네	客遊南國唱陽春
연하는 술 단지 앞 빛에 아롱지는데	烟霞且動尊前色
시부는 석상의 보배[76] 놀라게 하네	詩賦堪驚席上珍
해내에는 예로부터 지기가 적었는데	海內由來知己少
이제야 그리운 그대 맞이하게 되었다오	逢迎誰是眼中人

이제암 선생께 삼가 드리다
奉贈李濟菴先生几下

용산

수레가 줄을 이어 동쪽 향하여 오니	軒車絡繹向東寰
잠시 동안 사신의 얼굴 보고 기쁘구나	傾蓋承歡使者顏
사신 배 바다에 두둥실 떠왔기에	爲是星槎浮海上
드디어 인간세상 귀양 온 신선 보았네	遂看仙子謫人間
여의주 찾으려 아침에는 여룡굴 더듬고[77]	拾珠朝探驪龍窟
배 돌려 저녁에는 적마관에 이르렀네	回棹暮過赤馬關

---

76 석상의 보배: 재덕(才德)이 출중한 인물을 가리키는 말이다. 『예기(禮記)』, 「유행(儒行)」에, 노(魯)나라 애공(哀公)이 공자(孔子)에게 자리를 권하자, 공자가 모시고 앉아서 "유자(儒者)는 자리 위의 보배를 가지고 초빙해 주기를 기다리는 사람이다.[儒有席上之珍以待聘.]"라고 말한 고사에서 유래한 것이다.

77 여의주 …… 더듬고: 훌륭한 문장을 짓는 것을 말한다. 『장자(莊子)』, 「열어구(列禦寇)」에 "천금 같은 구슬은 반드시 깊은 못 속 검은 용의 턱 밑에 있는 것이다.[夫千金之珠, 必在九重之淵而驪龍頷下.]"라고 한 데서 전하여 여룡은 곧 진귀한 사물이나 뛰어난 문장을 비유하기도 한다.

그대 본래 사마천처럼 장대한 뜻 많아 君自史遷多壯志

가는 길 곳곳마다 명산 유람 좋아하네[78] 行程處處愛名山

이해고 선생께 삼가 드리다

奉贈李海皐先生几下

용산

바다 아득하여 끝이 없는데 積水渺無窮

동방 문물 더욱 동쪽에 있네 東華又有東

삼신산에는 상서로운 노을 가깝고 三山祥靄近

작은 도랑에는 푸른 파도 공활하네 一篝碧波空

전대의 뜻 응당 이룰 것이요 專對志應遂

원유부[79] 솜씨도 뛰어나네 遠遊賦欲工

교린한 지 몇 해 인줄 아는가 隣交知幾歲

예전처럼 사신 배 서로 왕래하네 依舊使槎通

---

78 그대 …… 좋아하네: 사마천은 유람을 좋아하여 남북으로 천하의 명산대천을 다니면서
호한(浩瀚)한 기운을 얻어 이를 문장으로 발휘하여 『사기』를 지었다 한다. 『古文眞寶
後集 卷9 上樞密韓太尉書』

79 원유부(遠遊賦): 전국(戰國) 시대 초(楚) 나라 충신 굴원(屈原)이 참소를 입고 하소할
곳이 없자 신선(神仙)과 함께 놀려고 하여 지은 『초사(楚辭)』의 하나이다. 여기에서는 멀
리 떠나 온 조선 사신의 시를 원유부라고 하였다.

유취설 선생께 삼가 드리다
奉呈柳醉雪先生案下

용산

예전에 여러 공을 빈관에서 뵈었는데 유독 선생의 일반(一斑)[80]도 보지 못하였으니 남은 한을 어찌 말로 다 하겠습니까. 집에 돌아온 후에 절구 3수를 부질없이 써서 드리니, 대방가(大方家)[81]의 비웃음을 면치 못할 듯합니다. 훗날 여가가 있어 화답하여 주시면 애오라지 주머니의 보배로 삼겠습니다.

상객의 품속에 있는 차가운 백벽	上客懷中白璧寒
푸른 강가에 찬란하게 빛나네	携來燦爛碧江干
세상 사람들 야광주의 빛을 몰라	世人不識夜光色
바라보며 도리어 검 어루만지네	相望還爲按劍看

두 번째
其二

용천검 차고 멀리 바다 건너오니	遙佩龍泉海上來

---

80 일반(一斑): 표범 가죽의 무늬 하나만을 보았다는 '규표일반(窺豹一斑)'의 준말로, 일부분만을 보고 완전한 정체(整體)를 보지 못했다는 뜻이다.

81 대방가(大方家): 문장이나 학술이 뛰어난 사람이라는 뜻이다. 『장자(莊子)』, 「추수(秋水)」에, "내가 당신이 사는 여기에 와보지 않았더라면 매우 잘못될 뻔하였습니다. 나는 분명 영원히 대방가의 비웃음을 받을 것입니다.[吾非至於子之門, 則殆矣, 吾將見笑於大方之家.]"하였다.

만리 장대한 유람의 뜻 웅건하네	壯遊萬里志雄哉
이곳 풍성군을 한 번 보시게	請看此地豊城郡
검기가 높이 두우간에 펼쳐지리니[82]	紫氣高干牛斗開

적마관은 풍포군(豊浦郡)에 속하기 때문에 풍성(豊城)의 고사를 사용하였다.

세 번째
其三

새의 깃털 오채색 선명한데	有鳥羽毛五彩鮮
구름 위로 날개 펼치고서 훨훨 나네	凌雲翼就自翩翩
예로부터 군계위해 머물지 않았으니	由來不爲鷄群駐
하룻밤에 구천을 향해 날아가리라	一夜翩飛向九天

위의 시는 다음날인 4월 6일 닻줄을 풀고 떠난 뒤에 대마도 유신(儒臣)에게 부탁하여 준 것인데, 화답시를 받지 못했다.

○ 통자

저는 성은 산현(山縣), 이름은 자기(子祺), 자는 노안(魯彦), 다른 자는 계팔(季八), 별호는 수천(洙川)입니다. 장문의 국학 생도로서 저의 이름

---

82 검기(劍氣)가 …… 펼쳐지리니: 풍성(豊城) 땅에 묻힌 용천(龍泉)과 태아(太阿)의 두 보검이 밤마다 두우(斗牛) 사이에 자기(紫氣)를 발산하였다는 전설이 있다. 『晉書 卷36 張華列傳』

을 말씀 드리니 빛을 드리워주시기를 바랍니다.

제공께 삼가 드리다.

동서 만리 풍파를 헤아릴 수 없지만, 누선(樓船)이 아무 탈 없이 엄
연히 이곳에 이르렀습니다. 이는 양국의 두터운 우호가 문득 하늘의
뜻을 감동시킨 것이니 매우 축하드립니다. 사신 깃발이 동쪽으로 온
다는 소식을 들은 뒤로 매우 간절히 우러르고 있었는데, 다행히 인연
이 닿아 문득 풍채와 위의를 보니 감격스러운 마음 어찌 이루 다 말할
수 있겠습니까. 이로 인해 삼가 글을 드리고 감히 예물을 올립니다.

사신 뗏목 탈 없이 바다를 가르고 오니	使槎無恙絶重溟
그리운 그대 마주하여 청안으로 보네	相對憐君眼色靑
좋은 모임 응당 깊은 밤까지 이어지리니	勝會應須連深夜
백리 길 가면 문성[83] 나타났다 아뢰겠지	任它百里奏文星

수천의 시에 차운하여 부치다
次洙川韻却寄

구헌

외로운 배 만리 창해에 잠들고	孤舟萬里宿滄溟

---

83 문성(文星): 문창성(文昌星) 또는 문곡성(文曲星)이라 하는데, 문운(文運)을 맡은 별이
라고 한다. 중요한 문관이나 출중한 문장가를 말한다.

봄 지난 오산은 그지없이 푸르네　　　　春後鰲山盡意靑

석상에 새 시가 먼저 눈을 비추니　　　座上新詩先照眼

그 광채 두우성을 빼앗으려 하네　　　　光芒欲奪斗牛星

제술관 구헌 박공께 삼가 드리다
奉呈製述官矩軒朴公詞案下

수천

청운에 독수리 한 마리 한양을 박차고　　青雲一鶚擊韓京

동쪽으로 멀리 만리 길 날아 왔네　　　　飛向東方萬里程

그댄 일찍 단계 밟아 용문에 올랐는데　早識登龍經品第

미친 듯 봉황가[84] 부르니 매우 부끄럽네　最羞歌鳳發狂聲

자리는 삼천 명의 주리객[85] 보다 높고　座高珠履三千上

시문의 값은 열다섯 성보다 비싸다네[86]　價貴瓊篇十五城

대방에서 수재를 육성하지 않았던들　　不是大邦能育秀

---

84 봉황가(鳳凰歌): 자신의 시에 대한 겸사이다. 봉황가는 초광접여(楚狂接輿)가 부른 노래를 말한다. 초광접여는 춘추 시대 초나라에서 미친 것처럼 가장하고 숨어 살던 은자이다. 공자의 수레 곁을 지나가며 어지러운 세상을 바로잡으려는 공자의 노력을 부질없는 짓이라고 풍자하는 봉황가를 부른 뒤에 아무런 대화도 나누지 않고 황급히 사라졌다. 『論語 微子』

85 삼천 명의 주리객(珠履客): 주리객(珠履客)은 구슬로 꾸민 신을 신은 빈객으로 즉 상등의 빈객을 말하는데 평원군(平原君)의 식객이 삼천 명이었다고 한다.

86 시문의 값은…… 비싸다네: 시가 화씨벽(和氏璧)만큼이나 좋다는 말이다.. 전국 시대 조(趙)나라 혜문왕(惠文王)이 화씨벽을 얻었다는 소문을 듣고, 진(秦)나라 소왕(昭王)이 그 구슬을 열다섯 성과 바꾸자고 제의하여 빼앗으려 하자, 인상여(藺相如)가 사신으로 가서 기지를 부려 구슬을 무사히 가지고 본국으로 돌아왔다. 『史記 卷81 廉頗藺相如列傳』

지금 어찌 바다 서쪽에서 이름 떨치리오　　　　只今何擅海西名

수천께 화답하여 드리다
和呈洙川案右

구헌

귀향하려는 혼은 밤마다 서경 맴돌지만　　　　歸魂夜夜繞西京
눈앞의 거센 파도에 여정이 아득하구나　　　　滿眼驚濤不計程
조서의 바람과 안개 나그네 길에 비끼고　　　　竈鳴風烟橫客路
방주[87]의 산수에는 시의 명성이 있도다　　　　防州山水有詩聲
한 구역에 가득한 종죽은 항구를 에워싸고　　一區欞竹天圍港
갖가지 괴기한 어룡의 바다는 성을 치누나　　百怪魚龍海拍城
일엽편주로 만리 행장 꾸리고 떠났는데　　　　萬里行裝舟一葉
이역에서 청삼[88]의 허명 얻으니 우습구나　　青衫異域笑虛名

제암 이서기께 삼가 드리다
奉呈濟庵李書記詞案下

수천

멀리 사신 별 바다에 걸렸는데　　　　　　　遙望使星懸海天

---

87 방주(防州): 지금의 산구현(山口縣) 동쪽 지대로 상관(上關)이 속해있다.
88 청삼(青衫): 푸른 적삼이라는 뜻으로, 품계가 낮은 관원의 복장을 가리킨다. 여기에서는 청삼을 입은 상대방을 가리킨다.

만리 장풍이 누선을 보내왔네	長風萬里送樓船
구름 이는 곳에 채색 붓 날고	彩毫飛動雲生處
해 뜨는 곳에 사신 깃발 빛나네	文旆光輝日出邊
대국의 위의 모두 장엄한데	大國威儀俱翼翼
큰 재주의 서기 절로 훌륭하네	巨材書記自翩翩
명조에 응당 사관이 아뢰겠지	明朝應有史官奏
자리에 빈객들 모두 현준하다고	滿坐賓朋總俊賢

수천의 시에 삼가 답하다
奉酬洙川瓊韻

제암

채운이 동쪽 맑은 하늘을 가리키니	彩雲東指沁寥天
퉁소와 북소리에 사신 배 떠가네	簫鼓聲中使者船
베개 옮긴 곳엔 공작병풍 펼쳐지고	孔雀屛開移枕處
돛 멈춘 곳엔 반도 꽃이 떨어지네	蟠桃花落駐帆邊
교초[89] 백폭에 지은 시 가득하니	鮫綃百幅題詩滿
봄날에 꾀꼬리 골짝 나와 날아가네[90]	鸎語三春出谷翩

---

89 교초(鮫綃): 교인(鮫人:인어)이 짠 비단이라는 말로, 깨끗한 비단을 말한다. 『술이기
   (述異記)』에 "남해(南海)에 교인이 있는데 고기처럼 물속에 살고 베 짜는 일을 폐하지
   않으며, 울면 눈물이 구슬이 된다." 하였다.

90 꾀꼬리 …… 날아가네: 지위가 상승해서 높은 곳으로 옮겨간 듯하다는 뜻이다. 『시경』,
   「벌목(伐木)」에 이르기를 "깊은 골짜기에서 나와 높은 나무로 날아가는 도다.[出自幽谷,
   遷于喬木.]" 하였다.

자리에 명월주 빛이 일일이 비추니　　　映坐明珠光箇箇
부상의 문헌에 재현들 가득하리　　　　扶桑文獻足才賢

취설 유서기께 삼가 드리다
奉呈醉雪柳書記詞案下

수천

서기 매우 훌륭하다고 이미 들었는데　　　已聞書記最翩哉
누선이 바다 가로질러 오니 기쁘구나　　　喜見樓船橫海來
봄날 갈망하느라 내 생각은 지쳤지만　　　渴望三春勞我思
만리 장대한 유람에 그대 재주 길러지리　壯遊萬里育君才
잠깐 만났는데 빨리 지나가 탄식하다가　自嗟傾蓋一時速
다시 팔월에 돌아올 뗏목 기다리네　　　更待浮槎八月迴
이곳의 연파 만약 싫어하지 않는다면　　　此地烟波如莫厭
문연에서 붓을 잡고 다시 배회하리라　　　文筵把筆再徘徊

위의 시에 대한 화답시는 받지 못했다.

해고 이서기께 삼가 드리다
奉呈海皐李書記詞案下

수천

수레가 언제 한양을 출발하였나　　　輶車何日發韓京
멀리 창파 건너 무성으로 향하네　　　遠渡滄溟向武城

비단 닻줄 묶은 뒤에 장자 찾아가	錦纜繫來長者過
술병 다 기울이니 그 마음 맑도다	玉壺傾盡片心淸
성대한 문명의 교화 멀리서 알았기에	遙知郁郁文明化
아름다운 서기의 이름 허여하노라[91]	爲許翩翩書記名
서로 만나 시 창수하는 정이 깊어	相遇唱酬情不淺
몽혼이 밤마다 그대 따라 다닌다오	夢魂夜夜逐君行

수천의 시에 삼가 화답하다
奉和洙川韻

해고

붕새가 날개 가지런히 하고 서울을 떠나	雲鵬齊翼別秦京
이월에 꽃을 보며 부산을 출발했네	二月看花發釜城
산관에 자욱한 안개 종려 언덕 감싸고	山舘烟迷棕岸轉
나그네 길 봄 지나니 맥풍[92]이 맑구나	覉人春盡麥風淸
늘 닻 올리고서 부평초처럼 떠돌다가	萍蹤不定永收纜
아름다운 그대 만나 우연히 이름 알았네	芝宇相逢偶識名
슬프구나 떠도는 생 만남과 이별은 다반사라	祗恨浮生多聚散
내일 바람 불면 또 동쪽으로 가야 한다네	明朝風起又東行

---

91 아름다운 …… 허여하노라: 당(唐) 나라 두심언(杜審言)이 소관(蘇綰) 서기(書記)에게
준 시에, "그대 서기여, 본래 아름다움을 알았기에, 군사를 따라서 북쪽 변방 가는 것을
허여하노라.[知君書記本翩翩, 爲許從戎赴朔邊.]"라고 한 표현을 인용하였다.
92 맥풍(麥風): 음력 5월의 바람 기운을 말한다.

석상에서 지어 제군께 삼가 드리다
席上賦奉呈諸君詞案下

수천

가객이 집에 가득할 제 옥수가 비꼈는데	佳客滿堂玉樹斜
의관을 갖춘 사신은 만리 연하 묻는구나	衣冠萬里問煙霞
그대들이 지은 많고 많은 시부에는	諸君詩賦知多少
곳곳마다 산천이요 곳곳마다 꽃이로다	處處山川處處花

수천이 석상에서 지은 시에 삼가 화답하다
奉和洙川席上韻

구헌

옛 섬의 맑은 하늘에 그림 깃발 비꼈는데	古嶋天晴畫旆斜
방주의 태수가 유하주[93]를 보내왔구나	防州太守送流霞
종려나무 숲에 늙은 부처 어인 마음으로	欅林老佛何情性
섬돌 앞 수많은 꽃을 스스로 피게 하였나	自發階前百種花

---

93 유하주(流霞酒): 신선이 마시는 좋은 술을 말한다. 두보(杜甫)의 「종무생일(宗武生日)」에 "유하를 조각조각 나누어서, 방울방울 천천히 기울이노라.[流霞分片片, 涓滴就徐傾.]" 하였다.

수천의 시에 삼가 화답하다
奉和洙川瓊韻

제암

깊은 정원에 푸른 종려 바다 해에 비끼니	深院靑棕海日斜
제군의 채색 붓에 운하가 찬란하구나	諸君彩筆爛雲霞
창해에는 서창곡[94]같은 이 적지 않고	滄溟不乏徐昌穀
양주에 꽃 핀 나무마다 희미한 달 어렸네[95]	煙月揚州樹樹花

수천께 삼가 화답하다
奉和洙川詞伯韻

취설

대나무 무성하게 길 한 켠에 비껴있고	萬竹沈沈一逕斜
섬 두른 바다에는 저녁노을 피어오르네	溟波繞嶋晚升霞
나이 젊은 사람들 재주와 사려 풍부하여	妙年諸子饒才思
저마다 시 완성하니 붓 끝에 꽃 피네[96]	箇箇詩成筆有花

---

94 서창곡(徐昌穀): 명나라 시인인 서정경(徐禎卿, 1479~1511)으로 창곡은 그의 자(字)이다. 전칠자(前七子)중의 한 명으로 기풍과 수려함이 뛰어났다.

95 양주에 …… 어렸네: 이백(李白)의 「황학루송맹호연광릉(黃鶴樓送孟浩然之廣陵)」에, "옛 친구 서쪽에서 황학루와 이별하고, 안개 꽃 핀 삼월에 양주로 내려가네.[故人西辭黃鶴樓, 烟花三月下揚州.]"라고 한 구절을 인용하였다.

96 붓 …… 피네: 재주가 뛰어나고 문사(文思)가 풍부함을 말한다. 이백(李白)이 젊었을 때 어느 날 밤 꿈에 자기가 쓰고 있던 붓 끝에서 꽃이 피는 것을 본 이후로 문재(文才)가 뛰어나서 명성이 천하에 알려졌다는 '몽필생화(夢筆生花)'의 고사가 있다. 『開元天寶遺事 夢筆頭生花』

수천의 시에 삼가 화답하다
奉和洙川贈韻

해고

동쪽 운해에 노니니 비단 돛 비껴있고	東遊雲海錦帆斜
의관과 패옥 부상의 붉은 노을에 물드네	衣珮扶桑濕紫霞
만리 밖에서 평수의 모임 자주 갖다보니	萬里頻成萍水會
삼월 한강 이남의 봄놀이 못하게 되었네	漢南三月負煙花

앞 시에 다시 첩운하여 화답하기를 요구하다
再疊前韻要和

해고

나그네 수심 해처럼 매일 서쪽으로 기울고	羈愁如日每西斜
차 솥에 미풍 이니 가는 노을 타오르네	茶鼎風微起細霞
맑은 가을날 다시 만나길 바라노니	淸秋祇願重相見
돌아오는 길에 응당 귤꽃 찾으리라	歸颿應知過橘花

앞 시에 다시 첩운하여 제공께 삼가 드리다
再疊前韻奉呈諸公

수천

의관과 패옥이 별처럼 마주하여 기울고	冠珮如星相對斜
여광이 밝게 비춰 운하를 꿰뚫구나	餘光照映透雲霞

울긋불긋 온갖 꽃 이제 다 져버렸는데	千紅萬紫今飛盡
어찌 붓 끝에 꽃 필 줄 생각했으랴	豈料毫端亦有花

다시 수천의 시에 화답하다
再和洙川韻

구헌

언덕에 무성한 대 그림자 비껴있고	岸影離離亂竹斜
만리 오봉에는 붉은 노을이 지네	鰲峯萬里落紅霞
파도 신은 스러지는 봄빛이 아쉬어서	波神也惜春光盡
바람 앞에 수많은 꽃송이 묶어 두었네	爲結風頭萬點花

수천의 시에 첩운하여 화답하다
疊和洙川韻

제암

푸른 주렴의 흰 배[97] 물 위 구름에 비껴가니	靑簾白舫渚雲斜
새벽 다루에서 일어나 붉은 노을에 취하네	曉起茶樓醉紫霞
제비 지저귀고 꾀꼬리 노래하며 슬퍼하니	燕語鶯歌俱悄悄
선동이 뜰에 가득한 꽃을 다 쓸어서 라네	仙童拂盡滿庭花

---

97 푸른…… 배: 두보(杜甫)가 익주(益州)의 막부로 부임하는 자를 전송하며 지은 시에
"푸른 대발의 흰 배 하나 익주에서 왔나니, 천지가 뒤집힐 듯한 무협의 가을 파도로다.[靑
簾白舫益州來, 巫峽秋濤天地廻.]"라는 표현이 있다. 『杜少陵詩集 卷19 送李八祕書赴杜
相公幕』

석상에서 지어 제암·해고 두 서기께 삼가 드리다
席上賦奉呈濟菴海皐二書記

수천

조문관 아래에 신선 배 정박하니	竈門關下駐仙舟
여기서부터 왕복 오십 개 역참이라	自此往還五十郵
도덕경 이루고서 나에게 남겨주니	道德經成留與我
언제나 자줏빛 기운 서쪽으로 흐를까	何時紫氣向西流

두 분의 성이 이(李)씨이고, 때마침 조관(竈關)을 지나가기 때문에 노담(老聃)의 고사를 사용한 것이다.

수천의 시에 삼가 화답하다
奉和洙川韻

제암

높은 누각 한 쪽에 사당주[98] 매어 두고서	高樓一面繫棠舟
우체부에게 맡기지 않고 자리에서 시통 전하네	接席傳筒不待郵
남은 술과 수많은 글이 돌아갈 뜻 재촉하는데	殘樽亂墨催歸意
나무 가득한 꾀꼬리 소리에 바다 해 지구나	滿樹鶯聲海日流

---

98 사당주(沙棠舟): 사당(沙棠)이라는 나무로 만든 배이다. 사당은 곤륜산에 있는 나무 이름인데 신선의 배를 만드는 재목이다.

수천의 시에 삼가 화답하다
奉和洙川韻

해고

하늘 가 절반에 잠시 배 정박하니	天涯半半暫停舟
빈관에서 만남이 역참을 지나치듯	賓舘相逢似闖郵
응당 돌아간 후 그리워하는 꿈이	秖應歸後依依夢
동쪽 바다에 들어와 밤마다 흐르리라	東入滄溟夜夜流

동리 수천께 삼가 드리고 화답하기를 요구하다
奉呈東里洙川要和

해고

붉은 깃발 흰 배로 오래도록 바다에서	紅旗白舫莽蒼古
멀고 멀리 바람 타고 상관에 이르렀네	遠遠天風到上關
나그네 배는 구름 속 큰 바다에 헤매고	客棹雲迷三鱸海
선도는 여섯 오산에 봄 지나 떨어졌네	僊桃春盡六鰲山
높은 소나무 해 가려 꽃방석 차가운데	高松蔭日花氈冷
깊은 정원 비단 장막으로 차 전해주네	深院傳茶錦帳間
여기서부터 만리 떠나는 사람 시름에 겨워	從此不堪人萬里
한 하늘 남북으로 멀리 이별하는 표정 짓네	一天南北犯離顔

해고 이공께 삼가 화답하다
奉和海臯李公

수천

오래도록 바다에 떠 있는 누선 바라보니	久望樓船滄海上
문득 자줏빛 기운 동쪽 관문에 가득하네	忽看紫氣滿東關
풍진의 땅 조서에서 신선 만나니	逢仙竈嶋風塵地
울창한 금강산에서 태어난 수재라	産秀金剛鬱勃山
앉아서 청운 마주하며 해 아래 있으니	坐接靑雲居日下
자리에서 어지럽게 백설가 날리네	歌飛白雪亂筵間
좋은 모임에 이별이 빨라 걱정스러운데	相愁勝會別離速
날 위해 또 온다면 다시 활짝 웃으리라	爲我重來復解顔

앞 시에 첩운하여 수천·동리 두 분께 화답하기를 요구하다
疊前韻要和于洙川東里二賢

해고

양국이 바다로 떨어짐을 잊고서	相忘二國海爲間
제현들 양관(兩關)[99]에서 오니 기쁘도다	喜得諸賢自二關
물 언덕엔 바람 잦아 나무 흔들리고	水岸風多無靜樹
바다 낚시터엔 산 그림자 잠기려 하네	魚磯湖上欲沈山
나그네 길 떠난 뒤로 봄 다 지나가니	自從羈旅三春盡

99 양관(兩關): 장문주(長門州)에 있는 상관(上關, 가미노세키)과 하관(下關, 시모노세키)을 말한다.

드디어 풍파가 하루걸러 있겠구나	遂有風波一日間
백 폭 화전과 차와 술 가지고 와서	百幅花牋茶酒裏
이역 곳곳에서 걱정스런 마음 달래주네	異方隨處慰愁顔

해고 이공께 다시 삼가 화답하다
再奉和海皐李公

수천

우주 안에서 어찌 구역을 나누리오	區域何分宇宙間
돛배가 순식간에 양관을 지나가네	風帆飄忽渡重關
하늘과 맞닿은 서쪽 바다 한 번 보게나	試看西海天連水
동방에 구름 가득한 산 싫어하지 말게	莫厭東方雲滿山
양국이 백 년 동안 옛 우호 닦았으니	二國百年修舊好
한 집에서 반나절 남은 시간 아깝도다	一堂半日惜餘間
만나서 새로 안 즐거움[100]은 끝없지만	相逢無限新知樂
내일 아침 이별에 슬픈 표정 염려되네	更恐明朝慘別顔

---

100 새로 안 즐거움: 굴원(屈原)의 "슬픔 중에 가장 큰 슬픔은 살아서 이별하는 것이요, 기쁨 중에 가장 큰 기쁨은 새로 사귀는 것이라.[悲莫悲兮生別離, 樂莫樂兮新相知.]"라는 시구를 차용한 것이다. 『文選 卷33 少司命』

석상에서 수천·동리 두 분께 삼가 드리다
席上奉贈洙川東里兩賢契

제암

금자라 등 위에서 신선 무리 찾으니	金鰲背上問仙曹
필세가 하얀 눈 빛 파도를 압도하네	筆勢遙凌雪色濤
우주 장대한 바다에 떠가는 인생인데	宇宙浮生溟海壯
문장은 천고에 한당만큼 뛰어나네	文章千古漢唐高
널리 펼쳐진 구름 위로 황곡[101]을 보니	奇雲浩蕩瞻黃鵠
창망한 붉은 언덕에 벽도[102]가 있구나	紫岸蒼茫駐碧桃
광산[103]에서 십년간 애써 독서한다면	努力匡山十年讀
훗날 단혈[104]에서 기이한 새 보리라	後來丹穴見奇毛

---

101 황곡(黃鵠): 일거에 천 리를 날아가는 거대한 고니를 말하는데, 특히 고재 현사(高才賢士)를 비유한다.

102 벽도(碧桃): 전설속의 서왕모가 한 무제에게 전해준 선도(仙桃)를 말한다.

103 광산(匡山): 광산은 중국 성도부(成都府) 창명현(彰明縣) 북쪽에 있는 대광산(大匡山)으로, 당나라 이백(李白)이 젊었을 때 글을 읽었던 곳이다. 두보(杜甫)가 성도에 가서 이백을 그리며 지은 「불견(不見)」에, "글 읽었던 이곳 광산에, 이제 늙은 그대여 돌아오구려.[匡山讀書處, 頭白好歸來.]" 하였는데, 흔히 소년 시절에 글을 읽었던 곳을 가리킨다.

104 단혈(丹穴): 『산해경(山海經)』 남산경(南山經)에 나오는 산 이름이다. 금과 옥이 널려 있고 오색의 무늬를 가진 봉황새가 산다고 한다.

제암 이공의 시에 삼가 화답하다
奉和濟菴李公瑤韻

수천

멀리 유람하니 모두 자장[105]의 무리인데	遠遊俱是子長曹
또 천 리 광릉 파도 향해 가네	又向廣陵千里濤
붓 휘두르는 흉중은 운몽[106]처럼 크고	揮筆胸中雲夢大
거문고 타는 곡조는 초산처럼 높다네	彈琴曲裏楚山高
홍곡에 붙었다가 연작인 줄 잊었는데[107]	漫附鴻鵠忘燕雀
문득 옥구슬 얻으니 내 복숭아 부끄럽네[108]	忽得瓊瑤愧木桃
이로부터 매화 피는 봄 연무 길이나	自此梅天煙霧路
돌아갈 때 현표의 털에 모두 문채나리[109]	歸時玄豹總文毛

---

105 자장(子長): 한(漢) 나라 사마천으로 자장은 그의 자(字)이다. 그는 한 경제(漢景帝) 연간에 용문(龍門)에서 태어나 10여 세에 고문(古文)을 다 통하고, 20여 세에는 웅지(雄志)를 품고 천하를 유람하고자 하여 남으로 강회(江淮), 회계(會稽), 우혈(禹穴), 구의(九疑), 원상(沅湘) 등지를 유람하고, 북으로 문수(汶水), 사수(泗水)를 건너 제로(齊魯)의 지역에서 강학(講學)을 하다가 양초(梁楚) 지역을 거쳐 돌아왔다고 한다. 『漢書 卷62 司馬遷傳』

106 운몽(雲夢): 초(楚) 나라 대택(大澤)의 이름으로 사방이 9백 리나 된다고 한다.

107 홍곡에⋯⋯ 잊었는데: 홍곡(鴻鵠)은 아주 큰 새이고 연작(燕雀)은 아주 작은 새이므로, 전하여 대인(大人)과 소인(小人)의 뜻으로 쓰인다. 여기서는 상대를 홍곡으로 자신을 연작으로 비유하였다.

108 문득⋯⋯ 부끄럽네: 옥구슬[瓊瑤]은 상대의 시문을 말하고 복숭아[木桃]는 자신의 시문을 겸손히 말한 것이다. 『시경』, 「위풍(衛風) 목과(木瓜)」에 "나에게 복숭아를 던져줌에 경요(瓊瑤)로써 보답한다.[投我以木桃, 報之以瓊瑤.]"에서 유래하였다.

109 돌아갈 때⋯⋯ 문채나리: 훌륭한 문장을 짓는다는 말이다. 남산(南山)의 검은 표범[玄豹]은 무우(霧雨)가 계속된 7일 동안 먹을 것이 없어도 가만히 머물러 있을 뿐, 산 아래로 내려가서 먹을 것을 구하려 하지 않았는데, 이는 자신의 털 무늬를 아름답게 보전하기 위해서였다고 한다. 『列女傳 卷2 賢明傳 陶答子妻』

수천·동리 두 사문께 삼가 드리다
奉呈洙川東里兩斯文

제암

청춘의 두 재자가	靑春二才子
창해에서 칠언시 지으며	滄海七言詩
자욱한 구름 속에서 만나	遇我雲深處
해지도록 술잔 기울이네	傾杯日落時
기린마 발굽 월굴[110]에서 번뜩이고	騏蹄翻月窟
붕새 날개 천지에 요동치네	鵬翼蕩天池
북쪽 배 명월주의 그림자가	北舶明珠影
사람 만나면 항사[111] 말하네	逢人說項斯

제암 이공께 삼가 화답하다
奉和濟菴李公

수천

멀리 만리 이역의 손님과	萬里殊方客
한 집에서 함께 시를 읊네	一堂俱賦詩

---

110 월굴(月窟): 달의 귀숙처(歸宿處)로서 전설 속의 월궁(月宮)을 가리킨다.

111 항사(項斯): 당나라 때의 시인이다. 일찍이 자신이 지은 시권(詩卷)을 가지고 양경지(楊敬之)를 찾아뵈니 양경지가 그의 재주를 사랑하여 시를 주었는데, 그 시에 "몇 차례 시를 보니 시마다 좋더니만, 그 표격(標格)은 시보다 훨씬 나았어라. 나는 한평생 남의 선 숨길 줄 몰라, 만나는 사람마다 항사를 말하곤 하네." 하였다. 이로부터 그의 이름이 세상에 알려졌다. 『唐詩紀事』

취성[112]은 이 밤 사랑하나	聚星憐此夜
멀리 떠나면 훗날 어이하리	隔壤奈它時
말없이 앉은 분 옥과 같고	坐靜人如玉
산에 둘러싸인 바다 못과 같네	山廻海似池
계장[113]으로 신선 대접하니	桂漿仙子讌
아마도 그대 항사인 듯	疑是自項斯

제공께 삼가 드리고 화답하기를 요구하다 4수
奉呈諸公案下要和 四首

수천

만리 사신 배가 서풍을 타고서	星槎萬里御西風
부절 가지고 멀리 발해 동쪽에 왔네	使節遙來渤澥東
백벽 품에 안고서 높은 지기 뽐내고	白璧在懷誇志氣
채색 붓으로 영웅 자태 드러내네	彩毫隨意見英雄
이역과의 우호는 노나라 위나라니	殊方修睦魯衛際
우리들과 천지 속에서 글 논하네	吾黨論交天地中
기역엔 오래 주나라 예악 남아 있으니	箕域永存周禮樂
이번 사행에 숙손통[114] 몇이나 있나	此行幾有叔孫通

---

112 취성(聚星): 덕망과 재주를 갖춘 선비들의 회합을 뜻하는 말이다.

113 계장(桂漿): 맛있는 술이다. 『초사(楚辭)』, 「구가(九歌) 동군(東君)」에 "북두를 가져다가 계장을 떠내도다.[援北斗兮, 酌桂漿.]"라고 하였다.

114 숙손통(叔孫通): 한 고제(漢高帝) 때에 의례(儀禮)를 제정하였던 사람이다.

두 번째
其二

관문에 자줏빛 기운 서쪽에서 흐르니 關門紫氣自西流

아득히 넓은 바다 익주타고 왔도다 渺渺大洋來鷁舟

옥 절부는 현도[115] 바다에 맑게 걸려있고 玉節晴懸玄菟海

화려한 복장은 낮에 청정주 비추구나 華裾晝映靑蜓洲

지나가며 고회에서 시 많이 지으니 過時詩賦多高會

도처에 산하가 모두 장대한 유람일세 到處山河皆壯遊

다시 그대들에게 반고 사마천의 일 맡기니 更屬諸君班馬業

사관의 재주 천추토록 빼어나리라 史才知是秀千秋

세 번째
其三

대국은 오래 기자의 봉지라 전해졌으니 大國久傳箕子封

놀라서 관개[116] 사신의 예로 맞이했네 驚迎冠蓋使臣禮

신선 뗏목 어찌 늘 볼 수 있는 것이랴 仙槎豈得尋常見

홍려관에서 만나니 무척이나 즐겁구나 鴻舘最歡邂逅逢

---

115 현도(玄菟): 한 무제(漢武帝)가 일찍이 위만 조선(衛滿朝鮮)을 없애고 한사군(漢四郡), 즉 낙랑군(樂浪郡), 진번군(眞蕃郡), 임둔군(臨屯郡), 현도군(玄菟郡)을 설치했다. 그중의 현도군을 말하는데, 그 위치는 지금의 평안도 일대에 해당한다.

116 관개(冠蓋): 갓과 일산(日傘)을 말한다. 흔히 벼슬한 사람이나 사신(使臣)을 가리키는 말로 쓰이는데, 여기서는 일본을 오가는 사신을 가리키는 말로 쓰였다.

백락이 한 번 지나가자 기북의 말 비었고[117]

섭공은 비로소 진짜 용 두려워하였네[118]

고상한 양춘 백설가 화답하기 어려우니

만 길 되는 부용봉 마주한 듯하구나

부용봉은 바로 부사산이다.

伯樂一過無冀馬

葉公始懼有眞龍

陽春白雪高難和

爲對芙蓉萬仞峯

네 번째
其四

나루에 바람 고요하여 저녁 파도 잠잠한데

사신 뗏목 큰 바다 건너와 함께 기뻐했네

하늘 가까이 황매[119]가 빗줄기 머금으니

백설가 날려 조수 소리마저 거두었구나

천추의 사업은 막 새로 지은 것에 있고

사해의 교유에는 옛 정이 남아 있다네

津關風靜晚波平

共喜使槎渡大瀛

天近黃梅含雨色

歌飄白雪捲潮聲

千秋事業存新著

四海交遊有舊情

---

117 백락(伯樂)이 …… 비었고: 백락처럼 훌륭한 감식안을 가지고 있다는 말이다. 한유(韓愈)의 「송온조처사서(送溫造處士序)」에 "말의 상을 잘 보는 백락이 말의 고장인 기북 지방을 한번 지나자, 말 떼가 마침내 텅 비게 되었다고 한다. 기북 지방은 천하에서 말이 가장 많은 곳인데, 백락이 아무리 말을 잘 알아본다 하더라도 어떻게 그 말 떼를 텅 비게 할 수 있겠는가. 그것을 해석하는 자가 말하기를 '내가 이른 바 텅 비었다는 것은 말이 없다는 것이 아니라 좋은 말이 없다는 것이다.' 하였다."라고 하였다.

118 섭공은 …… 두려워하였네: 진짜 용을 조선 사신에 비유하는 말이다. 옛날에 섭공 자고(葉公子高)가 용을 좋아하여 사방에다가 용을 그려 놓고 지냈는데, 하늘에 있던 용이 그 소문을 듣고 내려와 그의 앞에 나타나자, 놀라 달아났다고 한다.

119 황매(黃梅): 4월에 매화 열매가 누렇게 익을 때에 오는 비를 황매우(黃梅雨)라 한다.

| 삼백 편 시 외워 전대의 일 잘하니 | 三百誦詩專對捷 |
| 그대 가는 곳마다 훌륭한 이름 얻으리 | 憐君到處得芳名 |

이때에 해가 저물려 하자 자리를 파하려고 하였다. 그래서 바로 화답할 겨를이 없어 후일에 화답시를 주기로 역관과 약속했다.

○ 필어

물음. 해고: 만리에 배를 타고 와서 제현들과 함께 자리를 하게 되니, 이 기쁨을 어찌 말로 다하겠습니까. 두 분께서 이곳에 오셨으니 이곳과의 거리가 각각 어떻게 됩니까?

물음. 제암: 한 자리에 우연히 저계야(褚季野)[120] 같은 분과 통성명하고 서로 보니, 진실로 감격스럽고 다행입니다. 두 분의 나이는 얼마입니까?

제암·해고 두 분께 답함. 수천: 저는 일본 향보(享保) 9년 갑진(甲辰, 1724)년에 장문국(長門國) 아천현(阿川縣) 태어났는데, 이곳과의 거리는 400여리입니다. 귀방(貴邦)의 리수(里數)를 사용하였다. 지금 저의 나이는 25세이고, 반궁(頖宮)[121]에서 공부한 지 5년입니다.

---

120 저계야(褚季野): 진(晉) 나라 때 명신인 저부(褚裒)로 계야(季野)는 그의 자이다. 젊어서부터 고상(高尙)한 운치가 있어, 환이(桓彝)의 말에 "계야는 가슴속에 춘추(春秋)의 의리가 있다." 하였다. 『晉書 卷93 褚裒傳』
121 반궁(頖宮): 반궁(泮宮)과 같은 말로 성균관(成均館)의 별칭이다.

물음. 해고: 장문의 국학생도는 몇 명입니까? 400리나 떨어진 먼 곳으로부터 두 분께서 오셨다는데 공적인 일로 오신 것입니까?

답함. 수천: 국학생도는 때때로 증감이 있지만 대체적으로 4~50명입니다. 저는 일개 서생일 뿐인데 무슨 공무가 있겠습니까. 귀국의 배가 온다는 말을 듣고 대방(大防) 사신의 아름다움을 보고자 하였고, 또 제공들의 광범(光範)[122]을 보고 싶어 분주히 여기에 이르렀을 뿐입니다.

제암 이공에게 물음. 수천: 그대의 관복(冠服) 이름은 무엇입니까?

답함. 제암: 동파관(東坡冠)[123]과 도사복(道士服)입니다.

구헌 박공에게 물음. 수천: 그대의 관(冠) 이름은 무엇입니까? 또 건곤진태(乾坤辰兌)의 괘체(卦體)를 그렸는데 이유가 있습니까?

또 물음. 수천: 귀국에서는 『주역(周易)』을 배울 때에 누구의 주(註)를 따릅니까?

답함. 구헌: 관에 효와 괘를 그린 것은 그 문양 때문입니다. 우리나라에서 『주역』을 공부하는 선비는 이치는 정전(程傳)을 따르고, 점은 주자의 본의(本義)를 따릅니다. 귀국(貴國)에는 별도로 통용되는 주석

---

122 광범(光範): 존안(尊顔)을 나타내는 불가(佛家)의 용어이다.
123 동파관(東坡冠): 조선 시대 사대부들이 한가로이 거처할 때 쓰던 관으로, 말총으로 만들며, 송(宋) 나라의 소식(蘇軾)이 썼다고 하여 그의 호를 본떠 동파관이라 하였다.

이 있습니까?

다시 답함. 수천: 우리나라는 요즘 주역을 배우는 사람이 많지 않습니다. 정전과 본의를 따르는 것은 귀국과 같지만, 의리를 가르치는 것은 다른 경전에도 이미 갖추어져 있습니다. 그래서 굳이 『주역』을 가르칠 필요가 없으니, 『주역』은 점을 치는 책일 뿐입니다. 우리나라도 『고의(古義)』와 『사설(私說)』 등의 책이 있으니, 이는 이등씨(伊藤氏)[124]가 지은 것입니다.

물음. 구헌: 『고의』와 『사설』을 한 번 볼 수 있겠습니까? 부탁드립니다.

답함. 수천: 저도 고향을 멀리 떠나와서 두 책을 가져 오지 못했습니다. 귀국의 배가 서쪽으로 돌아갈 때에 저도 이곳에 올 것이니 그때를 기다려 보여 드리겠습니다.

다시 답함. 구헌: 만약 그렇게 해 주신다면 참으로 감사하겠으니, 부디 소홀히 여기지 마십시오.

---

124 이등씨(伊藤氏): 이등인재(伊藤仁齋, 이토 진사이 1627~1705)로, 에도 시대 유학자·사상가이며, 고의학파(古義學派)의 창시자이다. 진사이는 그의 호이며, 고학선생(古學先生)으로도 불렸다. 교토에서 상인의 아들로 태어나 청년 시절에는 주자학에 몰두하였고 이후 불교에도 관심을 가졌으나, 삼십대에 이르러서는 주자학을 비판하며 유교 고전의 새로운 해석을 시도하여 경서 해석에 새로운 지평을 연 일본의 대표적 사상가이다. 주요 저서로는 『논어고의(論語古義)』, 『맹자고의(孟子古義)』, 『중용발휘(中庸發揮)』, 『어맹자의(語孟字義)』, 『동자문(童子問)』, 『고학선생문집(古學先生文集)』 등이 있다.

물음. 해고: 두 분과 이제 오래 이별하고 나면 다시 만날 날이 있을
까요?

해고에게 답하고 아울러 제공에게 아뢰다

수천

금일에 다행히 한 집에서 가르침을 받을 수 있었으니 말할 수 없이
기쁩니다. 게다가 서로 주고받음에 주옥같은 글을 주신 것이 많기에
공벽(拱璧)[125]을 바칩니다. 아름다운 모임이 열흘 동안 계속 되더라도
어찌 싫겠습니까마는, 장자(長者)를 수고롭게 할까 염려됩니다. 저희
들은 장차 이 아름다운 자리를 떠나면 훗날 귀국의 배가 서쪽으로 돌
아올 때를 기약할 뿐입니다. 바다와 육지를 번갈아 가게 되어 수고가
많을 것이니 자중하십시오.

조선 제술관과 세 서기께 삼가 드리다
贈朝鮮製述官三書記

노성(蘆城)

목도[126] 삼천리를   木道三千里

---

125 공벽(拱璧): 두 손을 마주 쥔만큼 큰 구슬[大璧]이다. 『좌전(左傳)』에 '나에게 공벽을
   주었다.[與我其拱璧]'에서 인용된 것으로, 주로 선물을 받고 치사하는 데에 쓰이는 문자
   이다.
126 목도(木道): 뱃길로 가는 것을 말한다. 『주역』, 「익괘(益卦) 단사(彖辭)」에 "큰 시내를

문득 붕새 타고 왔네	忽乘鵬背通
먼 곳 향해 치달려서	奔騰向遠地
아득하게 긴 하늘 날았네	縹緲凌長空
구주 밖으로 날개 떨치고	奮翼九別外
사해 안에서 명성 날렸네	飛聲四海中
훨훨 날아 매우 빨리 오니	翩翩來曷速
그 의기 영웅호걸일세	意氣最豪雄

또 짓다
又

부절 쥐고 멀리 유람한 객	持節遠遊客
훌륭한 서기의 무리라네	翩翩書記曹
당시에 준걸이라 칭찬하였고	時人稱俊傑
밝은 임금 영웅호걸 선발했네	明主擇英豪
백설가로 고상한 곡조 날리니	白雪飄高調
청운이 채색 붓에서 일어나네	靑雲起彩毫
천만리 멀리 뗏목 타고 와서	乘槎千萬里
장대한 뜻으로 파도 부수네	壯志破波濤

건넘이 이로움은 목도가 이에 행해진 것이다.[利涉大川, 木道乃行.]" 한 데서 온 말이다.

또 짓다
又

부산 나루 언제 출발했나	釜津何日發
만리 멀리 동쪽 향해 왔네	萬里向東來
바다에는 채색 구름 걷히고	海上彩雲鎖
관문에는 자줏빛 기운 열렸네	關門紫氣開
깃발은 하늘가의 사신이요	旌旗天際使
시부는 영중의 재주[127]라네	詩賦郢中才
오늘 밤 문성의 빛이	今夜文星色
백척 누대에 높이 매달리리	高懸百尺臺

『장문무진문사(長門戊辰問槎)』중(中) 마침

---

127 영중(郢中)의 재주: 좋은 시를 짓는 재주를 말한다. 송옥(宋玉)이 초왕에게 "한 사람이 영중(郢中)에서 양춘과 백설(白雪) 같은 고상한 곡조를 부르니 화답할 자가 겨우 수십 명뿐이었습니다." 하였다.

장문무진문사 하

○ 조선 제술관과 세 기실(記室)께 올리는 글

저는 스스로 어리석음을 헤아리지 못하고 대방(大邦) 군자들께 글을 올립니다. 사신의 임무를 이미 마치시고 큰 깃발이 다시 서쪽으로 올 때에, 유성(流星)이 떨어지고[1] 축융씨(祝融氏)가 여전히 명을 전달하고 있는데도[2] 하늘이 그대들을 두텁게 돌보아 주셨습니다. 그리하여 명산(名山)에 올라 용굴(龍窟)을 찾으면 해백(海伯)[3]이 호송하고 도깨비들이 길을 닦으며, 고삐를 잡고 배를 저어 가면 높은 흥취 예전처럼 일어나서 다시 우리 주(州)에 들르게 되었습니다. 이때에 저는 자줏빛 기운을 상관(上關)에서 맞이하고는 하관(下關)으로 청우(靑牛)[4]를 따라갔지만 끝내 진인(眞人)을 볼 수 없었습니다. 이에 '전날에

---

1 유성(流星)이 떨어지고: 7월을 말한다. 『시경(詩經)』, 「빈풍(豳風)」에 "칠월에 유성(流星)이 떨어지면 구월에 새로 만든 옷을 입혀 준다.[七月流火, 九月授衣.]" 하였다.
2 축융씨(祝融氏) …… 있는데도: 계절이 여름이라는 말이다. 축융씨는 오행 중에 화(火)의 운을 맡은 신으로 여름을 관장한다.
3 해백(海伯): 전설상의 바다 신이다.
4 청우(靑牛): 노자(老子)가 서쪽으로 떠나갈 때 관령(關令) 윤희(尹喜)가 멀리 바라보니 자색(紫色) 기운이 떠 있는 것이 보였는데, 과연 얼마 뒤에 노자가 푸른색 소[靑牛]를 타고 관문을 지나가더라는 전설이 있다. 『列仙傳 上』

는 어찌 친히 유룡(猶龍)[5]을 만나 옛 친구처럼 잠시 대화할 수 있었을 까?' 비로소 의심하였습니다. 그래서 처음에는 기뻐하였다가 나중에는 즐겁지 않았으니, 만나고 만나지 못함이 오직 이 짧은 순간에 있을 뿐입니다. 서로 교제할 때에 군자께서 두루 사랑하여 소생(小生)을 하찮게 여기지 않아, 덕음(德音)으로 풍족하게 해주시고 훌륭한 시로 화답해 주셨으니, 하수(河水)와 같은 은혜를 길이 잊지 않기로 맹세하였습니다. 그리하여 하루아침에 완연(宛然)히 화서국(華胥國)[6]에서 노니는 듯하였습니다.

　대저 조선과 일본은 바다가 막고 있어 끝없이 광활하니, 언제 다시 만나서 정다운 이야기를 나눌 수 있겠습니까. 이 생각에 눈물이 줄줄 흘러 멈추지 않습니다. 졸작 몇 수를 아비류자(阿比留子)에게 부탁하여 삼가 드립니다. 이는 보잘 것 없는 저의 작품이니, 대방(大邦)의 위세를 빌리려고 한 것이 아니요, 마음에 흡족하지 못한 부분에 있어서 조금이나마 분노를 없애려고 해서일 뿐입니다. 제가 진실로 예를 잘 알지 못하나 다행히 죄를 면할 수 있다면 입은 은혜가 매우 클 것입니다. 마침 배가 출발하려하니 급히 붓을 놀려 아울러 편지 한 통 씁니다. 하지만 만분의 일도 저의 마음을 말씀드리지 못했으니, 바다와 같

---

5 유룡(猶龍): 유룡은 도(道)가 매우 고심(高深)하고 신묘(神妙)하여 마치 변화를 예측할 수 없는 용과 같다는 뜻에서 온 말로 본래는 노자(老子)를 가리킨 말인데, 여기에서는 상대를 노자로 비유한 것이다. 공자(孔子)가 노자를 만나고 와서 제자들에게 말하기를 "용에 이르러서는 내가 알지 못하겠으니, 풍운을 타고 하늘로 오른다. 내가 오늘 노자를 보니, 용과 같았도다!" 한 데서 온 말이다. 『史記 卷63 老子列傳』
6 화서국(華胥國): 황제(黃帝)가 낮잠을 자다가 꿈속에서 보았다는 이상국가(理想國家)의 이름이다. 황제가 이 나라를 여행하면서 무위자연(無爲自然)의 이상적인 정치가 실현되는 꿈을 꾸고는 여기에서 계발되어 천하에 크게 덕화(德化)를 펼쳤다는 전설이 전한다. 『列子 黃帝』

은 도량으로 밝게 살펴주십시오. 머리 조아리고 절합니다. 7월 16일 일본 장번(長藩) 강관(講官) 초윤문(草允文)[7]은 절하고 올립니다.

구헌 박공에게 삼가 드리다[8]
右奉呈矩軒朴公

중산

대궐에 온 수많은 객 중에	濟濟王門客
그대 절로 현준하다네	俊賢自有君
규 잡고 사명 전하고서	執圭傳使命
홀 턱에 괴고[9] 세상 보네	柱笏見人文
서쪽 바다에서 삼도 향하니	西海指三嶋
남쪽 고을엔 오색구름 에워싸네	南州入五雲
허리에는 무엇을 두르고 있나	腰間何所帶
북두성 기운 성대하게 걸쳐있네	斗氣坐氤氳

---

7 초윤문(草允文): 초장중산(草場中山)으로, 상권(上卷) 앞부분 장문무진문사(長門戊辰問槎) 성명(姓名)에 보인다.

8 구헌 …… 드리다: 원문에는 시의 제목이 밑에 있어서 원문에 '위 시의 제목은[右]'이라는 말이 붙어 있는데, 일반적인 시의 체제에 따라 시의 제목을 본문 위에 두기로 한다.

9 홀(笏) 턱에 괴고: 세속 일에 얽매이지 않고 초연히 유유자적하는 풍도를 가리킨다. 진(晉)나라 때 왕휘지(王徽之)는 성품이 본디 잗단 세속 일에 전혀 얽매임이 없었다. 그가 일찍이 환충(桓沖)의 기병 참군(騎兵參軍)으로 있을 적에 한번은 환충이 말하기를 "경(卿)이 부(府)에 있은 지 오래되었으니, 요즘에는 의당 사무를 잘 알아서 처리하겠지."라고 하였으나, 왕휘지가 아무런 대꾸도 하지 않은 채 고개를 쳐들고 홀(笏)로 턱을 괴고는 엉뚱하게 "서산이 이른 아침에 상쾌한 기운을 불러온다.[西山朝來, 致有爽氣耳.]"라고 하였다. 『晉書 卷80 王徽之傳』

제암 이공에게 삼가 드리다
右奉呈濟庵李公

중산

의기가 세찬 바람 일으키니	意氣雄風起
사방 연석 흥취 적지 않네	四筵興不孤
가인은 백설가 부르고	佳人歌白雪
시인은 명월주 희롱하네	詞客弄明珠
바쁘게 나랏일에 종사하니	鞅掌從王事
풍류 있는 사신 찬탄하네	風流嘆使乎
안타깝도다 그대 선골이라	恨君有仙骨
바다 위 봉호10 그리워하네	海上憶蓬壺

해고 이공에게 삼가 드리다
右奉呈海皐李公

중산

조수가 멀리 은하수에 이어져 흐르니	潮水遠連銀漢流
가을 칠월 바다에 두둥실 뗏목 떠가네	翩然七月海槎秋
그대가 두른 지기석11 자세히 보니	貪看君帶支機石

---

10 봉호(蓬壺): 신선이 사는 봉래산(蓬萊山)을 말한다.

11 지기석(支機石): 상대의 훌륭한 시 재주를 칭찬하는 말이다. 지기석(支機石)은 베틀을
괴는 돌이다. 한 무제(漢武帝) 때 장건(張騫)이 사명(使命)을 받들고 서역(西域)에 나갔
던 길에 뗏목을 타고 황하(黃河)의 근원을 한없이 거슬러 올라가다가 한 성시(城市)에
이르러 보니 한 여인은 방 안에서 베를 짜고, 한 남자는 소를 끌고 은하(銀河)의 물을

인간세상에서 구할 수 없는 것이라네	原是人間不可求
그대들의 풍류 말로는 부족한데	諸子風流談有餘
재주와 호기는 그대가 으뜸이네	才豪君自上頭居
이번 사행 명산 유람 매우 좋아하니	此行深愛遊名嶽
이제부터 태사의 글 길이 전해지리라	從是長傳太史書

취설 유공에게 삼가 드리다
右奉呈醉雪柳公

중산

조수 빠진 적간관엔 바다 위 하늘 높고	潮落間關高海天
가을 목란선[12]타고 고요히 떠내려가네	安流秋下木蘭船
서로 만나 흰 비단 띠[13] 줄 수 있지만	相逢縞帶縱堪贈
그 당시 어진 자산만 못해 부끄럽구나	還慙當時子産賢

먹이고 있었는데, 그들에게 "여기가 어디인가?"라고 묻자, 그 여인이 지기석 하나를 장건에게 주면서 말하기를 "성도(成都)의 엄군평(嚴君平)에게 가서 물어보라."고 하였다. 그가 돌아와서 엄군평을 찾아가 지기석을 보이자 엄군평이 말하기를 "이것은 직녀(織女)의 지기석이다. 아무 연월일(年月日)에 객성(客星)이 견우(牽牛), 직녀를 범했는데, 지금 헤아려보니 그때가 바로 이 사람이 은하에 당도한 때였도다."라고 했다는 전설에서 온 말이다. 『博物志』

12 목란선(木蘭船): 목란 나무로 만든 배를 말하며 흔히 배의 미칭으로 사용한다.

13 흰 비단 띠[縞帶]: 친구 사이에 주고받는 선물을 말한다. 춘추시대 오(吳)나라 계찰(季札)이 정(鄭)나라에 가서 대부(大夫) 자산(子産)을 만났을 때 마치 예전부터 잘 아는 사이처럼 여겨져서 자산에게 흰 비단 띠[縞帶]를 선사하자, 자산은 계찰에게 모시옷[紵衣]을 선사했다는 고사가 있다. 『春秋左氏傳 襄公29年』

훨훨 청조[14]가 바다 모퉁이 도니	翩翩靑鳥海隅回
오채색 구름 왕모대에 자욱하네	五彩雲深王母臺
동산에서 과일 훔쳐 달아났다면[15]	儻向園中偸果去
인간세상 우리에게 주러 오리라	人間一贈我曹來

위의 시에 대한 화답시는 받지 못했다.

사자관(寫字官) 자봉(紫峰)은 내가 전에 이미 만났었는데, 지금 다시 빈관에서 만나게 되었다. 이때에 압물판사(押物判事) 창애(蒼崖)와 함께 달 아래에서 술을 마셨는데, 자봉이 붓을 들어 절구 한 편을 지어 나에게 주니 나도 화답하였다.

중산께 삼가 드리다
奉呈中山詞几

자봉

부평초 신세 다시 적간관에 이르니	萍蹤復到赤間關

---

14 청조(靑鳥): 삼족조(三足鳥)라고도 한다. 한 무제(漢武帝) 고사(故事)에 의하면 7월 7일에 홀연히 청조(靑鳥)가 날아와 궁전(宮殿) 앞에 모여 들거늘 동방삭(東方朔)이 말하기를 "이는 서왕모(西王母)가 찾아오려는 것이옵니다." 하더니, 조금 후세 서왕모가 오는데 청조 세 마리가 서왕모의 곁에 모시고 왔다. 그래서 후세 사람들이 사자(使者)를 가리켜 청조라고 칭호하였다. 『史記 卷117 司馬相如傳』

15 동산에서 …… 달아났다면: 동방삭의 고사를 말한다. 중국 한 나라 때의 인물 동방삭이 선계(仙界)에 가서 서왕모(西王母)가 심은 반도(蟠桃)의 열매를 훔쳐먹었다는 고사가 있다. 3천 년에 한 차례씩 결실하는데 동방삭은 세 차례나 그것을 따먹었다고 한다. 『漢武故事』

손님 전별한 사람들 모두 구면일세　　　　　贐客諸人摠舊顔

뜰에 가득한 명월 매우 사랑스러워　　　　　明月滿庭還可愛

한 번 읊고 취하며 중산[16] 마주했네　　　　　一吟一醉對中山

자봉이 주신 시에 삼가 화답하다
奉和紫峰見贈瑤韻

중산

누대의 명월이 강 나루터에 가득하니　　　　樓頭明月滿江關

서로 만나 좋은 술 마시며 활짝 웃네　　　　相値靑樽堪解顔

문득 봉황이 나는 듯 아름다운 글 보니　　　忽見如椽飛鳳翼

오색구름이 은은하게 오산[17]을 떠받드네　　五雲掩映戴鰲山

7월 15일 저녁에 조선 사신의 배가 하관(下關)에 이르렀다가 16일에 갑자기 일찍 출발하는 바람에 한 번 만날 겨를이 없었다. 그래서 이날 배를 따라가 글을 부쳐 주었다.

---

16 중산(中山): 한 잔만 마시면 1천일 동안을 취한다는 중산에서 나는 맛있는 술을 가리킨 말이다. 『박물지(博物志)』에 "유현석(劉玄石)이라는 사람이 중산의 술집에서 술을 마시고 집에 들어와 취해서 죽은 듯이 쓰러지자 가족들은 그가 죽은 줄만 알고 장례를 치러버렸는데, 3년 만에 그 술집에서 그 집을 찾아가 무덤을 파보니, 그제야 술이 깨었다." 하였다. 여기에서는 중산(中山)을 맛있는 술에 비겨 희롱한 것이다.

17 오산(鰲山): 발해(渤海) 동쪽에 있는 선산(仙山)을 말한다. 『列子 湯問』

조선 제술관과 세 기실께 각각 올리는 글

7월 16일에 일본 장번(長藩)의 천신(賤臣)인 실렴(實廉)은 재배하고 아룁니다. 사신의 임무를 마치시고 돌아가시는 때에, 하늘이 양국을 은혜롭게 돌보아 파도는 잔잔하고 배는 수월하게 건너 만리를 왕복함에 건강하신 몸으로 무사히 옛 빈관에 돌아오셨으니 경하 드립니다.

저는 대대로 문학(文學)으로 이 번(藩)에서 벼슬을 하고 있습니다. 다행스럽게도 과군(寡君)께서 선인의 유업(遺業)으로 외람되이 작은 재주를 아뢰어 빈관을 드나들게 하였습니다. 저번에 사신의 수레가 서쪽으로 간다는 말을 듣고 상관(上關)에 가 있으면서 빈관을 소제하며 기다렸으니 오래도록 뵙기를 갈망한지라 하루가 한 해 같았습니다. 자줏빛 기운이 관문에 들어와 사신의 깃발을 보고는 뛸 듯이 기뻐서, 스스로 용광(龍光)을 보고서 마음속의 바람을 이룰 수 있을 것이라 여겼습니다. 그런데 뜻밖에도 아주 잠깐사이에 유사(有司)가 먹을 것을 갖추고 뱃사공이 키를 잡아 갑자기 배를 출발시키니, 하늘이 순풍을 빌려주고 백척(百尺)의 돛을 달아 올려, 천 리 길을 떠나 금새 하관(下關)에 도착하였습니다.

저는 배 뒤를 따라 쫓아가서 빈관에서 배석하여 모셨는데 밤이 깊어 불을 켜고 놀았습니다. 하지만 좋은 인연은 오래 가지 못한지라 우선 다음 날을 기다렸는데, 다음 날 또 일찍 출발하시니 평소의 소원을 끝내 이룰 수 없었습니다. 큰 붕새가 바람을 치고 신룡(神龍)이 구름을 탄 듯하니 마음은 부여잡고자 하나 그럴 길이 없으니 울적한 마음을 누구에게 이야기 하겠습니까. 묵묵히 문사(文辭)에 의지하여 쉬고 싶지만 소개할 사람을 기다리지 않고 대군자(大君子)를 번거롭게 한다면 공손하지 못할까 걱정되었습니다. 그래서 대마도 두 사람에게 부탁하여 앞세웠으니 너그럽게 살펴 주십시오.

보잘 것 없는 글 몇 편으로 삼가 저의 마음속의 생각을 말씀드리니, 질정(質正)하여 주시고 널리 사랑을 베푸는 여가에 화답하여 주십시오. 바라건대 천 리 먼 곳에서 정신적으로 교유할 수 있다면 작은 배 한 척으로 항해하더라도 그대의 고향이 날로 가까워질 것입니다. 여름 바다가 뜨거우니 만 배 자중하십시오. 머리를 조아려 재배합니다. 간략하게 보잘 것 없는 이름을 갖추어 올립니다. 저는 성(姓)은 소창(小倉), 이름은 실렴(實廉), 자(字)는 언평(彦平), 호(號)는 녹문(鹿門)입니다.

[10쪽]

제술관 구헌 박공께 드리다
呈製述官矩軒朴公座右
물고기가 용문에 오르는[18] 노래
魚登龍門行

녹문

용문의 구름 참으로 성대하며 　　　　　　　　　　龍門之雲何氛縕

---

18 용문(龍門)에 오르는: 용문은 중국 황하 중류의 급한 여울목, 산서성(山西省) 하진(河津)의 서북, 섬서성(陝西省) 한성(韓城)의 동북에 있는 산악이 대치(對峙)한 성경(省境)으로 잉어가 이곳을 뛰어 오르면 용이 된다는 전설이 있다. 그래서 용문은 곧 성망(聲望)이 높은 사람을 비유하게 되었는데, 후한(後漢) 때 이응(李膺)의 명성이 대단히 높아서 선비들 중에 그의 접견을 한번 받은 사람을 가리켜 등용문(登龍門)이라고 하였다. 전하여 성망이 높은 사람과 종유(從遊)하게 된 것을 의미한다.

용문의 물 참으로 콸콸 흐르도다	龍門之水何潺湲
너른 천지에 살면서 또 깨끗하니	俯仰寥廓且瀟灑
지축에서 나와 하늘 문에 이르렀네	下出地軸達天闔
용문의 구름과 용문의 물이	龍門之雲龍門水
아득히 밝아 혼돈을 뚫었네	縹緲明焚鑿混沌
옛날 우 임금 천하를 돌아다닐 때[19]	維昔禹載遍天下
적석에서 배 띄어 용문에 이르렀지[20]	浮于積石至龍門
우뚝 솟아 높이 하양 북쪽[21] 기대니	矗矗高倚夏陽北
찬란한 은하수가 용문의 근원이라네	倬彼雲漢卽爲源
두우성은 밤이면 층층 물결에 어리고	斗牛夜宿九級浪
그 아래 천길 물고기 떼를 이루었네	其下千仞魚爲群
비늘과 지느러미 흔들며 암학을 치고	奮鱗鼓鬐戞巖壑
비와 우레 머금으니 노을 기운 흩어졌네	帶雨噙雷散霞氣
못 가운데서 입을 벌름거리고 뛰노니	噞喁撥剌池中物
어찌 몸의 무늬 변화시킬 수 있으랴	安得變化身上文
물마시고 거품 뿜으며 이마 찧으니[22]	吸潩噴沫困點額

---

19 옛날 …… 때: 우(禹)임금이 천하를 두루 돌아다니실 때 물에서는 배를, 육지에서는 수
레를, 진펄에서는 방패를, 산에서는 썰매를 탔다. 『書經 益稷』

20 적석에서 …… 이르렀었지: 『서경(書經)』, 「우공(禹貢)」에 "적석에서 배를 띄워 용문 서
하에 다다른다.[浮于積石, 至于龍門西河.]"는 말이 있다.

21 하양 북쪽: 하양현은 오늘날 합양(郃陽), 한성(韓城) 등 지방이며 모두 섬서(陝西) 서안
부(西安府)에 속하는데 용문은 한대(漢代)의 풍익군 하양현(夏陽縣)에 있었다.

22 이마 찧으니: 중국 황하(黃河) 상류의 절벽으로 된 곳에 용문(龍門)이라 부르는 데가
있는데, 그 아래 모여든 고기가 위로 올라가면 용(龍)이 되지만 올라가지 못하면 이마를
찧어 상처만 입고 되돌아온다는 전설이 있다. 『水經 河水 註』, 『埤雅』

비로소 강호가 절로 나누어는 걸 알았네	始知江湖可自分
은하는 바라볼 뿐 가까이 할 수 없다[23]하니	聞道雲漢可望不可親
용문도 가까이 갈 수 있지만 이를 수 없네	龍門可親不可臻
문득 천상에서 내려오는 신선 뗏목 보았는데	忽覩偃查下天上
도리어 인간세상에서 나루를 묻는구나[24]	却向人間一問津
하늘음악 같은 예상우의곡[25] 연주하고	羽衣霓裳秦天樂
무지개 깃발과 우레 북 푸른 물고기 모네	霓旌雷鼓駕蒼鱗
단하장[26] 가지고 와서 나에게 먹여	持來飲我丹霞漿
살과 피부 바꾸고 심장 씻고자하네	欲易肌膚浣心腸
직접 백설 같은 자태 보고 놀라워	肉眼駭矚白雪姿
더러운 형체 명월주에 부끄럽구나	形穢惄愧明珠傍
적오를 몰고 와서 나에게 글을 주니	御來贈我赤烏書
경구와 경거[27]에 비기고 싶구나	欲比瓊玖與瓊琚

---

23 은하는…… 없다: 송지문(宋之問)의 「명하편(明河篇)」에 "은하는 바라볼 수 있지만 가까이 할 수 없네.[明河可望不可親]"라는 구절이 있다.

24 나루를 묻는구나: 송지문(宋之問)의 「명하편(明河篇)」에, "뗏목을 타고서 한 번 나루를 물으리라.[願得乘槎一問津]"라는 구절이 있는데, 중국 전설에 하늘의 은하수가 바다와 통한다 하므로 뗏목을 타고 은하에 가서 나루터를 묻겠다는 말이다.

25 예상우의곡(霓裳羽衣曲): 당(唐) 나라 현종이 꿈에 천궁(天宮)에 가서 선녀(仙女)들이 무지개치마 깃 옷[霓裳羽衣]으로 춤추며 노래하는 것을 보고 깨어난 뒤에 그것을 기억하여 「예상우의곡(霓裳羽衣曲)」을 만들어서 양귀비(楊貴妃)와 향락(享樂)하였더니, 그 뒤 안록산(安祿山)의 난(亂)이 끝난 뒤에 개원(開元) 시대의 태평세월을 보던 늙은이들이 어떤 사람이 부르는 「예상우의곡」을 들으며 추억의 눈물을 흘렸다.

26 단하장(丹霞漿): 신선이 먹고 마시는 음식물을 말한다.

27 경구(瓊玖)와 경거(瓊琚): 경구와 경거는 같은 말로 아름다운 옥인데, 여기서는 훌륭한 시문을 말한다. 『시경』, 「위풍(衛風) 목과(木瓜)」에 "나에게 목과를 주거늘 경거로 보답하였네. …… 나에게 오얏을 주거늘 경구로 보답하였네.[投我以木瓜, 報之以瓊琚. ……

푸른 섬이 가령 요지[28]와 같다면	滄嶼假令似瑤池
교실[29]은 신선만의 거처는 아니리라	鮫室但非僊人居
뗏목 타고 천상으로 돌아가면 어이하나	無那乘査返天上
거슬러 가려해도 가는 곳 따라갈 수 없네	溯回安得從所如
본래 이 몸은 못 속에 있는[30] 물건이니	本知身是池中物
오르려하나 용문의 물고기 될 수 없다네	欲登不得龍門魚
작은 물고기 어찌 막힌 곳 뚫고 가리오	細鱗瑣尾奈擁閼
차라리 작은 못에서 처음처럼 살리라	寧如小瀦復其初

해고 이공에게 드리다 오언율시 10수
呈海皐李公几下　五言律十首

녹문

훌륭한 여러 기실이	翩翩諸記室
붓 들고 정처 없이 다녔네	載筆遍萍蹤
열두 국풍 서로 평론하며[31]	十二國風辨
바쁜 와중에 여식 공급했네	倉皇旅食供

投我以木李, 報之以瓊玖.]"라는 말이 있다.

28　요지(瑤池): 서왕모(西王母)가 사는 곳으로, 이곳에서 목천자(穆天子)를 맞아 연회를
　　베풀었다고 한다.

29　교실(鮫室): 남해의 바다 속에 산다는 교인(鮫人)들의 궁궐로, 용궁을 말한다.

30　못 속에 있는: 승천(升天)하지 못하고 못에 처박혀 있는 용(龍)을 말한 것으로, 전하여
　　오래도록 뜻을 펴지 못하는 영웅(英雄)을 비유한 말이다.

31　열두 …… 평론하며: 춘추 시대 오(吳) 나라의 계찰(季札)이 중원(中原)의 여러 나라에
　　사신으로 가서 국풍들을 구경하였다. 『左傳 昭公 27年』

청운에 봉황 보고 기뻤고　　　　　　　　青雲喜覩鳳

유룡의 자줏빛 기운도 보았네　　　　　　紫氣見猶龍

천년 만에 한 번 만난 객이　　　　　　　千歲一逢客

백대 사문 중에 으뜸이라　　　　　　　　斯文百代宗

두 번째
其二

빙례를 닦으러 온 삼한의 나라　　　　　　修聘三韓國

좋은 이웃으로 일동에 왔네　　　　　　　善隣來日東

북쪽 사람 말 잘 알아보는데[32]　　　　　北人能相馬

조충 같은 작은 재주 부끄럽네　　　　　　小技慙彫蟲

옥백은 천년의 아름다움이요　　　　　　　玉帛千年美

수레와 문자 사해가 동일하네[33]　　　　車書四海同

영예롭게 만난 주리객[34]이　　　　　　　榮旋珠履客

전대하며 탁순의 공[35] 이루었네　　　　專對度詢功

---

32 말 잘 알아보는데: 주(周) 나라 때 백락(伯樂)이 말[馬] 감정을 잘하였으므로, 좋은 말
　이 백락을 만나 세상에 알려져 그 값이 10배로 올랐다는 고사가 있다. 전하여 명군(明君)
　이나 현신(賢臣)으로부터 지우(知遇)를 받는 데에 비유한다.

33 수레와…… 동일하네: 천하의 수레바퀴 폭과 문자가 동일해졌다는 것으로 천하가 통일
　되었음을 뜻하는데, 여기에서는 조선과 일본의 문물제도가 비슷함을 말하였다. 『중용장
　구(中庸章句)』에 ‘거동궤 서동문(車同軌書同文)’을 차용한 것이다.

34 주리객(珠履客): 구슬로 꾸민 신을 신은 빈객, 즉 상등의 빈객을 말한다. 『史記 春信
　君傳』

35 탁순(度詢)의 공: 『시경(詩經)』, 「소아(小雅) 황황자화(皇皇者華)」에 나오는 주원자추

세 번째
其三

통성명을 한 동남의 객이	修刺東南客
부끄럽게 몇 군데서 만났던가	靦然幾處逢
큰 바다는 작은 물 포용하고	大洋容小水
태악³⁶은 여러 산 마주했네	台嶽對群峰
그대의 공훈 청사에 오르겠고	勳欲上青史
적송자 따라서 노니려 하네³⁷	游同從赤松
그대 떠난 뒤 생사³⁸ 세워	生祠思去後
술과 고기 해마다 공급하리	牛酒歲時供

네 번째
其四

상서로운 구름 홀과 부절 호송하니	祥雲護珪節
북과 피리소리 강나루에 진동하네	鼓吹動江關

(周爰咨諏), 주원자모(周爰咨謀), 주원자탁(周爰咨度), 주원자순(周爰咨詢)의 끝 글자
중 마지막 둘을 모은 것으로, 두루 방문하며 묻는다는 뜻이다.

36 태악(台嶽): 천태산(天台山)을 가리키는데, 여기서는 상대방을 칭찬한 말이다.

37 적송자(赤松子) …… 하네: 적송자는 고대 전설상의 선인(仙人)이다. 장량(張良)이 유
방(劉邦)을 도와 한(漢)나라를 세운 뒤에 권세에 미련을 두지 않고 적송자와 노닐기 위해
신선술을 닦았다는 고사가 전한다. 『史記 卷55 留侯世家』

38 생사(生祠): 선정(善政)을 했거나 공(功)이 있는 사람을 높이 사모하여 생존시에 받들
어 제사지내는 사당을 말한다.

화려한 자수 삼품에 국한되고	綺繡限三品
비녀와 갓끈 소중히 여겼네	簪纓重兩班
노인은 전상에서 잔치하고	老人宴殿上
효자는 여막에서 거처하네	孝子居盧間
기자 성인의 유풍 두터우니	箕聖遺風厚
사신 돌아갈 때 꼭 보리라	試看使者還

고려(高麗) 이후로 관직이 삼품(三品)이 아니면 옷에 화려한 수를 놓을 수 없었다. 선세(先世)에 문관(文官)과 무관(武官)을 겸하여 양반(兩班)이라고 하였는데, 갓에 꽂는 비녀와 갓끈을 매우 소중히 여겼다. 나이가 80이 된 자는 전(殿)에서 잔치하고, 부모의 상례(喪禮)에 반드시 삼년동안 여막(盧幕)에서 거처하는 것을 귀하게 여겼다.

다섯 번째
其五

사신 깃발 삼산[39] 밖으로	文旆三山外
고요히 배타고 돌아가누나	穩流舟楫歸
정신적 교유로 새로 알았지만	神交新識在
다시 마음속 이야기 못하리라	心事再逢稀
적오는 약목을 떠나고[40]	若木赤烏去

---

39 삼산(三山): 삼신산(三神山)으로 봉래(蓬萊)와 영주(瀛洲), 방장(方丈)을 가리킨다.

청조는 반도에서 날아가네[41]　　　　　　蟠桃靑鳥飛

고향은 어느 곳에 있나　　　　　　　　　鄉關何處是

하늘 끝에 석양 희미하네　　　　　　　　天末夕陽微

여섯 번째
其六

삼한과 부상은 바다 가까이　　　　　　　韓桑瀕海國

모두 동쪽 가에 속해 있다오　　　　　　　共是屬東維

노나라 위나라 우호 맹약 맺었고　　　　　魯衛修盟好

계찰과 자산 예의 중시했네[42]　　　　　　札僑重禮儀

풍운의 기회[43]로 우연히 만났는데　　　　風雲偶相會

---

40 적오(赤烏)는…… 떠나고: 적오는 전설상의 서조(瑞鳥) 이름이고, 약목(若木)은 해 뜨는 동쪽 바다에 있다는 상상(想像)의 신목(神木)으로 부상(扶桑)과 같다. 여기에서는 조선 사신이 일본을 떠나는 것을 적오가 약목을 떠나는 것으로 비유하였다.

41 청조(靑鳥)는…… 날아가네: 청조는 선녀(仙女) 서왕모(西王母)의 사자(使者)인 청색(靑色)의 신조(神鳥)이고, 반도(蟠桃)는 이를 먹으면 불로장생한다는 서왕모(西王母)가 심은 복숭아이다.

42 계찰과…… 중시했네: 찰(札)은 계찰(季札)을 말하고, 교(僑)는 공손교(公孫僑)인 자산(子産)을 말한다. 춘추시대 오(吳)나라 계찰(季札)이 정(鄭)나라에 가서 대부(大夫) 자산(子産)을 만났을 때 마치 예전부터 잘 아는 사이처럼 여겨져서 자산에게 흰 비단띠[縞帶]를 선사하자, 자산은 계찰에게 모시옷[紵衣]을 선사했다는 고사가 있다. 『春秋左氏傳 襄公29年』

43 풍운의 기회: 『주역(周易)』 건괘(乾卦)에 "구름은 용을 따르고 바람은 범을 따른다.[雲從龍, 風從虎.]"라는 말에서 나온 것으로, 명군(明君)과 양신(良臣)이 서로 만난 것을 말하는데, 여기에서는 태평시대를 만나 양신(良臣)이 만남을 말한다.

배타고 다시 어디로 가는가　　　　　　　　　舟楫復何之

나랏일 하느라 쉴 겨를 없어　　　　　　　　王事不遑舍

끊임없이 달리며 사모시 읊네[44]　　　　　　騑騑四牡詩

일곱 번째
其七

요임금 시대에 나라 열어서　　　　　　　　堯時開甲子

천년동안 우리와 이웃하였네　　　　　　　千載作吾隣

동해 가에 솥처럼 우뚝 서서　　　　　　　鼎峙表東海

쇠처럼 굳게 북극성 향했네　　　　　　　金剛拱北辰

아름다운 시문 몇 군데 던졌으며　　　　瓊瑤投幾處

호저[45]로 몇 사람과 인연 맺었나　　　　縞紵結何人

만약 그대의 지미 볼 수 있다면　　　　倘得芝眉接

추한 얼굴로 따라 찌푸리리라[46]　　　　醜顔欲效矉

---

44 나랏일 …… 읊네: 사모(四牡)시는 『시경(詩經)』, 「소아(小雅)」 편명으로 임금이 사신 (使臣)을 불러 주연을 베풀면서 그 수고로움을 위로하는 내용인데, 여기에서는 사신의 일을 부지런히 한다는 뜻으로 쓰였다. 그 시에 "네 필의 말이 끝없이 달려가니, 큰길이 구불구불하도다. 어찌 돌아갈 생각지 않으랴만, 나랏일을 소홀히 할 수 없기에, 내 마음 슬퍼하노라.[四牡騑騑, 周道倭遲. 豈不懷歸, 王事靡盬, 我心傷悲.]"라고 하였다.

45 호저(縞紵): 친구 사이에 주고받는 선물을 가리키는 것으로 오(吳)나라 계찰(季札)과 정(鄭)나라 자산(子産)의 고사를 말한다.

46 추한 …… 찌푸리리라: 춘추 시대 월(越) 나라의 미인 서시(西施)가 심장병을 앓으면서 이맛살을 찌푸리자 찌푸린 그 모습도 매우 아름답게 보였으므로, 그 이웃의 추녀(醜女)가 그 찌푸린 모습을 흉내냈더니, 마을 사람들이 모두 그녀를 피해버리고 보지 않았다는

여덟 번째
其八

적관간이 고향과 가까우니	赤關桑梓近
이곳은 바다 동쪽 나루라네	此處海東津
각 분야마다 별들 있으니	分野各星宿
이국도 본래는 이웃이라네	異方本比隣
형이야 아우야 서로 사귀니	交如兄與弟
맹약 오래지만 더욱 새롭네	盟卽舊維新
누가 언어 다르다 말하는가	誰道殊音吐
글 의지하니 마음 진실하네	情依書契眞

아홉 번째
其九

푸른 바다 붕새 날개 이어지니	滄溟千翼接
순조롭게 건너는 사신 모습이라	利涉使臣顔
만리 서쪽으로 흘러가는 물이요	萬里西流水
한 덩이 동쪽에 솟은 산이라네	一塊東峙山
거슬러 가려해도 따를 수 없어	遡洄從不得
멀리 바라보니 그리움만 더하네	企望思相關

고사에서 온 말로, 전하여 자기의 재주는 헤아리지 않고 억지로 남을 흉내내려고 하는 것을 비유한다.

| 의기 있는 자라를 낚는 객[47]과 | 意氣釣鰲客 |
| 삼도 사이에 배 나란히 대었네 | 方舟三嶋間 |

열 번째
其十

순박한 모습은 요임금 때 선비요	淳俗堯時士
우아한 음악은 주나라 때 노래라	雅音周代歌
같은 생각으로 우주 안에 있고	同懷存宇宙
이별의 한 품고 산하와 멀어지네	別恨邈山河
은하에 오르니 흰 구름 흔들리고	上漢白雲掉
바람에 읊조리니 창해 일렁이네	嘯風靑海波
순채와 농어 좋아할 줄 아니	蓴鱸知可美
고향 생각 가을 들어 더하리[48]	歸思入秋多

---

47 자라를 낚는 객: 당 나라 이백(李白)을 칭하는 말로, 전하여 인품이 호매(豪邁)한 사람을
비유한다. 당 나라 개원(開元) 연간에 이백이 재상(宰相)을 찾아뵙고 쪽지에다 "바다에서
자라 낚는 나그네[海上釣鰲客]"라고 써 바쳤다. 재상이 묻기를 "선생은 자라를 낚을 때
낚싯줄을 무엇으로 합니까?" 하니, 대답하기를 "무지개로 낚싯줄을 삼습니다." 하였다.

48 순채와…… 더하리: 진(晉) 나라 장한(張翰)이 가을바람을 맞고 고향의 순채국과 농어
회 생각이 나서 벼슬을 그만두고 내려간 고사가 있다. 『晉書 卷92』

제암 이공께 드리다 칠언율시 5수
呈濟菴李公案下 七言律五首

녹문

가을 물 쓸쓸히 적마진[49]에 흐르니	秋水蕭蕭赤馬津
칠월에 장풍이 삼한 빈객 전송하네	長風七月送韓賓
단군이 창건하니 나라 오래되었고	檀君草昧版圖古
기자가 나라 경영하니 예악 새로워졌네	箕聖經營禮樂新
산이 숫돌이 될 때까지 길이 맹약하고[50]	盟契萬年山若礪
천 리 멀리 바다 건너 덕으로 이웃되네[51]	滄溟千里德爲隣
오늘날엔 문명하여 현준을 중요시하니	文明今日重賢俊
돌아가 능연각 공신[52]이라 보고하리라	歸報凌烟閣上人

사신의 홀과 부절 종횡으로 일동 비추니	珪節縱橫照日東
여기 온 삼천 빈객들 모두 영웅이라네	三千賓客並稱雄
봉호의 달빛 아래 아름다운 가지 꺾고	瓊技夜折蓬壺月
가을 채색 붓이 양마[53]의 풍격 넘구나	綵筆秋過揚馬風

---

49 적마진(赤馬津): 적간관(赤關間)을 말한다.

50 산이 …… 맹약하고: 굳건한 맹약이 영원함을 말한다. 한 고조 유방(劉邦)이 개국 공신들을 책봉하면서 "황하가 변하여 허리띠처럼 되고, 태산이 바뀌어 숫돌처럼 될 때까지, 그대들의 나라가 영원히 편안하여 후손들에게 전해지리라.[使河如帶, 泰山若礪, 國家永寧, 爰及苗裔.]"라고 말한 고사가 있다. 『史記 卷18 高祖功臣侯者年表』

51 덕으로 이웃되네: 『논어』, 「이인(里仁)」에 "덕이 있는 사람은 외롭지 않아 반드시 이웃이 있다.[德不孤, 必有隣.]"하였다.

52 능연각(凌烟閣) 공신: 당 태종(唐太宗)이 능연각을 누각을 세우고 공신들의 초상을 모셨다. 『新唐書 太宗紀』

53 양마(揚馬): 전한(前漢) 때 사부(詞賦)에 뛰어났던 문장가 양웅(揚雄)과 사마상여(司馬

내 먼지 이는 곳 보니 맑은 기운 흰데	我企望塵顥氣白
그대 돌아가 고개 돌리면 아침 해 붉겠지	君歸回首朝暾紅
살아서 태평시대의 교화 함께 만났으니	百年俱遇升平化
사해 고요히 흘러 배가 두루 통한다네	四海安流舟楫通
남쪽 바다 저습하여 낮에도 음산한데	南溟烟瘴晝陰森
북쪽 손님 돛배 행렬 귀로가 아득하네	北客連檣歸路深
부절 안고 일 끝내고 청역[54]에 머물러	擁節瓜時滯蜻域
배 댔다가 좋은 날 계림으로 떠나겠지	檥榜穀日發雞林
장대한 유람은 세상 덮고 고래 탈 기운이요	壯游盖世騎鯨氣
이별의 한은 가을 들어 바다 밟는 마음이라[55]	別恨乘秋蹈海心
하늘가에 드리운 대붕의 날개 펄럭인다면	一擧垂天大鵬翼
하얀 파도 끝으로 날아가고 오리라	飛來飛去白雪潯
아득한 바다 박망후[56]의 마음이니	天塹悠悠博望情
하늘가 사신 깃발 그림자 흔들리네	日邊文旆影縱橫
신라의 경전은 뱃길 따라 이르렀고	新羅經到舳艫道

相如)를 병칭한 말이다.

54 청역(蜻域): 청정주(蜻蜒州)로 일본의 옛 칭호이다.

55 바다 …… 마음이라: 죽음처럼 매우 슬프다는 말이다. 전국시대 제(齊) 나라의 고사(高士)인 노중련(魯仲連)이 진(秦) 나라를 제국(帝國)으로 받들자는 신원연(新垣衍)의 건의를 받고 "나는 동해를 밟고 죽을지언정 그렇게 할 수는 없다."고 하였다. 『史記 卷83』

56 박망후(博望侯): 박망후는 한 무제(漢武帝) 때 박망후에 봉해진 장건(張騫)을 가리킨다. 장건이 서역(西域)에 사신으로 나가서 모진 고생을 겪고 돌아온 결과, 서역 제국(諸國)에 한나라가 널리 알려져서 서역과의 교통(交通) 또한 크게 열리는 계기가 되었고 장건은 그 공으로 박망후에 봉해졌다.

고려의 악곡은 적약[57] 소리 전했네	高麗曲傳翟籥聲
만리 원대한 포부 모두 의기 있고	萬里南圖都意氣
예로부터 북방 학자 재명 있었다네	由來北學有才名
변변치 않은 생각 펴고자하나	欲申下走沾沾思
참으로 이응의 수레 몰 길이 없네[58]	無路眞成御李膺

장풍이 만리 멀리 사신 뗏목 전송하니	長風萬里送星査
원유부[59] 다 읊음에 바닷길 아득하네	賦罷遠游海路賖
승문원[60]에서 명받아 태사 되었는데	爲命承文稱太史
근정전[61]에서 황화[62]로 보답 받겠네	賜恩勤政報皇華

---

57 적약(翟籥): 꿩깃과 피리로 아악(雅樂)의 문무(文舞)의 대원들이 이것을 들고 대무(隊舞)를 춘다. 『高麗史 卷70 樂1 雅樂』

58 참으로 …… 없네: 후한(後漢)의 이응(李膺)은 성품이 강직하고 용기가 있어 선비(鮮卑)의 침략을 물리치는 데에 큰 공을 세운 인물이다. 벼슬에서 물러났을 때에는 그에게 가르침을 받고자 하는 사람이 수천 명이나 되었으며, 사대부가 그와 접견하기만 해도 높은 벼슬을 하였으므로 등용문 구실을 하였다. 순숙(荀淑)의 아들로서 뒤에 석유(碩儒)로 이름을 떨친 순상(荀爽)이 이응을 찾아가 만나고 인하여 이응의 수레를 몰게 되었는데, 집에 돌아와서는, "내가 오늘에야 이응의 수레를 몰게 되었다."라고 하며 좋아하였다. 『後漢書 卷67 黨錮列傳 李膺』

59 원유부(遠遊賦): 전국(戰國) 시대 초(楚) 나라 충신 굴원(屈原)이 참소를 입고 하소할 곳이 없자 신선(神仙)과 함께 놀려고 하여 지은 『초사(楚辭)』의 하나이다.

60 승문원(承文院): 고려 때부터 시작된 관명으로 사대(事大)·교린(交隣)에 대한 교류 문서를 맡아 보았으며 선조(宣祖) 때에는 학관 4원을 감원하고 그 대신 24제술관(製述官) 세 사람을 두었으며 그 밖에 제술관·사자관·이속·서리·서원·사령 등이 있다. 『文獻備考 職官考 卷8』

61 근정전(謹政殿): 경복궁 안에 있고 신하들의 조하(朝賀)를 받던 정전(正殿)이다.

62 황화(皇華): 황화사(皇華使)의 준말인데, 여기에서는 사신의 임무를 훌륭하게 수행함을 말한다. 황화사는 임금의 명을 받들고 멀리 사방으로 가서 아름다움을 선양하는 사신이라는 뜻으로, 『시경』, 「소아(小雅) 황황자화(皇皇者華)」에서 나온 말이다.

조선 팔도엔 구름이 끝없이 흐르고	朝鮮八道雲無盡
일본엔 삼산이 하늘 한 끝에 있네	日本三山天一涯
진실로 나랏일로 바쁜 줄 알겠으나	情識忽忙是王事
대장부는 원래 집 생각 않는다오	丈夫原自不思家

취설 유공께 드리다 칠언절구 15수
呈醉雪柳公梧下 七言絕十五首

녹문

가을 빛 봉래산에 오색구름 펼쳐지니	蓬萊秋色五雲開
학이 바람타고 날아 바다 위를 도네	飛鶴凌風海上回
어떻게 하면 푸른 하늘에 나란히 날까	安得青天爲比翼
선금[63]은 원래 무리 짓지 않아서라네	仙禽原自不群才

칠월에 고요한 뗏목 날아가려하니	七月安流槎欲飛
하늘가 돛 그림자에 광채가 이네	日邊帆影有光輝
알겠도다! 천상의 지기석을	便知天上支機石
예전처럼 인간 세상에 가져올 줄	依舊人間取得歸

만리 사신 길에 역정이 펼쳐지고	王程萬里驛亭開
사신들 맞이하기 위해 오고 가네	行李逢迎往又來
묻노니, 수레 가득 명함 많지만	爲問盈車多少刺
누가 동도주인[64]의 재주 있는가	誰堪東道主人才

---

63 선금(仙禽): 선인(仙人)이 타고 다니는 새, 즉 학(鶴)을 가리킨다.

밝은 달 적마관에 배 나란히 대니	明月方舟赤馬關
상서로운 바람이 돌아가는 이응 전송하네	祥風吹送李膺還
사신 맞이하여 대접하지 않았더라면	不因星使能延接
어찌 두우성 사이로 솟은 용문 보았으랴	安覩龍門出斗間

품속의 영롱하게 비추는 푸른 옥이	玲瓏懷裏碧琅玕
연성 두루 비추니 명월처럼 차갑네	遍照連城明月寒
구면을 먼저 용납하지 않았더라면	倘不先容如舊識
암중에 던진 것처럼[65] 여겼으리	敎人還作暗投看

멀리 유람하는 빈객 기운 힘차니	遠游賓客氣雄哉
맹상군의 문하[66]에서 왔으리라	曾自孟嘗門下來
만리 길에 돌아가자는 장협가[67]	萬里歸與長鋏引

---

64 동도주인(東道主人): 동쪽으로 갈 때 길을 안내하며 대접하는 주인의 역할을 맡는 사람이라는 뜻의 겸사(謙辭)이다. 춘추 시대에 진(晉)나라와 진(秦)나라가 합동으로 정(鄭)나라를 포위했을 때, 정나라 촉지무(燭之武)가 진 목공(秦穆公)을 만나 "만약 정나라를 그대로 놔두어, 진(秦)나라가 동방으로 진출할 적에 길 안내 역할을 맡게 하시고, 사신들이 왕래할 적에 부족한 물자를 공급하게 하신다면, 임금에게도 손해될 것이 없을 것입니다. [若舍鄭以爲東道主, 行李之往來, 供其乏困, 君亦無所害.]"라고 설득하여 포위를 풀게 했던 고사가 있다. 『春秋左氏傳 僖公30年』

65 암중(暗中)에 던진 것처럼: 아무리 귀중한 보배라도 사람에게 증정하는 도리를 다하지 못하면 오히려 원망을 초래한다는 "명주암투(明珠暗投)"의 고사이다. 『사기(史記)』 추양전(鄒陽傳)에 "명월주(明月珠)와 야광벽(夜光璧)을 길 가는 사람에게 무작정 던지면 모두들 칼을 잡고 노려보기 마련이다." 하였다.

66 맹상군의 문하: 맹상군은 전국 시대 제(齊)나라 사람으로, 전영(田嬰)의 아들이며, 이름은 전문(田文)이다. 제나라의 정승으로 있을 적에 어진 선비들을 초청하였는데, 식객들을 잘 대우하여 식객이 3000명이나 되었다.

67 장협가(長鋏歌): 돌아갈 것을 생각하는 노래이다. 제(齊) 나라 사람 풍훤(馮諼)이 맹상군(孟嘗君)의 식객으로 있을 때 장검으로 박자를 맞추면서 보다 나은 대우를 요구하는

| 무단히도 슬픈 뱃노래와 어울리네 | 無端更入櫂歌哀 |

적마관 서쪽에 큰 바다 펼쳐지니	赤馬關西大海開
편안히 돌아가는 사신 멀리 보내네	穩流遙送使査回
사신 길 비단 돛 그림자 탈 없으니	王程無恙錦帆影
만리 시원한 바람 솔솔 불어오구나	萬里雄風颯爾來

천 리를 달리는 준마 뜻이 웅건하니	驥騄千里志稱雄
다시 재명을 바다 동쪽에서 떨치네	更使才名擅海東
알겠네! 장유가 더욱 멋지게 지으니	知是壯游尤妙撰
기북의 말들 텅 비게 되겠구나[68]	怕敎冀北馬群空

두성을 꿰뚫는 신선 뗏목 북명을 갈라	貫斗僊査絶北溟
적간관에 잠시 흰 구름과 함께 멈췄네	赤關暫與白雲停
아름다운 만남 언제나 있는 일 아니니	佳期不是尋常事
응당 강호에 객성 있다 아뢰겠지[69]	應奏江湖有客星

노래를 불렀던 데에서 유래한다. 『戰國策 齊策 4』

68 기북(冀北)의 …… 되겠구나: 상대방의 글재주를 칭찬하는 말이다. 한유(韓愈)의 시(詩)에, "백락(伯樂)이 기북(冀北)의 들을 지나자 말들이 마침내 텅 비었네."에서 인용하였다.

69 응당 …… 아뢰겠지: 상대를 장건에 빗대어 말한 것이다. 한(漢)나라 장건(張騫)이 바닷가에 살고 있는데 매년 8월이면 뗏목이 왔다가 가곤 하므로 그 위에 땔감과 식량을 실은 뗏목을 타고 한 곳에 이르니 성곽이 있었다. 궁중에는 베를 짜는 여인이 멀리 보였으며 한 남자는 소를 끌고 물을 먹이고 있었다. 장건이 그에게 "이곳이 어디냐?" 하고 물었더니, "그대가 다시 촉(蜀) 땅에 가서 엄군평(嚴君平)에게 물으면 알 것이다." 하였다. 그후 장건이 돌아와 엄군평에게 물으니, "그날 객성(客星)이 견우성(牽牛星)을 범하였으니, 그 객성이 바로 당신이다." 했다고 한다.

허리에 찬 태아검 그 기운 무지개 같아	腰下太阿氣若虹
세차게 날아 곧바로 두우성과 통했네[70]	雄飛直與斗牛通
뱃길에 혹시라도 풍파가 일어나거든	舟前倘見風波起
그대 바다 속의 교룡을 베어보게나	君試斬蛟積水中

산 넘고 물 건너며 원유부 읊으니	跋涉山川賦遠游
적류의 가을 녹운에 붓 적시네	綠雲染翰赤流秋
한나라의 태사는 본래 서기인데	漢家太史本書記
주남이 아닌데도 체류하려 하네[71]	不是周南好滯留

활을 내건[72] 대장부 장쾌하게 유람하니	懸弧男子壯游哉
의기 뛰어나 나라 다스릴 재주로다	意氣翩翩經國才
노중련이 동해 밟는 뜻[73] 알고 싶은가	欲識仲連蹈東海

---

70 허리에 …… 통했네: 오(吳)나라 때 북두성과 견우성 사이에 늘 자줏빛 기운이 감돌기에
장화(張華)가 예장(豫章)의 점성가(占星家) 뇌환(雷煥)에게 물었더니 보검의 빛이라 하
였다. 이에 뇌환을 보내어 풍성(豐城)의 감옥 터[獄基] 땅속에서 춘추 시대에 만들어진
전설적인 보검인 용천검(龍泉劍)과 태아검(太阿劍)을 발굴했다 한다. 『晉書 卷36 張華
列傳』

71 한나라의 …… 하네: 이곳이 좋아 머물고 싶어 한다는 말이다. 서한(西漢) 때 사마천(司
馬遷)의 아버지인 태사공(太史公) 사마담(司馬談)이 병이 위독하여 주남(周南) 지방에
체류하느라 무제(武帝)가 태산(泰山)에 봉선(封禪)하는 의식에 참가하지 못하여 매우 유
감으로 여겼다 한다. 『史記 卷130 太史公自序』

72 활을 내건[懸弧]: 옛날에 아들을 낳으면 뽕나무 활을 문 왼쪽에 걸어서 활을 잘 쏘기를
기대했던 데서 온 말로, 『예기(禮記)』 내측(內則)에 "자식을 낳음에 남자일 경우는 문
왼쪽에 뽕나무 활을 걸고, 여자일 경우는 문 오른쪽에 수건을 건다."라고 하였다.

73 노중련이 …… 밟는 뜻: 전국시대 제(齊) 나라의 고사(高士)인 노중련(魯仲連)이 진(秦)
나라를 제국(帝國)으로 받들자는 신원연(新垣衍)의 건의를 받고 "나는 동해를 밟고 죽을
지언정 그렇게 할 수는 없다."고 말한 고사가 있다. 『史記 卷83』

천추토록 태양이 봉래를 비추리라　　　　千秋白日照蓬萊

멀리 천 리 밖 진나라 현자 그리워　　　　千里相思晉代賢
신선 배 흥을 타고 잠시 머물렀네　　　　仙舟乘興暫留連
깨끗한 명월에 문득 배를 돌리니　　　　皎然明月忽回棹
산음의 눈 내리는 밤[74]과 꼭 같네　　　　翻似山陰夜雪天

사신이 푸른 바다 멀리 유람하니　　　　星使遠游滄海天
한 조각 떠가는 뗏목 하늘가를 도네　　　　浮查一片日邊旋
알겠도다! 그대 허리에 풍성검 차고서　　　知君腰下豊城劍
일야에 북두성 앞에서 고향 생각할 줄　　　一夜思家北斗前

귀양 온 신선의 시 산처럼 쌓였으니　　　謫仙詩賦積如山
비단 도포입고 채석산에 돌아온 듯[75]　　　恰似錦袍采石還
한 번 고래타고 십주에 이른 뒤로[76]　　　自一騎鯨十洲到

---

74 산음의 …… 밤: 진(晉)나라 왕자유(王子猷)가 산음에 살면서 눈 내리는 밤, 불현듯 섬
계(剡溪)에 있는 벗 대규(戴逵)가 생각나서 작은 배를 타고 찾아갔다가 정작 그 곳에 도착
해서는 문 앞에서 다시 돌아왔다. 그 까닭을 물었더니, "내가 본래 흥에 겨워 왔다가 흥이
다하여 돌아가는 것이니, 대안도(戴安道)를 보아 무엇 하겠는가." 하였다고 한다. 안도
(安道)는 대규의 자(字)이고, 자유(子猷)는 왕휘지(王徽之)의 자이다. 『世說新語 任誕』
75 귀양 …… 돌아온 듯: 귀양 온 신선은 이백(李白)을 일컫는 말로 상대를 이백에 비긴
것이다. 이백이 채석기(采石磯)에서 밤에 비단 장포(長袍)를 입고 낚싯배에 앉아 뱃놀이
를 즐기다가 물에 빠졌다고 한다. 그래서 매요신(梅堯臣)의 시에, "채석강 달빛 아래 적선
을 찾았더니, 비단 장포 밤에 입고 낚싯배에 앉아 있네.[采石月下訪謫仙, 夜披錦袍坐釣
船.]" 하였다.
76 한 번 …… 이른 뒤로: 이백이 죽어 신선 세계에 갔다는 말인데 여기에서는 상대가 조선
에 돌아간다는 뜻이다. 신선고래를 탔다는 것은 곧 이백이 채석강(采石江)에서 취중에
뱃놀이를 하다가 달을 잡으려고 물에 뛰어들어 고래를 타고 하늘로 올라갔다는 전설에서

| 이름이 인간 세상에 널리 퍼지리라 | 能敎名姓遍人間 |

○ 소생(小生)은 삼가 조선 제술관과 세 서기께 말씀드립니다. 만리 바다 길과 육지 길에 가을 더위가 불이 타는 듯하지만, 돌아가는 여정이 아무 탈 없고 배를 상·하관에 매어 두었다고 합니다. 하지만 그 가운데 관광(觀光)[77]의 소원을 이루지 못하여 서글플 뿐입니다.

저는 성은 우(尤), 이름은 충사(忠嗣), 자는 자업(子業), 호는 곡강(曲江)입니다. 가정에서 가르침을 받았지만 유관(儒官)에 사람 수만 채우고, 재주와 학업이 천박하여 말할 만한 것이 없습니다. 비록 그렇지만 어리석은 저의 정성을 다하여 삼가 글을 써서 제군에게 드리니 은혜롭게 화답하여 주시면 매우 감사하겠습니다.

제술관과 세 서기께 삼가 드리다
奉呈製述官三書記案下

| 신선 관리 훌륭하여 의기 호매하니 | 仙吏翩翩意氣豪 |
| 나랏일로 홀로 수고로운 줄 알겠네 | 知君王事獨賢勞 |

온 말이고, 십주(十洲)는 선인(仙人)이 산다고 하는 10개의 주로, 조주(祖洲)·영주(瀛洲)·현주(玄洲)·염주(炎洲)·장주(長洲)·원주(元洲)·유주(流洲)·생주(生洲)·봉린주(鳳麟洲)·취굴주(聚窟洲)를 말한다.

77 관광(觀光): 상국(上國)의 훌륭한 문화를 보는 것을 말한다. 『주역』, 「관괘(觀卦)」 육사(六四)에 "나라의 휘황한 빛을 봄이니, 왕에게 나아가 손님 노릇을 하며 벼슬하는 것이 이롭다.[觀國之光, 利用賓于王.]"라는 말이 나온다.

동쪽 바다 부용산 빛을 남겨 둔다면	唯留東海芙蓉色
천추토록 눈 머금은 고결함 우러르리	仰見千秋帶雪高

가을 흰 구름에 비단 돛 탈 없으니	錦帆無恙白雲秋
시인은 파도 타고 원유부 노래하네	詞客乘濤賦遠遊
바다는 아득하여 바라보니 끝없는데	海氣悠悠望不極
천 리 흰 파도 위에 물안개 떠있구나	白波千里水煙浮

비단 돛 멀리 채운 사이로 내려오니	錦帆遙下彩雲中
옥백은 천년토록 국풍을 우러르네	玉帛千年仰國風
사신은 전대할 수 있는 그릇이니	使者尤觀專對器
옛 맹약 그대로 양국의 우호 통했네	舊盟不改二邦通

『장문무진문사(長門戊辰問槎)』하(下) 마침

『화한창화록(和韓唱和錄)』은 모두 2책으로 4월에 출간

조선 사람의 관위(官位)와 성명을 자세히 기록하였다.

『화한창화록(和韓唱和錄)』부록은 모두 1책으로 8월에 출간

관연(寬延) 원년(元年), 용집(龍集)[78] 무진년(戊辰年) 8월

---

78 용집(龍集): 용(龍)은 별 이름이고 집(集)은 별이 그 자리에 다시 돌아온 것인데, 즉 태세(太歲)의 이명(異名)으로 기년(紀年)할 때에 쓰이는 말. 예를 들면 용집을묘(龍集乙卯)는 세차을묘(歲次乙卯)라는 말과 같다.

통본정삼정목(通本町三丁目)

동무(東武)의 서촌원육(西村源六)

서림(書林)   심제교순경정(心齊橋順慶町)

낭속(浪速)의 섭천청우위문(澁川淸右衛門)

낭속(浪速)의 굴내충조(堀內忠助)

長門戊辰問槎 上

周南先生 序

浪速 稱觥堂梓

『戊辰問槎小引』

朝鮮來聘奉賀繼統，我藩遵例奉教，崇飾彊內館舍，遂命文學數子，從彼文士，修故事矣。互有唱酬，積成鉅卷，浪華書賈輯錄彼是，悉上梨棗。余於是乎得注目新刻曰：‘吁！是亦足以觀國之光，抑將盛事矣哉！’若夫品等雌黃，世有藻鑒，非病夫之所任云。

寬延元年初冬日

長門 縣孝孺

『長門戊辰問槎』姓名

中山

【姓草場，名允文，字季英，一字平三，長州萩府記室。】

鄭山

【姓小田村，名望之，字公望，一字文助，長州萩府記室。】

華陽

【姓山根，名清，字子濯，一字七郎左衛門，長州萩府記室。】

棠園

【姓山縣, 名泰恒, 字伯恒, 一字次郎右衛門, 長州萩府記室。】

緱山

【姓繁澤, 名漢章, 字子雲, 一字三郎, 本姓大江, 長州萩府記室。】

龍山

【姓山根, 名道晉, 字世祿, 長州萩府記室。】

洙川

【姓山縣, 名子棋, 字魯彥, 一字季八, 長州萩府人。】

蘆城

【姓田中, 名省之, 字季參, 長州萩府人。】

鹿門

【姓小倉, 名實無, 字彥平, 長州萩府記室。】

曲江

【姓佐佐木, 名忠嗣, 字子業, 一字織江, 長州萩府記室。】

韓客姓名

矩軒

【姓朴, 名敬行, 字仁則, 製述官。】

濟菴

【姓李, 名鳳煥, 字聖章, 正使書記。】

醉雪

【姓柳, 名逅, 字子相, 副使書記。】

海皐
【姓李, 名命啓, 字子文, 從事書記。】
紫峯
【姓金, 名天壽, 字君實, 寫字官。】

備韓客姓名十之一, 餘見『和韓唱和錄』。

『長門戊辰問槎上』

○ 通刺

航海萬里, 不值海若之怒, 儼然抵此, 抑天之不厭斯文, 諸君其有賜哉! 不亦二國之慶乎? 敬賀。僕姓草, 名允文, 字季英, 號中山。今承本藩之命, 同二三諸子來, 執謁於賓舘, 幸不遐棄, 枉賜容接, 感戴何言各位案下?

『奉呈海皐李公案下』　　中山

錦帆遙掛彩雲間, 海上仙區幾處攀。一出蘭臺人若玉, 可知令史問名山。

『奉和』　　海皐

舟度魚龍到赤間, 諸天花雨得躋攀。瓊瓜異域欣相報, 文軌何曾隔海山。

『奉呈製述官朴公案下』　　中山

西天黃鶴白雲隈，駕去仙人何處回。海上三花珠樹色，知君遙折一枝來。

『奉酬中山見示韻』　　矩軒

西日維舟赤岸隈，三山且欲訪仙回。海從白馬刑時闢，人自金鴉漫處來。

『奉呈濟菴李公榻下』　　中山

佳人絶色倚欄干，携去琅玕照席寒。此地從來稀所見，崑崙西顧碧雲端。

『奉酬中山瓊韻』　　濟菴

之子彤毫氣象干，雲箋不寫島、郊寒。載去仙舟光燭夜，起看天水浩無端。

『一接龍光，深蒙奉愛，況不慳齒牙之餘，忽示肺腑，小人之榮，庸何加旃？不堪感謝。唯憾頃刻之間，不能盡鄙衷也，聊賦鄙律，奉呈諸公吟壇。』　　中山

北來修聘禮，擁節搏桑邊。星動群賢坐，玉成諸子篇。壯遊齊踏海，才氣獨談天。欲問東方勝，芙蓉初日懸。

『又次中山詩韻』　　矩軒

傾倒殘花底，支離積水邊。春歸祝融海，地入壯遊篇。曉夢還三島，

詩情各一天。鄕心那可挽, 風外畵旌懸。

『奉次中山贈韻』　　海皐

領盡殊方勝, 維舟赤岸邊。已看高照畵, 相贈遠遊篇。萍水欣同席, 參商帳各天。鄕愁終黯黯, 遙夢夜燈懸。

『奉和中山贈韻』　　濟菴

芳樹淸和節, 仙槎莽蕩邊。樓臺有賓主, 雲月見詩篇。香近三山草, 心長萬里天。傾困吾不惜, 夜語一灯懸。

『再疊韻奉呈海皐詞伯』　　中山

才氣翩翩殿試間, 一枝曾向桂林攀。主恩爲覓神仙藥, 更見芙蓉海上山。

『奉酬中山再疊韻』　　海皐

東遊消息莽蒼間, 西望歸雲不可攀。桑落仙醪留一醉, 共看鰲背寄三山。

『再次前韻呈濟菴李公』　　中山

相逢杯酒碧江干, 半醉高歌意氣寒。郢里佳人漬咳唾, 一時作玉散林端。

『再和中山』　　濟菴

烟波朝瞻似長干, 積石雲侵瓊樹寒。忽謾相逢三島客, 驪珠璀璨彩毫端。

○ 筆語

稟。<u>中山</u>: 僕少小好書, 雖造次顚沛於是, 而眼中無神, 腕中有鬼, 至今遂不得意矣。雖然僕於書也, 不啻<u>杜氏</u>之癖, 家不餘片帛之素也。今幸遇大邦藝苑宗匠, 則雖如僕無似, 而承汎愛之餘, 忽得唱酬, 豈無心得隴望<u>蜀</u>乎? 瀆者漫書一紙, 伏要諸君嚴覽, 請爲僕賜批評, 何幸如之?

問: 貴國文明之化, 比隆<u>鄒</u>、<u>魯</u>, 意搢紳之徒如林, 善書者亦多矣。其超乘者有幾人? 請敎之。

答。<u>矩軒</u>: 筆家神造, 世不乏人, 卽今擅名, 不可以指某謂某耳。貴筆當追錄鄙見, 以謝耳。

『書軸評語』　<u>矩軒</u>

余於筆家, 固未有三昧之見, 而於此帖不覺神生而興到。盖眞、草、八分、半行各得其髓, 眞、八分欲其嚴密, 草半行欲其踈爽, 此古人之軌迹, 而足下已得其塗矣。第恐具眼者, 以<u>顏</u>之筋、<u>柳</u>之勁, 爲足下下頂針, 則足下亦似不得辭矣, 是可以進足下否?

『同前』　濟菴

旣接芝宇, 續玩瓊章, 始識日出之邦, 人文極備一軸銀鉤, 金聲而玉振之。人患才少, 子患才多, 古人之評, 爲子準備。僕於筆家無異瞀畫, 然見<u>西施</u>, 何必識姓名而稱美?

『同前』　海皐

無聲之畵、正心之畵, 俱入寶玩, 如攫拱璧。古稱三絶, 公得其二, 欽服欽服。

　右席上唱酬

『吾儕小人, 何幸得接君子之林, 親承咳唾乎? 感喜不啻不料, 忽爾六
翮翀天, 悵然望塵拜焉。戀戀不能已, 漫賦七律, 憑大浦子以獻柁樓,
徒叱置之爲幸。伏俟大旆西向之日耳。』　　　中山

　赤馬關門紫氣新, 逢迎何意見眞人。一後渤澥能驅右, 更向扶桑將問
津。握裏明珠南海月, 夢中靑草故園春。風流元自堪辭命, 可識淸朝表
搢紳。

『其二』

　槎客飄然東海遊, 關門杯酒共凭樓。龍光晴逈豊城氣, 鵬擊天高赤水
流。郢曲千秋堪自唱, 隋珠今日向誰投。淹留須擬平原飮, 良會人間難
可求。

『其三』

　彩鷁春飛滄海天, 旌旗獵獵動雲烟。鮫人幾處弄珠出, 仙子三山採藥
旋。西日歸鴻藍嶋外, 北風鳴馬赤關前。知君時自多鄕思, 賦就東方千
古傳。

『其四』

　曾聞銀漢乘槎客, 復見仙郞窮日邊。碣石雲飛金節動, 蓬萊月出錦帆
懸。一從東海揚塵後, 更値大邦修聘年。休道異鄕知己少, 人間白雪爲
君傳。

『其五』

文旆暫留碧海陰，追隨車騎欎如林。青丘瑞靄來天地，暘谷太陽光古今。作賦不慙梁苑簡，臨風更憶楚臺吟。長裾君本王門客，專對四方男子心。

　　右奉寄製述官朴公兼呈記室二李公

『昨陪諸賢之清筵，一叩洪鐘，聞大音焉，實天涯之一大愉決哉？而公在使臺不臨，天之慳良緣也，何爾至此？欲袖刺窺賓舘，俄值發船，不遂披雲，遺憾不可言也。卒爾賦鄙絶四章，託大浦子，呈左右，行中有暇，幸賜答章。醉雪柳公案下』　　中山

青丘之北五雲隈，中有金剛日月回。君自仙人無住著，御風東更到蓬萊。

『其二』

一夜天南紫氣寒，携來龍劍照江干。還愁湖海多風雨，不是窮交不可看。

『其三』

赤水蒼茫萬里餘，高關落日近天居。西來忽見猶龍氣，好向人間一著書。

『其四』

彩筆翩翩著作郎，翰林十載有輝光。一時含命遊東海，到處詩篇更擅場。

『奉送製述官及三書記之東』　　中山

仙舟忽見海城隈, 此日吾曹御<u>李</u>回。可識<u>龍門</u>一青客, 送君車馬若
雲來。

『其二』

遠遊賦就氣何豪, 此去江山照彩毫。試上<u>函關</u>倚鞍見, 芙蓉雪色待
君高。

『其三』

一曲朱絃流水清, 相逢却見舊知情。明朝恨作天涯客, 爲問<u>鍾期</u>千
載名。

『其四』

<u>赤馬關</u>門赤馬驕, 長鳴風起曉蕭蕭。<u>黃金臺</u>上待君到, 行矣豐東<u>萬
里橋</u>。

【右贈舟中, 和章未至。】

○ 通刺

<u>韓</u>、<u>桑</u>結好, 大旆向東, 水驛之遠, 千有余里, 飛魚不怒, 陽侯霽威,
星槎無恙, 暫憩<u>赤關</u>, 至祝多多。僕姓田, 名<u>公望</u>, 字<u>望之</u>, 號<u>郁山</u>。蒙
寡君<u>長門</u>侯命, 執謁賓舘, 伏希不爲諸君之排擯, 一獲披靑雲, 覩白雉,
何幸如之? 弱弓枉矢, 豈發云乎哉?

『奉呈製述官矩軒朴公案下』　　鄿山

海上浮槎<u>博望侯</u>, <u>漢</u>家昔日作仙遊。羨君今犯斗牛去, 勿謂<u>河源</u>不可求。

『奉和鄿山足下』　　矩軒

不願人間萬戶侯, 孤舟浩蕩馭風遊。車書不間天南北, 滿眼驪珠入海求。

『再和矩軒公瓊韻』　　鄿山

掌中明月動隋侯, 携去一時東海遊。勿爲靈蛇還窟裏, 茫茫積水可難求。

『再疊鄿山座上韻』　　矩軒

<u>周</u>時封建裂公侯, 分境傳對護遠遊。瑤草亦知天帝醉, 當年不肯應泰求。

『奉呈濟菴李公案下』　　鄿山

三尺<u>龍泉</u>北斗文, 千金高價世間聞。携來此日<u>豐城</u>去, 紫氣如虹照海雲。

【此地屬<u>豐浦郡</u>, 故借用<u>豐城</u>。】

『奉和鄿山瓊韻』　　濟菴

乾坤風水渙爲文, 海外<u>三神</u>愜所聞。碧桃花下人相語, 笑指<u>扶桑</u>五色雲。

『再和濟菴公瓊韻』　　鄿山

鸞鳳搏來五彩文, 瑤音和律不堪聞。明朝恐值長風至, 直向蓬來入白雲。

『奉酬鄿山再疊』　　濟菴

歸墟朝暮混天文, 鮫杼春聲隔岸聞。彩繭扶桑君摘到, 織成華錦纈烟雲。

『奉呈海皐李公案下』　　鄿山

美人遙至自西方, 宛轉娥眉雲錦裳。忽唱陽春歌一曲, 調高難和斷人腸。

『奉和鄿山寄韻』　　海皐

蘭若迢迢水一方, 天涯詩酒集冠裳。鮫霞蜃霧紛□座, 瓜報多慚錦繡腸。

『再和海皐公瑤韻』　　鄿山

星軺不駐向東方, 歌罷離筵淚濕裳。函嶺踰時應叱馭, 崎嶇一路入羊腸。

【函嶺, 在東都西二百五十里。】

『奉酬鄿山再疊韻』　　海皐

靈藥曾聞不死方, 東浮雲海試褰裳。春歸花落空傷別, 無奈柔鉛繞鐵腸。

○ 筆語

矩軒: 間關滄濤, 僅到貴境, 得接諸大雅風儀, 可慰萬里客愁。足下如有好詩, 可得一寓目耶?

問。鄖山: 己亥之秋, 聘使弭節赤馬, 本藩儒官某等迎接賓舘。僕甫成童從後抵此, 幸獲窺姜、張二子之丰采。童蒙無知, 雖不足當著膝一星哉, 隅坐移晷, 到今使人目想。意者姜公指使, 張公殂杖於朝, 不知曇鑠如何?

答。矩軒: 敎意已悉于答華陽書中, 幸同盟也。

問。鄖山: 傳聞貴國釜山浦上有佛寺號專修, 此邦僧親鸞弟子源智所瓞法基也。今存也否?

答。矩軒: 僕所居去釜山遼遠, 不知此寺有無, 今行倉皇, 不得探問, 何以仰對?

答問。矩軒: 貴國文華固已聞青泉, 而其間又三十年, 未知近來鳴國之盛者, 誰當主牛耳耶? 白石門人, 亦有傳其衣鉢, 而詩藻之外, 亦有留意于性學上耶? 幸爲細細示敎如何?

答。鄖山: 此邦文學之盛, 四十年前, 有徂徠先生者, 以復古之學, 獨步海內, 從遊如雲。嚆矢其間者, 東都有南郭、春臺, 我藩有周南, 皆經學文章窺其蘊奧, 白石唯以詩藻鳴耳。

『昨接朴公諸公於引接寺, 親承咳唾, 而座無車公, 諸公皆有不豫色。扣之對州栴溪公, 公在三使臺, 不得來見, 於今遺憾不少。因賦鄙絶四章奉呈醉雪柳公案下。』　　鄺山

使節往還勞古今, 仙舟此夕滯江潯。西來不是青牛客, 赤馬關頭紫氣深。

『其二』

臨海舘前山色寒, 關門斜日落江干。君今下暇驪龍窟, 願擲明珠與我看。

『其三』

風流使者不辭勞, 徙倚柁樓意氣高。邉海前程多壯觀, 明朝且望廣陵濤。

『其四』

錦帆遙向海東飛, 兩岸青山映客衣。此地縱無鱸膾美, 秋風起日待君歸。

『昨聞咸池大音, 遺響猶在耳。繫纜不日, 晤言難再, 不堪戀戀之情。聊賦一律送別矩軒、濟菴、海皐三公東遊。』　　鄺山

島嶼隣賓舘, 簪纓海氣間。韓雲難矚目, 津樹只怡顏。蘭臭貪三嗅, 豹文窺一斑。以非洵美土,

早已向東寰。

『奉呈矩軒朴公案下』　　鄘山

禹穴誰探得, 龍門君自攀。壯心堪踊海, 豪氣早過關。采藥瀛洲去,
拾珠合浦還。偶尋毛女跡, 或駐羽人顏。濟勝兼情具, 好遊非病屛。漢
家良太史, 詩賦遍名山。

『奉呈濟菴李公案下』　　鄘山

三韓仙使木蘭舟, 錦纜牙檣紫氣流。西顧看雲過馬島, 東遊指日入蜻
洲。百年玉帛結和好, 二國衣冠事獻酬。正是升平無遠通, 相逢共說土
風優。

『其二』

赤馬關高桑域濱, 仙郎停棹問通津。山光帶日入船冷, 樹色含烟來岸
新。鼓笛奏來驚海若, 文章裁作感江神。相逢更似舊知己, 始信天涯爲
比隣。

『奉呈海皐李公案下』　　鄘山

錦帆東去問滄洲, 一片長風海霧收。忽聽佳人能弄笛, 便看仙侶共同
舟。驚濤振勢沸鮫室, 畏日增華映蜃樓。太史啣恩今載筆, 江山過處入
歌謳。

『其二』

大邦使節滯江關, 倒屣逢迎共解顏。拾得蚪胎生至寶, 攀來鼇背負孤
山。懸弧夙志馳天下, 搦管大名鳴世間。東道到時多麗句, 主人惜別送
君還。

【右十首和章未至】

○ 通刺

尋百載之舊盟, 修二國之隣交。

三大使遙指東, 萬里滄海, 一波不起, 木道無恙, 繫纜于<u>赤馬關</u>, 景福無疆, 至祝至祝。僕姓<u>山</u>, 名<u>淸</u>, 字<u>子濯</u>, 號<u>華陽</u>。以講官仕本藩, 聞文旆來, 奉命謹候迎于此乃有日矣。今幸得不被遐棄, 而借盈尺之地, 感謝不少。僕賤息<u>道晉</u>亦從, 辱末至, 敢輕于尊嚴, 若枉容陪于左右, 賜咳唾之餘, 則飽德之甚, 實老牛舐犢之私情也。伏請憐察。

『俚絶一章奉呈製述官朴公』　　華陽

<u>赤馬關</u>頭海色高, <u>廣陵</u>東去好觀濤。壯遊此處興何淺, 『<u>七發</u>』還敎<u>枚叔</u>勞。

『次酬華陽見示韻』　　矩軒

海岸潮聲下棹高, 兩疆今不起風濤。忽看短幅淋漓筆, 爲問孤槎跋涉勞。

『再和矩軒朴公高韻』　　華陽

海雲飛盡暮天高, <u>玄菟</u>西連千里濤。春謝江頭鴻雁少, 鄉懷入夢幾回勞。

『和華陽再疊韻』　　矩軒

頭上銀河去路高, 隔年歸夢寄滄濤。明晨潮候西風遠, 不費篙師捩柂勞。

『奉呈濟菴李公案下』　　華陽

一路三千大海空，懸帆漂渺馭長風。行行不駐知何處，看盡扶桑日出東。

『奉和華陽見示韻』　　濟菴

珠樹樓臺海浸空，仙槎春趁棟花風。百年縞紵神交在，萍水浮生西復東。

『再和濟菴李公高韻』　　華陽

渺渺蒼波涵碧空，客舟暫泊石尤風。結驪誰似故人酒，解纜明朝又向東。

『再酬華陽韻』　　濟菴

珊瑚紫氣蕩虛空，拂曙仙舟好馭風。欲問他時相憶處，彩雲遙指日生東。

『奉呈海皐李公』　　華陽

西風滄海霽吹烟，萬里長流清不漣。奉使休歌難路曲，祥雲護送木蘭船。

『奉酬華陽贈韻』　　海皐

旭日樓船向紫烟，蘋花不定弄瀲漣。萍水莫傷今日別，清秋相見北歸船。

○ 筆語

濟菴: 萬里隨槎, 欲覩日出處文獻, 幸得諸君子光顧誠儀, 不世因緣, 筆舌相酬, 庶得傾盍之歡已。

稟。華陽: 己亥歲, 僕纔弱冠一介書生, 從本藩儒臣之後, 迎接大旆于上下兩關。辱被申學士及姜、成、張三書記顧眄, 陪侍騷壇, 歃牛耳之餘血, 執臂一堂中, 唱酬數回, 於今奉餘敎, 戀戀乎不能忘諸懷, 屈指旣三十年, 怳惚如夢, 感念一至, 未嘗悵然, 不掩泣矣。諸君今無恙否? 顧齒高德邵, 官途益進, 爲朝家棟梁歟? 余髮種種, 譾劣如舊, 老驥伏櫪, 猶尙弗能十里, 況駑駘哉? 生無一芥補于世, 徒取不死之嘲也爾。

復。矩軒: 己亥去今已三十春秋矣。成、張已九原難作, 姜秋水亦老病, 屛居山野, 只有一靑泉歸然獨存, 來時與之共談日域消息, 因知扶桑以西大啓文昌運矣。今者得接足下淸範, 始聞前人唱酬時事, 怳然如接靑泉於萬里海外也。靑泉今亦七十翁矣, 亦無意於名場, 近以迎日太守, 以寓遺老優間之地, 而筋力不減他人五十時, 尙娓娓說日東諸詞客, 不能忘云爾。靑泉唱酬諸作, 有刊傳者否? 幸爲僕覓示之, 偶替隔海面目也。

再復。華陽: 成、張二子旣作地下修文郎, 姜耕牧亦老病罷宦, 可歎可歎。唯申靑泉旣七十翁, 瞿鑠尙堪攄鞍, 齒德可敬, 唱酬諸作, 昔年旣彫梓殆遍桑域, 然而僕距家鄕, 二百餘里, 裝中不貯一本, 不能應公之求, 是爲恨也。

又。矩軒: 所示奉悉。三十年人事, 觸境一長吁矣。靑泉詩竣還時,可以得見否? 幸母孤此意也。

答。華陽: 謹諾。

稟。華陽: 己亥歲, 張弼文爲僕說金剛之勝甚詳悉矣。五十三金人、一萬二千之峰, 衆壑漲玉, 岩石皆似立仙蹲佛, 可謂靈區, 而貴國大典, 不載名山封祀之數, 獨何耶? 顧如天台不列五岳乎? 其說可得而聞也?

復。矩軒: 金剛者天下第一洞府。五十金佛猶屬佛家誕詭法門, 而萬二千蓮花峰色, 撑北極, 而鎭東溟。弊邦自皇明以來, 世恭侯度。用是不敢走牲弊於域內山川, 豈謂吾東不如林放乎?

右四月五日賓館唱和

男兒懸弧雄飛志, 結髮攘臂遊四方。西奔東走窮秦、魯, 北胡南越何渺茫。晨發軔於白帝虛, 昏宿于蒼梧之傍。七澤風雨晝溟溟, 九疑衆峰疑且望。直上會稽探禹穴, 遂俾足跡遍八荒。矧又君原負仙才, 廻轅忽向東海來。東海海中三神山, 方丈、瀛洲及蓬萊。五色雲烟鎖帝闕, 瓊殿瑤扉金銀臺。三花珠樹榮冬夏, 瑞芝叢生碧水限。群儒徜佯下相迎, 玉女手捧紫霞盃。吾曹跂人何所赴, 蹣跚蹩躄限跬步。局促曾比轅下駒, 少壯誰能千里騖。一朝揖我存顧眄, 揚眉擡頭望天路。九重窅冥倬青雲, 難逐高足見知遇。海上蟠桃大如盤, 半餐投我我不餐。扶桑長幹撑白日, 攀援枝高徒盤桓。羽客由來天上住, 人間何能輒得看。嘉運假我良緣會, 俗骨一時謾結歡。鼓瑟吹笙歌白雪, 朱絃一曲舞鳳鸞。鳳鸞原不栖荊棘, 須臾辭去高羽翼。會日常少別離多, 浮雲聚散曷能極。緱氏山頭鳥不回, 天台、赤城霞轉惑。瞻望不及佇立泣, 後期何歲更難測。

清風明月重相想, 朗吟向我遺餘響。

　右七言古風一篇, 奉贈製述官<u>朴公</u>。前夕周施于賓館, 鞭弭之功未
竣, 共期再會, 而一朝卒爾分手, 悵然不可言焉, 聊述薀蔚而已。<u>華陽</u>
頓首。

『前夜賓館之會, 千秋一奇事。唯恨足下獨不在焉, 所謂無車公不娛
也。雖然邊關多日, 必有會期, 不謂一朝俄爾解纜, 不得一面。天奪良
緣, 何不弔吾黨? 俚律二首, 奉呈醉雪柳公案下。』　　<u>華陽</u>
翩翩使節向東方, 千騎如雲照路傍。□聘初觀<u>周</u>禮樂, 執圭遠到<u>漢</u>賢
良。關山花落春將盡, 滄海月明波不揚。更喜右文昭代化, 尋盟百載會
衣裳。

『其二』
<u>箕邦</u>詞客本豪雄, 才氣如虹凌上穹。擊汰三春臨大海, 沆舟萬里馭長
風。<u>蓬</u>、<u>壺</u>近指彩雲裡, 賜[79]谷行看紅日東。王事寧道勞跋涉, 懸弧功
業遠遊中。

『七言律二章奉呈濟菴李公』　　<u>華陽</u>
爲唱『皇華』寵送優, 詞臣奉使自風流。乘春文斾出<u>鶯谷</u>, 破浪錦帆過
<u>馬州</u>。寧減尋河 博望興, 還同觀樂<u>延陵</u>遊。泱泱何者表東海, 唯有<u>芙蓉</u>
白雪浮。
【貴國<u>長谷</u>驛, 一稱<u>鶯谷</u>。】

79賜: 暘의 오자인 듯하다.

『其二』

仙籍曾聞列上班, 泛槎瓢忽到人間。絳旗曉出紫霞洞, 瑞氣霄明<u>赤馬關</u>。珠樹三花迎客發, 盤桃大實爲誰攀。東行更有<u>天台</u>在, 偏恐劉郎去不還。

【貴國<u>開城府</u> <u>松岳山</u>下, 有<u>紫霞洞</u>, <u>高麗</u>侍中<u>蔡洪哲</u>構堂于此, 製『紫霞洞曲』。盖托仙人來壽之詞。此邦洛東有叡谷。一號<u>天台山</u>。】

『五律二章奉呈海皐李公案下』　　<u>華陽</u>

彩鷁海東浮, 雄飛爲壯遊。波光晴見雪, 蜃氣晝生樓。藥是探蓬島, 槎應泝漢流。支機成研後, 詩賦徧蜻洲。誰道室斯遠, 相思一葦通。交情無彼此, 地勢但西東。談熟筆揮際, 道存目擊中。不妨音吐異, 四海第兄同。

【右解纜後, 托<u>對州</u>儒臣<u>大浦柿溪</u>贈之, 和章未至。】

『長門戊辰問槎』卷上

長門戊辰問槎 中

『長門戊辰問槎』卷中

○ 通刺

萬里蒼海, 風波不驚, 錦帆無恙, 嚴臨於此, 二國隣交之厚, 天實爲之。吾儕小人生遭玆時, 且得觀使者之盛儀, 賢大夫之高標, 區區之心, 不堪欣慰。僕姓縣, 名泰恒, 字伯子, 号棠園。

『奉呈海皋李公坐下』　棠園

五色煙霞照海隅, 乘槎仙使問蓬壺。渺茫赤水知何處, 請見洲前乾滿珠。

『奉和』　海皋

萬里隨槎天一隅, 行隨赤日入方壺。忽驚寶彩生懷袖, 傾倒驪龍夜夜珠。

『奉再和海皋李公』　棠園

西邦才子向東隅, 繫纜醉歌對玉壺。此會千秋稀所有, 爲吾莫惜手中珠。

『奉和棠園惠韻』　　海皐

鼇頭繫纜滯桑隅，仙蜃盈盈滿費壺，千古伯牙琴操遠，海山春樹老三珠。

『奉呈矩軒朴公坐下』　　棠園

楚客風流更耐憐，由來『白雪』有誰傳。縱令高調謾難和，試向人間彈雅絃。

『奉答棠園坐上韻』　　矩軒

春盡滄波綠可憐，蟠桃消息賴詩傳。彌陀寺裏停行李，鷦鐵陰中鬧管絃。

『奉呈濟菴李公坐下』　　棠園

五彩鳳凰羽翼翩，朅來仙客此初筵。人間何得謾陪燕，正是飲中名久傳。

『奉酬棠園瓊韻』　　濟菴

寶刀金篦影聯翩，四月天花滿佛筵。笑擲驪珠二十八，斯遊堪向畫圖傳。

『奉再和濟菴李公』　　棠園

憐君詩賦本翩翩，筆下烟雲照綺筵。莫怪連城少相識，由來明璧楚臣傳。

『奉再和棠園再疊』 濟菴
雲日仙岑海鶴翩, 琪花留馥上賓筵。滿目詞筆盈彩幅, 晴川芳草幾
人傳?

○ 筆語
問. 棠園: 傳聞貴國與野人女眞相隣, 其俗眞野人乎? 貴國生平有隣
交乎? 其國今徒事淸朝乎? 或別行國政乎?
答. 矩軒: 女直野人初非異名。回瞻神州, 不可以更有說話, 便諒之。
稟. 棠園: 今日幸接芝眉, 鄙懷惬矣。雅筵頃刻忽焉, 如夢大牢之滋
味, 未得染一指, 遺憾不少。願乞他日再會賜餕餘, 何慶過之?
答. 海皇: 一席萍水, 終日揮塵, 瓊韻聯翩, 應接不暇, 旣感且欣, 如
獲百朋。旣卜其晝, 又卜其夜, 固是所願, 而諸公意闌欲歸, 不敢輓止,
誠愧誠愧。明若無風, 再續此會, 是所望也。

『奉呈矩軒朴公』 棠園
玄化云流布, 天地如比隣。君子時來息, 美哉西土人。摛藻若春花,
韜玉溫且純。今日良宴會, 貌踈情殊親。層觀來爽氣, 玉欄臨海漘。島
嶼收宿霧, 微風淸且淪。玄論在揮筆, 淸議應書紳。盛筵難數遇, 何以
燕嘉賓? 合離胡倏忽, 安得永良辰?

『奉呈濟菴李公』 棠園
赤馬關西蒼海隈, 使星影落錦帆開。尊前忽値雲間客, 坐上同觀日下
才。懷裏夜光人按劍, 賦中彩筆月盈臺。楚歌元自總難和, 何事還投『
巴里』來?

『其二』

西海曾聞命世珍, 瞻望日夜側孤身。曲中『白雪』楚詞客, 天外明星漢使臣。能將懷裏連城色, 偏照尊前滿坐人。上國有才元不乏, 初知雅頌此時新。

『奉呈海皋李公』　　棠園

溟渤春雲含瑞風, 垂天帆影使槎通。青尊姑對『巴人』裏, 『白雪』初知楚調中。重譯萬邦風俗異, 操觚四海弟兄同。輕裘自若蓬桑志, 此日彈冠若木東。

『其二』

清賞立談臭若蘭, 且寬應去尚盤桓。任他紫氣雙龍動, 自喜青雲一鶚看。興至吐詞人似玉, 醉來揮扇月裁紈。曾從寶劍隨公子, 風雨于今吳水寒。

『奉寄醉雪柳公』　　棠園

昨日諸公開宴於賓館, 僕等幸得陪雅筵, 千載一期, 爲以無加焉。然以少足下爲恨而已, 僕等還舍, 心不平。因以鄙律二章, 易面接, 願乞賜高和。

司馬才名興漢年, 一時喧噪傳雄篇。上邦文物東方覯, 萬里使星西海懸。懷土夢迷藍島月, 觀濤賦就廣陵天。關門且自淹仙吏, 紫氣長留牛斗邊。

『其二』

仙使暫留赤水隈, 錦帆雲散立徘徊。風飄『楊柳』愁難綰, 春盡『梅花曲』可哀。驛路月兼明璧映, 名□勝待彩毫開。歸來何問『三都』美, 海內久知作賦才。

【右七首和未。】

○ 通刺

錦帆之東, 其從如雲, 風波無恙, 蘭橈到于此, 至祝至祝。僕姓大江, 名漢章, 字子雲, 號緱山。今從岩藩儒臣, 幸得接諸君子芝眉, 而見大邦之美, 不堪欣躍。

『奉呈製述官矩軒朴公詞案下』　緱山

文旆悠悠赤水隈, 使君車騎如雲來。國風十五行應聽, 知是延陵 季子才。

『奉酬緱山案右』　矩軒

春後餘花映海隈, 烏巾鶴氅浩然來。欲知日域同文化, 先照長門四座才。

『奉再和矩軒公瓊韻』　緱山

扁舟東入白雲隈, 萬里海風送客來。玆去『二都賦』應作, 人間一見張衡才。

『疊次緱山韻』　矩軒

衣冠乍駐紫崖隈, 破浪孤舟日下來。詩藻亦應須學力, 山川寧肯局人才?

『奉呈李濟菴書記座下』　　緱山
　一時傾蓋悉英豪, 席上翩翩見彩毫。知是青牛過赤馬, 關門紫氣爲君高。

『奉和緱山瓊韻』　　濟菴
　金鰲背上遇詩豪, 雲滿江郎五色毫。今夕相逢明日別, 滄茫前路浪華高。

『奉呈海皐李詞伯』　　緱山
　詞臣明日廣陵邊, 海上白雲靑翰船。好去君乘枚叔興, 人間傳賞觀濤篇。

『奉酬緱山寄韻』　　海皐
　憑空笙鶴赤雲邊, 來日晴虹夜貫船。自愧玄虛無筆力, 誰將鮫錦繡新篇?

『奉呈席上三詞伯』三首　　緱山
　各天雖遙隔, 四海皆弟兄。傾蓋交如故, 下榻談共淸。詩篇交相和, 會弁爛如星。能誦『詩三百』, 早知專對名。願言同調子, 後會何時期? 暫盡盃中物, 爲操竹與絲。絲竹有淸音, 寧堪奏別離?

『其二』
　有魚在北溟, 化飛此東國。一擧數千里, 偉哉垂天翼。朝傍扶桑啄,

暮過崦嵫息。其音諧咸池, 羽毛燦五色。惟彼鷦鶬屬, 何得大鵬從? 自今又翻飛, 高搏芙蓉峰。【芙蓉峯卽富士山也】

『其三』
蓬萊與瀛洲, 仙居遙崢嶸。中有一神人, 悟物欲遠征。趣思四海外, 比志九天淸。囊有不老藥, 其顔如舜英。秦皇求不得, 漢帝勞逢迎。飄乎御飛鶴, 孤跡橫八紘。
【右三章和末。】

『奉贈國信製述官朴公案下』【會席蒼黃, 不盡餘歡, 翌日屬對府書記, 送舟次。以下同。】　　縱山
携來白璧色相憐, 投贈人間掌上鮮。蜃氣映天結樓閣, 星文照席起雲烟。賦成枚叔觀濤日, 名震馬卿游蜀年。此夕仙舟誰不羨? 風流寧減李膺賢?

疇昔之會, 無車公, 其娛也不娛, 遺恨不可謂也。賦鄙律二関, 以奉贈醉雪柳書記案右, 若報以瓊瑤, 何幸過此?　　縱山
箕域乘槎子, 淸時修聘來。尋盟元魯衛, 同志似陳雷。北海春鴻盡, 西關潮水開。客中千里夢, 夜夜釜山隈。

『其二』
停橈臨海館, 盃酒旅懷寬。遐境入高境, 遠游多壯觀。飛騰千里志, 離別一時嘆。登岸望帆影, 蕭蕭赤水寒。

『奉贈李海皐公案下三首』　　縱山

海東夜色對君殊, 席上故看明月珠。高價連城誰不識, 何須獨泣楚山隈?

『其二』

海樹如烟遶玉欄, 相逢斗酒興方寬。誰知詞客醉中趣, 詩就百篇鞍上看。

『其三』

關外干旄方子子, 錦帆東去何離別? 武昌六月試回頭, 突突芙蓉天際雪。

○ 通刺

東西萬里, 彼此異域, 實風馬牛不相及也。然而二國昇平之化, 逖邇無隔, 以尋舊盟修隣交。今般聘大使嚴然臨焉, 風伯不爲祟, 海若不揚波, 錦帆無恙, 忽到于此地, 慕喜恭喜。僕姓山, 名道晋, 字世祿, 號龍山, 從家翁來, 不意今日接芝眉于賓舘, 觀大邦之美, 賢大夫之豊采, 披雲之望頓邃矣, 小人之喜可知也。

『奉寄李濟菴先生案下』　　龍山

仙舟汎汎遠相乘, 此日海頭看李膺。却望龍門高萬仞, 風雲倏忽有誰登?【公姓李, 故用李膺事】

右燕石之襲, 苟免周客之呼盧, 而有賜瓊琚之報, 則何幸過之?

『奉和龍山見贈韻』　　濟菴

滄溟多處一桴乘, 先聖微言早服膺, 欲問全經消息久, 扶桑咫尺與君登。

『再疊前韻奉酬李濟菴先生案下』　　龍山

把盃今日興堪乘, 思別淚痕欲濕膺。不是蘇門遊巖地, 看君長嘯似孫登。

『奉酬龍山再疊』　　濟菴

宗生破浪願風乘, 博望仙槎聖旨膺。愛子烟虹聲價蔚, 瀛州高處幾時登。

『奉寄朴矩軒先生案下』　　龍山

赤目關頭海色開, 仙槎此日向東來。可憐威鳳殿中客, 射策當年使者才。【威鳳殿, 高麗時, 御試所。】

『和呈龍山詞案』　　矩軒

滿山楸竹寺樓開, 一隊詞人入坐采。詩罍相承鐘鼓振, 中興刱業一家才。

『再疊前韻奉酬朴矩軒先生案下』　　龍山

高舘華筵上客開, 海雲近映酒盃來。壯觀知是堪乘興, 君自木[1]虛作賦才。

---

1 木: 子의 오자인 듯이다.

『再和龍山疊示韻』　　矩軒

新詩疊出彩箋開，氣自東溟蕩漾來。牛斗天南光不晦，君家果有肯堂才。

『奉寄李海皋先生案下』　　龍山

傾蓋相逢似故人，開筵高舘樂佳賓。怪看海上烟霞色，更映翩翩彩筆新。

『奉酬龍山惠贈韻』　　海皋

相看南北暫時人，多喜諸賢禮肅賓。水遠山長此何夕？雲霞片片繞樓新。

『再疊前韻奉酬李海皋先生案下』　　龍山

君自西方彼美人，王門迎去好稱賓。一堂杯酒舊相識，交態誰言情更新。

『奉酬龍山再疊韻』　　海皋

風水茫茫滯遠人，天東時節接葵賓。交斟諸白歡如舊，花鳥高樓氣色新。

【右四月五日，赤馬關賓舘唱和。】

『奉贈朴矩軒先生梧右』　二首　　龍山

西海長風赤目邊，波濤無恙木蘭船。客來江舘對青眼，誰識關門浮紫烟。酣醉百篇飛彩筆，英才八子動華筵。文園終日興無限，依爾初看鄴下賢。

『其二』

星槎萬里釜山濱, 一片祥雲送使臣。鷹去北溟遙太素, 客遊南國唱『陽春』。烟霞且動尊前色, 詩賦堪驚席上珍。海內由來知己少, 逢迎誰是眼中人?

『奉贈李濟菴先生几下』　　龍山

軒車絡繹向東寰, 傾蓋承歡使者顔。爲是星槎浮海上, 逡看仙子謫人間。拾珠朝探驪龍窟, 回棹暮過赤馬關。君自史遷多壯志, 行程處處愛名山。

『奉贈李海皐先生几下』　　龍山

積水泛無窮, 東華又有東。三山祥靄近, 一箐碧波空。專對志應逐,『遠遊賦』欲工。隣交知幾歲, 依舊使槎通。

『奉呈柳醉雪先生案下』　　龍山

疇昔接諸公于賓舘, 獨不窺先生之一斑, 遺恨何謂之? 歸舍之後, 鄙絶三章, 謾爾題□, 未免取笑于大方門。他日有間, 幸腸高和, 聊以爲囊中寶。

上客懷中白璧寒, 携來燦爛碧江干。世人不識夜光色, 相望還爲按劍看。

『其二』

遙佩龍泉海上來, 壯遊萬里志雄哉。請看此地豊城郡, 紫氣高干牛斗開。【赤馬關屬豊浦郡, 故用豊城事。】

『其三』

有鳥羽毛五彩鮮，凌雲翼就自翩翩，由來不爲鷄群駐，一夜翽飛向九天。

【右翌六日解纜後，托對州儒臣贈之，和章未至。】

○ 通刺

僕姓山縣，名子祺，字魯彦，一字季八，別號洙川。爲長門國學生徒，敢具賤名，以希垂光。

『謹稟諸公』

西東萬里，風波不可料，樓船無恙，儼然抵此，是二國修睦之厚，頓達天心之所致也，至祝至祝。從聞文旆之東，極切瞻望，幸假天緣，忽接豐儀，感戴曷勝？因奉呈蕪章，敢供贄敬。

使槎無恙絕重溟，相對憐君眼色靑。勝會應須連深夜，任它百里奏文星。

『次洙川韻却寄』　　矩軒

孤舟萬里宿滄溟，春後鰲山盡意靑。座上新詩先照眼，光芒欲奪斗牛星。

『奉呈製述官矩軒朴公詞案下』　　洙川

靑雲一鶚擊韓京，飛向東方萬里程。早識登龍經品第，最羞歌鳳發狂聲。座高珠履三千上，價貴瓊篇十五城。不是大邦能育秀，只今何擅海西名。

『和呈洙川案右』　　矩軒

歸魂夜夜繞西京, 滿眼驚濤不計程。竈嶋風烟橫客路, 防州山水有詩聲。一區櫻竹天圍港, 百怪魚龍海拍城。萬里行裝舟一葉, 靑衫異域笑虛名。

『奉呈濟庵李書記詞案下』　　洙川

遙望使星懸海天, 長風萬里送樓船。彩毫飛動雲生處, 文旆光輝日出邊。大國威儀俱翼翼, 巨材書記自翩翩。明朝應有史官奏, 滿坐賓朋總俊賢。

『奉酬洙川瓊韻』　　濟菴

彩雲東指沆瀯天, 簫鼓聲中使者船。孔雀屛開移枕處, 蟠桃花落駐帆邊。鮫綃百幅題詩滿, 鶯語三春出谷翩。映坐明珠光箇箇, 扶桑文獻足才賢。

『奉呈醉雪柳書記詞案下』　　洙川

已聞書記最翩哉, 喜見樓船橫海來。渴望三春勞我思, 壯遊萬里育君才。自嗟傾蓋一時速, 更待浮槎八月迴。此地烟波如莫厭, 文筵把筆再徘徊。

【此和未至。】

『奉呈海皐李書記詞案下』　　洙川

輶車何日發韓京, 遠渡滄溟向武城。錦纜繫來長者過, 玉壺傾盡片心淸。遙知郁郁文明化, 爲許翩翩書記名。相遇唱酬情不淺, 夢魂夜夜逐君行。

『奉和洙川韻』　　海皐

雲鵬齊翼別秦京, 二月看花發釜城。山舘烟迷棕岸轉, 羈人春盡麥風
淸。萍蹤不定永收纜, 芝宇相逢偶識名。祇恨浮生多聚散, 明朝風起又
東行。

『席上賦奉呈諸君詞案下』　　洙川

佳客滿堂玉樹斜, 衣冠萬里問煙霞。諸君詩賦知多少, 處處山川處
處花。

『奉和洙川席上韻』　　矩軒

古嶋天晴畫旆斜, 防州太守送流霞。櫻林老佛何情性, 自發階前百
種花。

『奉和洙川瓊韻』　　濟菴

深院青棕海日斜, 諸君彩筆爛雲霞。滄溟不乏徐昌穀, 煙月揚州樹
樹花。

『奉和洙川詞伯韻』　　醉雪

萬竹沈沈一逕斜, 溟波繞嶋晚升霞。妙年諸子饒才思, 箇箇詩成筆
有花。

『奉和洙川贈韻』　　海皐

東遊雲海錦帆斜, 衣珮扶桑濕紫霞。萬里頻成萍水會, 漢南三月負
煙花。

『再疊前韻要和』　　海皐
　羈愁如日每西斜, 茶鼎風微起細霞。淸秋祇願重相見, 歸颿應知過
橘花。

『再疊前韻奉呈諸公』　　洙川
　冠珮如星相對斜, 餘光照映透雲霞。千紅萬紫今飛盡, 豈料毫端亦
有花。

『再和洙川韻』　　矩軒
　岸影離離亂竹斜, 鰲峯萬里落紅霞。波神也情春光盡, 爲結風頭萬
點花。

『疊和洙川韻』　　濟菴
　靑簾白舫渚雲斜, 曉起茶樓醉紫霞。燕語鶯歌俱悄悄, 仙童拂盡滿
庭花。

『席上賦奉呈濟菴海皐二書記』　　洙川
　竈門關下駐仙舟, 自此往還五十郵。『道德經』成留與我, 何時紫氣向
西流。【二公姓李, 會過竈關, 故用老聃事。】

『奉和洙川韻』　　濟菴
　高樓一面繫棠舟, 接席傳䈒[2]不待郵。殘樽亂墨催歸意, 滿樹鶯聲海
日流。

---

2 䈒: 筒의 오자인 듯하다.

『奉和洙川韻』　　海皋

天涯半半暫停舟，賓舘相逢似閬郵。秪應歸後依依夢，東入滄溟夜
夜流。

『奉呈東里洙川要和』　　海皋

紅旗白舫莽蒼古，遠遠天風到上關。客棹雲迷三鱸海，僊桃春盡六鼇
山。高松蔭日花氈冷，深院傳茶錦帳間。從此不堪人萬里，一天南北犯
離顔。

『奉和海皋李公』　　洙川

久望樓船滄海上，忽看紫氣滿東關。逢仙竈嶋風塵地，産秀金剛鬱勃
山。坐接靑雲居日下，歌飛『白雪』亂筵間。相愁勝會別離速，爲我重來
復解顔。

『疊前韻要和于洙川東里二賢』　　海皋

相忘二國海爲間，喜得諸賢自二關。水岸風多無靜樹，魚磯湖上欲沈
山。自從羇旅三春盡，遂有風波一日間。百幅花牋茶酒裏，異方隨處慰
愁顔。

『再奉和海皋李公』　　洙川

區域何分宇宙間，風帆飄忽渡重關。試看西海天連水，莫厭東方雲滿
山。二國百年修舊好，一堂半日惜餘間。相逢無限新知樂，更恐明朝慘
別顔。

『席上奉贈洙川東里兩賢契』　　濟菴

金鰲背上問仙曹, 筆勢遙凌雪色濤。宇宙浮生溟海壯, 文章千古漢、唐高。奇雲浩蕩瞻黃鵠, 紫岸蒼茫駐碧桃。努力<u>匡山</u>十年讀, 後來<u>丹穴</u>見奇毛。

『奉和濟菴李公瑤韻』　　洙川

遠遊俱是<u>子長</u>曹, 又向<u>廣陵</u>千里濤。揮筆胸中雲夢大, 彈琴曲裏楚山高。漫附鴻鵠忘燕雀, 忽得瓊瑤愧木桃。自此梅天煙霧路, 歸時玄豹總文毛。

『奉呈洙川東里兩斯文』　　濟菴

青春二才子, 滄海七言詩。遇我雲深處, 傾杯日落時。騏蹄翻月窟, 鵬翼蕩天池。北舶明珠影, 逢人說<u>項斯</u>。

『奉和濟菴李公』　　洙川

萬里殊方客, 一堂俱賦詩。聚星憐此夜, 隔壤奈它時。坐靜人如玉, 山廻海似池。桂漿仙子讌, 疑是自<u>項斯</u>。

『奉呈諸公案下要和四首』　　洙川

星槎萬里御西風, 使節遙來<u>渤澥</u>東。白璧在懷誇志氣, 彩毫隨意見英雄。殊方修睦魯衛際, 吾黨論交天地中。箕域永存周禮樂, 此行幾有<u>叔孫通</u>。

『其二』

關門紫氣自西流, 渺渺大洋來鶬舟。玉節晴懸玄菟海, 華裾晝映青蜓洲。過時詩賦多高會, 到處山河皆壯遊。更屬諸君班馬業, 史才知是秀千秋。

『其三』

大國久傳箕子封, 驚迎冠蓋使臣禮。仙槎豈得尋常見, 鴻舘最歡邂逅逢。伯樂一過無冀馬, 葉公始懼有眞龍。『陽春』,『白雪』高難和, 爲對芙蓉萬仞峯。【芙蓉峯, 卽富士山也。】

『其四』

津關風靜晚波平, 共喜使槎渡大瀛。天近黃梅含雨色, 歌飄『白雪』捲潮聲。千秋事業存新著, 四海交遊有舊情。『三百』誦詩專對捷, 憐君到處得芳名。【時向日暮, 會席將散, 不遑卽和, 以譯官約宅日贈和。】

○ 筆語

問。海皐: 航海萬里, 得與諸賢共席, 幸何可言? 二賢俱有此邦, 遠近各何如?

問。濟菴: 一席萍水, 得蒙褚季野修刺相見, 良用感幸。兩位年紀幾何?

答濟菴、海皐二公。洙川: 僕以日本 享保九年甲辰, 生于長門國 阿川縣, 去此地四百里所【用貴邦之里數。】, 今犬馬之齒二十有五, 五年來受業於頓宮。

問。海皐: 長門國學生徒幾何? 四百里之遠, 而兩賢辱臨, 未知以公幹來耶?

答。洙川: 國學生徒時有增減, 大要四五十人。僕一書生, 何有公幹也? 聞大斾之來, 竊欲觀乎大邦使華之美, 且希接諸公之光範, 奔走至于此耳。

問濟菴、李公。洙川: 君之冠服名何?

答。濟菴: 東坡冠, 道士服。

問矩軒朴公。洙川: 貴冠名何? 且繪以乾坤震兌之卦體, 是有事故耶?

又問: 貴國學『周易』, 從何註?

答。矩軒: 冠繪以爻卦, 蓋取其文也。弊邦讀『易』之士, 理用『程傳』, 卜取『朱子本義』, 未知貴國有別般通行之注義耶?

再答。洙川: 卑邦方今不多學『易』, 取『傳義』, 與貴邦同, 而從義理設敎, 則宅經已備矣, 不必待『易』, 『易』專爲卜筮之書。卑邦亦有『古義』、『私說』等之書, 是伊藤氏之所著也。

問。矩軒: 古義私說可得一見耶? 幸爲圖之。

答。洙川: 僕亦夐離鄕土, 二書不齎來。貴船西歸之時, 僕亦來于此, 待其時, 供電覽耳。

再答。矩軒: 若然則誠爲可感, 幸毋忽也。

稟。海皐: 二賢從此濶別耶, 不知更有相接之日耶?

答海皐公兼稟諸公。洙川: 今日幸得奉警咳於一堂上, 僕之喜不可言也。況酬酢之往復, 多賜瓊篇, 竊抵拱璧焉。勝會罄十日, 何厭? 唯恐勞長者也。僕等將辭貴筵, 它期貴船西歸之時而已。海陸追遞, 賢勞將多, 自重。

○『奉贈朝鮮製述官三書記』　　蘆城

木道三千里, 忽乘鵬背通。奔騰向遠地, 縹緲凌長空。奮翼九別外, 飛聲四海中。翩翩來曷速? 意氣最豪雄。

『又』

持節遠遊客，翩翩書記曹。時人稱俊傑，明主擇英豪。『白雪』飄高調，青雲起彩毫。乘槎千萬里，壯志破波濤。

『又』

<u>釜津</u>何日發，萬里向東來。海上彩雲鎖，關門紫氣開。旌旗天際使，詩賦<u>郢</u>中才。今夜文星色，高懸百尺臺。

『長門戊辰問槎』卷中終

長門戊辰問槎 下

『上朝鮮製述官三記室案下書』

不佞允文不自揣駑駘, 裁書大邦君子。恭以使事已竣, 大旆復西, 是月流火, 祝融氏猶尚將命, 而諸公天眷之厚也。其登名山, 探龍窟, 則海伯護送, 魑魅魍魎拂道, 攬轡擊柁, 高興依然, 再過吾本州。當斯時也, 僕迎紫氣於上關, 從青牛於下關, 然終不能見眞人也。於是乎, 始疑前日何親接猶龍, 傾蓋如故乎。初則欣欣, 後則怏怏, 遇與不遇, 唯是一頃刻之間已。方其交接之時也, 君子汎愛, 不瑣尾於鰌生, 飽以德音, 和以瓊玖, 荷恩河□, 永矢弗諼。既而一朝宛然, 爲華胥國裏之遊焉。

若夫韓之與和, 天塹限之, 森森焉, 何時得重接晤言? 思之泫然, 淚下不已, 拙作數首, 托阿比留子, 奉呈左右。幺麿彫蟲, 非借重於大邦, 唯於歉然于懷者, 小解慍耳。小人固不閑禮, 幸得免于罪戾, 所荷許多。會發船, 忽卒走筆, 倂裁一紙, 萬分之一, 不能申鄙衷。伏請海函炤亮, 頓首拜。七月十一日, 日本 長藩 講官 草允文拜具。

濟濟王門客, 俊賢自有君。執圭傳使命, 柱笏見人文。西海指三嶋, 南州入五雲。腰間何所帶, 斗氣坐氤氳

右『奉呈矩軒朴公』　　中山

意氣雄風起, 四筵興不孤。佳人歌『白雪』, 詞客弄明珠。鞅掌從王事,
風流嘆使乎。恨君有仙骨, 海上憶蓬壺。
　　右『奉呈濟庵李公』　　　中山

潮水遠連銀漢流, 翩然七月海槎秋。貪看君帶支機石, 原是人間不
可求。

諸子風流談有餘, 才豪君自上頭居。此行深愛遊名嶽, 從是長傳太
史書。
　　右『奉呈海皐李公』　　　中山

潮落間關高海天, 安流秋下木蘭船。相逢縞帶縱堪贈, 還愧當時子
產賢。

翩翩靑鳥海隅回, 五彩雲深王母臺。儻向園中偸果去, 人間一贈我
曹來。
　　右『奉呈醉雪柳公』　　　中山
【右和答未至。】

寫字官紫峰, 余先已得識荊, 今復接于賓舘。時同抻物判事蒼崖, 月
下酌酒, 紫峰下筆, 賦一絶贈余, 余亦和答。
『奉呈中山詞几』　　　紫峰
萍蹤復到赤間關, 驛客諸人摠舊顏。明月滿庭還可愛, 一吟一醉對
中山。

『奉和紫峰見贈瑤韻』　　中山

樓頭明月滿江關, 相値靑樽堪解顏。忽見如椽飛鳳翼, 五雲掩映戴鰲山。

七月望夕, 韓船達下關, 十六日, 早發卒爾, 未遑一面。是日追舟後, 寄贈。

『上朝鮮製述官三記室各位書』

七月望一日, 日本 長藩賤臣不佞實廌再拜言。伏以奉使竣事, 言旋言歸, 天眷之厚於二國, 海波晏如, 舟楫利涉, 往復萬里, 起居淸勝, 儼然復舊舘矣, 敢賀。廌世以文學, 仕本藩, 寡君幸以先人緖業, 謬使得奏薄枝, 密通于舘中。向聞輶軒西矣, 往在上關, 除舘以俟, 渴望之久, 唯日爲歲。及紫氣入關, 旣觀其斾, 乃踴躍, 自計得見龍光, 以叙心腹之願。不意頃刻之際, 有司繼食, 榜人起柁, 遽爾發船, 而天假以和風, 忽揭百尺, 千里旦暮, 忽焉達下關。廌從舟後, 相追隨, 陪奉舘中, 夜旣參半, 秉燭之游, 良緣不久, 姑竢明日, 明日又早發, 素願不竟果也。大鵬擊風, 神龍乘雲, 心欲攀之, 而未有路也, 鬱悒誰與語之? 默而息乎所賴文辭, 而懼不待介者, 而瀆大君子之門, 不免不敬之戾。竊憑對州二子爲之先, 幸恕察焉。燕詞數章, 謹申鄙衷, 敢以請正。汎愛之餘, 辱惠高和。冀千里神矢, 獲諸形骸之外。一葦所航, 貴梓日近, 炎海滯暑, 一萬自重。稽首再拜。賤名單具。

姓小倉, 名實廌, 字彥平, 號鹿門拜具。

『呈製述官矩軒朴公座右』

『魚登龍門行』　　鹿門

龍門之雲何氛縕，龍門之水何潺湲。俯仰寥廓且瀟灑，下出地軸達天閣。龍門之雲龍門水，縹緲明熒鑿混沌。維昔禹載遍天下，浮于積石至龍門。轟轟高倚夏陽北，倬彼雲漢卽爲源。斗牛夜宿九級浪，其下千仞魚爲群。奮鱗鼓鬐戞巖塹，帶雨嚙雷散霞氣。嗋喝撥剌池中物，安得變化身上文。吸澇噴洙困點額，始知江湖可自分。聞道雲漢可望不可親，龍門可親不可臻。忽覩偓佺下天上，却向人間一問津。羽衣霓裳秦天樂，霓旌雷鼓駕蒼鱗。持來飮我丹霞漿，欲易肌膚浣心腸。肉眼駭矚白雪姿，形穢慙愧明珠傍。御來贈我赤烏書，欲比瓊玖與瓊琚。滄嶼假令似瑤池，鮫室但非偓人居。無那乘査返天上，溯回安得從所如。本知身是池中物，欲登不得龍門魚。細鱗瑣尾奈擁閼，寧如小瀦復其初。

『呈海皐李公几下五言律十首』　　鹿門

翩翩諸記室，載筆遍萍蹤。十二國風辨，倉皇旅食供。青雲喜覩鳳，紫氣見猶龍。千歲一逢客，斯文百代宗。

『其二』

修聘三韓國，善隣來日東。北人能相馬，小技慙彫蟲。玉帛千年美，車書四海同。榮旋珠履客，專對度詢功。

『其三』

修刺東南客，靦然幾處逢。大洋容小水，台嶽對群峰。勳欲上青史，游同從赤松。生祠思去後，牛酒歲時供。

『其四』

祥雲護珪節，鼓吹動江關。綺繡限三品，簪纓重兩班。老人宴殿上，
孝子居廬間。箕聖遺風厚，試看使者還。

高麗以來，官非三品，綺繡不得文身。先世兼文武官者，謂之兩班，
最重簪纓。宴八十者於殿，喪必三年貴居廬。

『其五』

文旆三山外，穩流舟楫歸。神交新識在，心事再逢稀。若木赤烏去，
蟠桃青鳥飛。鄉關何處是，天末夕陽微。

『其六』

韓、桑瀕海國，共是屬東維。魯、衛修盟好，札、僑重禮儀。風雲偶
相會，舟楫復何之。王事不遑舍，騑騑『四牡』詩。

『其七』

堯時開甲子，千載作吾隣。鼎峙表東海，金剛拱北辰。瓊瑤投幾處，
縞紵結何人。倘得芝眉接，醜顏欲效顰。

『其八』

赤關桑梓近，此處海東津。分野各星宿，異方本比隣。交如兄與弟，
盟卽舊維新。誰道殊音吐，情依書契眞。

『其九』

滄溟千翼接，利涉使臣顏。萬里西流水，一塊東峙山。遡洄從不得，
企望思相關。意氣釣鰲客，方舟三嶋間。

『其十』

淳俗堯時士，雅音周代歌。同懷存宇宙，別恨邈山河。上漢白雲棹，嘯風青海波。蓴鱸知可美，歸思入秋多。

『呈濟菴李公案下』七言律五首　　鹿門

秋水蕭蕭赤馬津，長風七月送韓賓。檀君草昧版圖古，箕聖經營禮樂新。盟契萬年山若礪，滄溟千里德爲隣。文明今日重賢俊，歸報凌烟閣上人。

珪節縱橫照日東，三千賓客並稱雄。瓊技夜折蓬壺月，綵筆秋過揚馬風。我企望塵顯氣白，君歸回首朝暾紅。百年俱遇升平化，四海安流舟楫通。

南溟烟瘴晝陰森，北客連檣歸路深。擁節瓜時滯蜻域，橇榜穀日發雞林。壯游盖世騎鯨氣，別恨乘秋踞海心。一擧垂天大鵬翼，飛來飛去『白雪』潯。

天塹悠悠博望情，日邊文旆影縱橫。新羅經到舳艫道，高麗曲傳翟篥聲。萬里南圖都意氣，由來北學有才名。欲申下走沾沾思，無路眞成御李膺。

長風萬里送星查，賦罷遠游海路賒。爲命承文稱太史，賜恩勤政報皇華。朝鮮八道雲無盡，日本三山天一涯。情識忽忙是王事，丈夫原自不思家。

『呈醉雪柳公梧下』七言絶十五首　　鹿門

蓬萊秋色五雲開, 飛鶴凌風海上回。安得靑天爲比翼, 儞禽原自不群才。

七月安流槎欲飛, 日邊帆影有光輝。便知天上支機石, 依舊人間取得歸。

王程萬里驛亭開, 行李逢迎往又來。爲問盈車多少刺, 誰堪東道主人才。

明月方舟赤馬關, 祥風吹送李膺還。不因星使能延接, 安覩龍門出斗間。

玲瓏懷裏碧琅玕, 遍照連城明月寒。倘不先容如舊識, 敎人還作暗投看。

遠游賓客氣雄哉, 曾自孟嘗門下來。萬里歸與長鋏引, 無端更入櫂歌哀。

赤馬關西大海開, 穩流遙送使查回。王程無恙錦帆影, 萬里雄風颯爾來。

驥騄千里志稱雄, 更使才名擅海東。知是壯游尤妙撰, 怕敎冀北馬群空。

貫斗僊查絕北溟, 赤關暫與白雲停。佳期不是尋常事, 應奏江湖有客星。

腰下太阿氣若虹, 雄飛直與斗牛通。舟前倘見風波起, 君試斬蛟積水中。

跋涉山川賦『遠游』, 綠雲染翰赤流秋。漢家太史本書記, 不是周南好滯留。

懸弧男子壯游哉, 意氣翩翩經國才。欲識仲連蹈東海, 千秋白日照蓬萊。

千里相思晉代賢, 仙舟乘興暫留連。皎然明月忽回棹, 翻似山陰夜雪天。

星使遠游滄海天, 浮查一片日邊旋。知君腰下豐城劍, 一夜思家北斗前。

謫仙詩賦積如山, 恰似錦袍采石還。自一騎鯨十洲到, 能教名姓遍人間。

○ 小生敢言朝鮮製述官、三書記座右。海陸萬里, 秋暑如燼, 歸程無恙。仙槎繫于上、下關, 憾其間不得邃觀光之願焉。僕姓允, 名忠嗣, 字子業, 号曲江。受家庭訓, 備員儒官, 僕術業淺薄, 無足言者。雖然冀效款款之愚, 謹賦鄙詞, 奉呈諸君, 辱賜高和, 何幸如之?

『奉呈製述官三書記案下』

仙吏翩翩意氣豪, 知君王事獨賢勞。唯留東海芙蓉色, 仰見千秋帶雪高。

錦帆無恙白雲秋, 詞客乘濤賦遠遊。海氣悠悠望不極, 白波千里水煙浮。

錦帆遙下彩雲中, 玉帛千年仰國風。使者尤觀專對器, 舊盟不改二邦通。

『長門戊辰問槎』卷下終

『和韓唱和錄』　全二冊　當四月出來

朝鮮人官位姓名委曲記之

同　附錄　全一冊　當八月出來

寬延元年龍集戊辰八月

通本町三丁目

東武　西村源六

心齊橋順慶町

書林　浪速　澁川淸右衛門

同　堀內忠助

한객대화증답
韓客對話贈答

무진년 에도에서
조선 사신과 대화하며 창수한 기록

『연향무진 한객대화증답(延享戊辰韓客對話贈答)』은 연향(延享) 5년 무진년(1748, 영조24) 6월 5일에, 타고 쇼코(多湖松江)가 에도의 천초(淺草) 본원사(本願寺)에 머물고 있는 조선 사신과 만나 대화하며 주고받은 글을 모은 책이다. 이 책은 1권 1책의 사본(寫本)이고, 현재 동경도립 중앙도서관(東京都立中央圖書館)에 소장되어 있다. 한 면에 10행 19자이고, 모두 42면이다. 언제 간행되었고, 어디에서 출판되었는지는 기록되어 있지 않다.

창수와 필담에 참여한 일본 문사는 이 책의 저자인 타고 쇼코(多湖松江, 1709~1774)로, 하야시 노부아쓰(林信篤)의 제자이고, 송본후(松本侯)의 의관(醫官)이다. 대학두(大學頭) 하야시 노부아쓰를 따라 와서 대학두 이하 30명이 동석한 가운데 조선 문사를 만났는데, 타고 쇼코도 30명 중 한 사람이었다. 이에 응대한 조선 문사는 제술관 박경행(朴敬行, 1709~?), 정사서기 이봉환(李鳳煥, 1710~1770), 종사서기 이명계(李命啓, 1714~?)이다. 이날 부사서기 유후(柳逅)는 병 때문에 참여하지 못하였지만, 유후에게 준 타고 쇼코의 시가 실려 있다.

이 책은 명자(名刺), 창수시, 필담, 국서식(國書式), 한인내조명적(韓人來朝名籍) 총 5부분으로 구성되어 있다. 명자는 서로 명함을 건네 주고 받는 것으로, 타고 쇼코와 조선 세 문사의 인적 사항이 자세히 기록되어 있다. 창수시는 이들끼리 서로 창수한 시로, 모두 24수인데 타고 쇼코의 시는 14수이다. 필담은 한 차례 기록되어 있는데, 의관답게 인삼 재배에 대해 물은 것이 있다. 국서식은 모두 5가지로, 영조(英祖)와 도쿠가와 이에시게(德川家重)의 왕복 서신 등이 있다. 한인내조명적은 일본에 온 통신사의 직책과 인원수를 모두 기록하였다.

이 책의 특징은 첫째, 저자의 직업이 의관이어서 의학필담이라고 생각하기 쉽지만 의학 필담이 아니다. 왜냐하면 의학 관련 내용이 거의 기록되어 있지 않기 때문이다. 의학에 관련된 필담은 인삼이 자생하는지 아니면 재배하는지에 대한 물음이 전부이고, 그 이외에는 평범한 일상의 대화이다. 또한 창수한 시에서도 그러한 내용을 찾아보기 어렵다.

둘째, 다른 필담집에 비해 국서식을 자세히 기록하였다. 영조가 도쿠가와 이에시게의 즉위를 축하하여 보낸 서신・별폭과 그에 대한 이에시게의 답장・별폭, 그리고 조선의 예조참판 이광세(李匡世)가 어노중(御老中), 소사대(所司代) 등 일본의 각 부서에 보낸 서신・별폭과 그에 대한 각 부서의 답장・별폭이 자세히 기록되어 있다.

셋째, 무진년 통신사의 직책과 인원수에 대해 자세히 기록하였다. 일반적으로 필담집은 창수와 필담에 참여한 문사들만을 위주로 기록하는데 반해, 이 책은 정사・부사・종사는 관직과 자(字)・호(號)를 모두 기록하였고, 그 이외에 상관(上官)은 관직과 성명을 기록하였으며,

나머지는 직책과 인원수를 기록하였다.

　1748년 무진 통신사 때에는 일본의 한문 담당층이 늘어나면서 필담
창화집에 등장하는 일본 문인이 150명에 달하였다. 1719년 기해 통신
사 때보다 50%가량 늘어난 것이다. 문사의 숫자뿐 아니라 개인 별 필
담과 창수시의 양도 전보다 훨씬 증가하였다. 이는 이 책을 포함하여
대학두(大學頭)를 따라 필담창화에 참여한 문사들이 독자적으로 엮은
개인별 필담창화집의 등장이 크게 한 몫을 한 것이다.

한객대화증답

연향(延享) 무진년[1] 6월 5일, 천초(淺草) 본원사(本願寺)에서 조선 제술관 박경행(朴敬行)과 서기 이봉환(李鳳煥)·이명계(李命啓)를 오(午)시에서 유(酉)시까지 만났는데, 유후(柳逅)는 병 때문에 나오지 못했다. 우리나라의 동행한 여덟 사람은 동쪽 자리에 나아가고 조선 사람은 서쪽 자리에 가서 각각 두 번 읍을 마치고 서로 명함을 주고받았다.

명함 세로 8촌 7푼, 가로 3촌 9푼 붉은 당지(唐紙)에 쓰여 있다.

저는 성(姓)은 다호(多湖), 이름은 의(宜), 자(字)는 현실(玄室), 호(號)는 송강(松江)입니다. 임좨주(林祭酒)의 문인으로 송본후(松本侯)의 의관(醫官)입니다.[2]

저는 성(姓)은 박(朴), 이름은 경행(敬行), 자(字) 인칙(仁則), 호(號) 구헌(矩軒)입니다. 나이는 39세이고, 제술관입니다.

저는 성(姓)은 이(李), 이름은 봉환(鳳煥), 자(字)는 성장(聖章), 호(號)

---

1 무진년: 1748년(영조24)이다.
2 저는…… 의관(醫官)입니다: 다호송강(多湖松江, 타고 쇼코, 1709~1774). 강호시대 중기의 유학자, 의사이다. 저서에 『하간수필(夏間隨筆)』, 『시청수필(視聽隨筆)』이 있다.

는 제암(濟菴)입니다. 나이는 39세고, 정사 서기입니다.

　저는 성(姓)은 이(李), 이름은 명계(命啓), 자(字)는 자문(子文), 호는 해고(海皐)입니다. 나이는 35세이고, 종사 서기입니다.

박구헌께 드리다
贈朴矩軒

다호송강(多湖松江)

봉래산의 층운이 용처럼 엉겼는데	蓬嶋層雲結似龍
성사가 만리 기이한 곳 찾아왔구나	星槎萬里訪奇蹤
그대 오는 길 신선되는 꿈꾸었을 테니	知君來路登仙夢
우리 부상의 제일봉에 올랐겠구나	跨我芙桑第一峰

화답하다
和

구헌

풍우가 절 누대의 함에 든 용 흔드니	風雨禪樓動函龍
의관 정제하고 만리 신선 자취 밟았네	衣冠萬里躡仙蹤
바다에서 고향 그리는 마음 알려거든	欲知海上思歸意
잠깨어 턱 괴고 먼 산 세는 걸 보게나	睡後支頤數遠峰

다시 화답하다
再和

송강

재주 없는 내가 다행히 용문에 올랐지만	不才何幸得登龍
한 번 풍운이 이니 자취 따르기 어렵네	一起風雲難逐蹤
헤어지면 밤마다 그리워 어이 감당할까	別後可堪相思夜
하늘 끝 밝은 달이 뭇 산에 막혔구나	天涯明月隔群峰

이제암에게 드리다
贈李濟菴

송강

오월 가벼운 적삼 입은 그대 의기 맑아	五月輕衫意氣清
황학루 찾아 강가 성에 이르렀구나3	人尋黃鶴到江城
누대에서 젓대로 매화곡4 연주하지 않아도	樓中無奏梅花笛
만리 고향 생각나게 할까 염려되네	恐動關山萬里情

---

3 황학루(黃鶴樓) …… 이르렀구나: 황학루는 신선 자안(子安)이 황학을 타고 찾아왔었다
는 누각으로, 지금의 중국 호북(湖北) 무한시(武漢市) 사산(蛇山) 장강(長江) 가에 있었
다 한다. 경치가 아름다워 고금의 수많은 시인 묵객이 그곳을 찾아 경치를 노래한 것으로
유명한데, 천초사를 황학루에 빗대어 표현한 것이다.

4 매화곡(梅花曲): 낙매화곡(落梅花曲)으로, 진(晉)나라 때 환이(桓伊)가 젓대[笛]를 잘
불어 「낙매화곡(落梅花曲)」을 지었다 한다. 이백(李白)의 「여사낭중흠청황학루상취적
(與史郎中欽聽黃鶴樓上吹笛)」에 "황학루 위에서 옥젓대를 부니 강성 오월에 매화가 떨
어지는구나.[黃鶴樓上吹玉笛, 江城五月落梅花.]"하였다.

화답하다
和

이제암

아름다운 골격에 운삼 입어 매우 맑은데 　　　花骨雲衫徹底淸
신선 같은 필력으로 오언시에 통달하였네[5] 　三峯筆力五言城
만리에서 서로 만났다가 도리어 헤어지니 　萬里相逢還作別
하늘 가득 풍우에 시름겨워 누대 내려오네 　滿天風雨下樓情

다시 화답하다
再和

송강

누대에 신선 바람이 맑게 불어오니 　　　　樓上仙風吹我淸
와서 노닐며 자하성[6]인가 의심하네 　　　來遊疑是紫霞城
이제 다행히 성대한 빈연 만났으니 　　　祗今幸値賓筵盛
정성스럽게 호저의 정[7]으로 투합하네 　繾綣相投縞紵情

---

5 오언시에 통달하였네[五言城]: 당(唐)나라 때 시인 유장경(劉長卿, 709~780)이 오언시에 능하여 오언장성(五言長城)이라 자칭한 데서 온 말이다. 『新唐書 卷196 隱逸列傳 秦系』

6 자하성(紫霞城): 신선이 사는 성을 말한다. 자하는 선경(仙境)에 떠돈다는 자줏빛의 운기(雲氣)를 말한 것으로, 전하여 신선을 뜻한다.

7 호저(縞紵)의 정: 선물을 주고받는 두터운 정을 말한다. 호저는 흰 명주띠와 모시옷으로 오(吳)나라 계찰(季札)이 정(鄭)나라 자산(子産)에게 흰 명주띠를 선사하자 자산이 그 답례로 모시옷을 보냈다는 고사가 있다. 『左傳襄公 29年條』

이해고에게 드리다
贈李海皐

송강

황학루에 장풍이 시원하게 부니	鶴背長風颯爾開
신선 성에서 술 마시며 배회하네	仙城樽酒此徘徊
봉래산 삼천리 물이 얕으니	蓬萊水淺三千里
모두 훌륭한 서기 차지로다	盡屬翩翩書記才

화답하다
和

해고

비 내려 종려나무와 귤 서로 울리고	棕橘交鳴雨不開
누대 빛과 바다색이 함께 어울리구나	樓光海色共裹徊
먼 곳에서 병들어 시정이 게을러지니	天涯淹病詩情倦
강엄처럼 재주 다해[8] 쓰기 어렵구나	難試江君已盡才

---

8 강엄(江淹)처럼 재주 다해: 남조 양(南朝梁)의 문장가 강엄이 만년에 꿈속에서 곽박(郭璞)을 만나 오색필(五色筆)을 돌려준 뒤로 갑자기 문재(文才)가 감퇴되었다는 고사가 있다. 『南史 卷59 江淹列傳』

다시 화답하다
再和

송강

성 밖 기원[9]에 객관이 열리니	城外祇園客館開
채색 구름 여기에서 오래 배회하리	彩雲此地久低徊
청련이 죽은 뒤에는 그대 통해서	因君又見靑蓮後
한 말 술로 시 백편 지을 재주 보겠구나[10]	斗酒百篇敏捷才

유후에게 드리다 이날 유후가 병으로 나오지 못하여 대마도 서기인 대포익지진
(大浦益之進)에게 부쳐서 보내주었다.
贈柳逅

송강

신사의 별이 한양성을 도니	信槎星轉漢陽城
녹수의 꾀꼬리 소리 멀리 들리네	綠樹黃鸝多遠聲
신선처럼 편히 노닐고자 해서가 아니라	不是群仙貪逸擧
부상의 아침 해 앞 다투어 보려해서라네	爭看初日出桑瀛

---

9 기원(祇園): 기원정사(祇園精舍)의 약칭으로 승사(僧舍)를 가리킨다.

10 청련(靑蓮)이 …… 보겠구나: 청련은 청련거사(靑蓮居士)의 약칭으로, 이백(李白)의
별호(別號)이다. 두보(杜甫)의 음중팔선가(飮中八仙歌)에 "이백은 술 한 말에 시가 백
편인데, 장안의 저잣거리 술집에서 자기도 하고, 천자가 불러도 배에 오르지 않으면서,
신이 바로 술 가운데 신선이라 자칭하였네.[李白一斗詩百篇, 長安市上酒家眠, 天子呼
來不上船, 自稱臣是酒中仙.]"라고 한 데서 온 말로 상대방을 이백의 훌륭한 재주에 빗
댄 것이다.

석상의 여러 군자에게 드리다
贈席上諸君子

해고

객지에서 늘 그리움에 세월만 흐르니	爲客長思歲月催
한묵으로 푸는 것도 시름겹구나	愁將翰墨向人開
매미 소리 누대에 막힘을 아랑곳 않고	蟬聲不道樓臺隔
숲 기운이 항상 풍우를 따라 오네	林氣常隨風雨來
구름에 이이진 이별의 한 흩어지기 쉽고	別恨連雲終易散
귀심은 바다 같지만 돌아갈 줄 모르네	歸心如海不知廻
선향에서 글과 술로 그럭저럭 보내며	仙鄕文酒依依過
가을에 열릴 종귤에 한 번 슬픔 맡기네	棕橘秋生一任哀

화답하다
和

송강

주렴 밖 비 지나가 서늘한 바람 부니	簾外雨過凉風催
흉금에 쌓인 회포 이날 그대와 푸노라	襟懷此日爲君開
역정의 푸른 산 빛은 수레를 비추고	驛亭靑嶽映車出
절간의 녹음은 난간에 들어오구나	祇苑綠陰入檻來
서까래 같은 채필11에 무지개 나타나고	彩筆如椽虹忽見

---

11 서까래 같은 채필(彩筆): 진(晉)나라 왕순의 꿈에 어떤 사람이 서까래처럼 큰 붓[大筆如椽]을 건네주자, 꿈을 깨고 나서는 "내가 솜씨를 크게 발휘할 일이 있을 모양이다.[當有

옥빛 윤건[12]에 달은 온전히 배회하네　　　綸巾似玉月全廻

객의 마음은 가을바람 일지도 않았는데　　客心不待秋風起

오강 장한(張翰)의 슬픔 공연히 말하네[13]　漫道吳江張子哀

여러 군자에게 드리다
贈諸君子

제암

구름 기운 늘 서복의 마을에 서려 있어[14]　　雲氣尋常徐福村

비단 돛 동쪽으로 하늘 끝에 닿았구나　　　　錦帆東下極天根

신선 고을 오래 버려져 서리에 젖었더니　　　仙方久廢霜侵髮

바다의 객 만나 술동이에 술 가득하네　　　　海客相逢酒滿樽

구라파의 문명 보고 마두[15]의 말 듣고　　　　眼閱歐巴聞瑪竇

大手筆事]"라고 하였는데, 과연 얼마 뒤에 황제가 죽어 애책문(哀冊文)과 시의(諡議) 등을 모두 왕순이 도맡게 되었다는 고사가 있다. 『晉書 卷65 王導列傳 王珣』

12 윤건(綸巾): 보통 우선(羽扇)과 함께 쓰이는 말로, 소쇄(瀟灑)하고 유아(儒雅)한 풍도를 비유하는 표현이다.

13 객의…… 말하네: 상대가 매우 고향을 그리워한다는 말이다. 후한(後漢) 때 오군(吳郡) 사람인 장한(張翰)이 낙양(洛陽)에서 벼슬하다가 가을바람이 불자 고향의 순챗국과 농어회가 생각나서 벼슬을 그만두고 고향으로 돌아갔다는 고사가 있다. 『晉書 卷92 文苑傳 張翰列傳』

14 구름 기운…… 서려 있어: 서복처럼 신선이 되고 싶은 마음을 간직하고 있다는 말이다. 서복(徐福)은 진(秦)의 방사(方士)이다. 그는 진시황(秦始皇)의 명을 받들어 동남동녀(童男童女)를 거느리고 불로초(不老草)를 구하기 위해 섬나라에 갔다가 그곳에서 눌러 살았다고 한다. 『史記 卷6 秦始皇紀』

15 마두(瑪竇): 이마두(利瑪竇)로, 서양인 선교사로 중국과 일본에 왔던 마테오리치를 말한다.

시는 석정 연구로 헌원씨와 희롱했네[16]　　　　　詩聯石鼎戱軒轅

내일 새벽 말 타고 아득히 떠나면　　　　　　明晨鞍馬蒼茫去

서쪽 누대의 풍우 어이 잊으랴　　　　　　　風雨西樓不可諼

화답하다
和

송강

안장에 앉아 몇 개의 강촌을 지났나　　　　　倚鞍經歷幾江村

긴 여름 산을 보며 돌 뿌리에 앉았네　　　　長夏看山坐石根

객중의 수심에 백발을 탄식하고　　　　　客裡愁心嘆白髮

눈앞의 우정은 청준에 내맡겼다오　　　　眼前交意屬靑樽

쌍룡의 깃발 펄럭여 서둘러 돌아가려 하니　　催歸欲動雙龍旆

이별할 제 사마의 수레 채 잡기 어려워라　　臨別難攀駟馬轅

그대 한양에 이르거든 동쪽을 보게나　　　君到漢陽東向見

부용산의 눈빛을 부디 잊지 마시게　　　　芙蓉雪色莫相諼

---

16 시는…… 희롱했네: 시가 훌륭하다는 말이다. 형산 도사(衡山道士)인 헌원미명(軒轅彌明)이 한유(韓愈)의 제자들과 석정(石鼎)이란 제목으로 연구(聯句) 짓기를 해 한유 제자들을 압도했다고 한다. 『昌黎集 石鼎聯句詩序』

석상의 여러 군자에게 삼가 드리고 화답을 요구하다
奉呈席上諸君子求和

구헌

궁궐에서 오색의 글을 받들고 나오니	擎出龍樓五色縅
왕의 위엄으로 고무되어 온갖 신 모였네	王靈鼓舞百神咸
갑에 있는 검기는 별빛으로 응당 알겠고[17]	劍虹在匣星應識
석혈이 나루에 흘러 풀이 뻗지 못했네[18]	石血流津草未蔓
남쪽 끝 조그만 내에서 작은 붓 거두니	南極小川收短筆
선왕의 예약이 외로운 배에 있구나	先王禮樂在孤帆
천지 멀리에서 신선과 소중한 인연 맺으니	天地一蹄仙緣重
만리 차가운 바람이 객의 적삼에 가득하네	萬里冷風滿客衫

---

17 갑(甲)에 …… 알겠고: 용천검(龍泉劍)의 고사를 말한다. 진(晉) 나라 장화(張華) 가 천문(天文)을 본즉 풍성(豊城) 지방에서 붉은 기운이 하늘의 두성(斗星)·우성(牛星) 사이를 쏘고 있으므로 천물을 잘 보는 뇌환(雷煥) 을 불러 물었더니, '그것은 땅속에 보검(寶劍)이 묻혀 있어 그 기운이 쏘는 것이요.' 하므로, 뇌환 을 풍성령(豊城令) 으로 보내었더니 과연 땅을 파서 보검 둘을 찾아내었다. 보검의 이름이 하나는 용천(龍泉)이요, 하나는 태아(太阿)이다.

18 석혈(石血)이 …… 못했네: 신인(神人)이 진시황(秦始皇)을 위해 돌을 몰아다가 다리를 만들어 주었다는 고사를 원용하여 동해를 건너 일본으로 가는 것을 비유한 것이다. 『삼제략기(三齊略記)』에 "진시황이 돌다리를 만들어 바다를 건너 해가 뜨는 곳을 보려고 하였다. 그때 신이 돌을 몰아 바다로 내려오는데, 성양(城陽)의 온 산에 돌이 모두 서 있었다. 돌이 빨리 가지 않으면 신인이 채찍질을 하였는데, 모두 피를 흘리며 빨개졌다."라고 하였다.

화답하다

和

송강

울창한 대 숲은 벽운에 싸여 있는데	竹林鬱鬱碧雲緘
자리 가득 맑은 바람에 완함[19] 그립구나	滿坐淸風憶阮咸
그대 월궁의 계수나무 가지 일찍 꺾었고[20]	桂向月宮曾早折
두 섬돌의 풀은 넝쿨 뻗어 가는 듯하네	草生兩砌若常蔓
크게 노래하며 시장에서 축을 두드렸다가[21]	高歌漫擊市中筑
돌아갈 생각에 바다 위 돛대를 바라보네	歸思應望海上帆
남아는 예로부터 사방의 뜻 있으니[22]	男子由來四方志
배 안에서 눈물로 푸른 적삼 적시지 말게	莫言舟裏濕青衫

---

19 완함(阮咸): 진(晉)나라 때의 죽림칠현(竹林七賢) 가운데 한 사람으로 숙부 완적(阮籍)과 함께 노장 사상(老莊思想)을 숭상하여 죽림(竹林)에서 술과 청담(淸談)으로 세월을 보냈다.

20 월궁(月宮)의 …… 꺾었고: 훌륭한 재주로 일찍 벼슬하였다는 말이다. 현량 대책(賢良對策)에서 장원을 한 극선(郤詵)에게 진 무제(晉武帝)가 소감을 묻자, 극선이 "계수나무 숲의 가지 하나를 꺾고, 곤륜산(崑崙山)의 옥돌 한 조각을 쥐었다."라고 답변하였는데, 섬궁 즉 월궁에 계수나무가 있다는 전설을 여기에 덧붙여서, 과거 급제를 '섬궁절계(蟾宮折桂)'로 비유하곤 한다. 『晉書 卷52 郤詵列傳』

21 크게 …… 두드렸다가: 형가(荊軻)가 연(燕)나라 서울 저잣거리에서 개백장과 축(筑)의 명인 고점리(高漸離)와 더불어 서로 어울려서 고성방가(高聲放歌)하며 방약무인(傍若無人)하게 노닐다가, 연(燕)나라 태자 단(丹)의 요청으로 진시황(秦始皇)을 죽이기 위해 출발할 즈음에, 이른바 '역수한풍(易水寒風)'의 비가(悲歌)를 부르고 떠난 고사가 있다. 『史記 卷86 刺客列傳』

22 남아는 …… 있으니: 고대에 사내아이가 태어나면 뽕나무로 만든 활[桑弧]에 쑥대로 만든 화살[蓬矢]을 메워서 천지 사방에 쏘아, 장차 천하에 원대한 일을 할 것임을 기대하였던 데서 유래한 말로, 남자는 원대한 포부를 지녀 천하를 두루 다녀야 함을 뜻한다. 『禮記內則』

석상의 여러 군자에게 드리다
贈席上諸君子

해고

여름 비와 더운 구름이 함께 침범하여	暑雨炎雲與疾侵
밤에 던진 야광주[23]에도 무심하였네	瓊瓜投夜自無心
고산 유수곡[24]에 남은 빚 남겨두고	高山流水留餘債
맑은 날 서늘할 때 다시 찾으리라	晴日凉天願更尋

화답하다
和

송강

성하에 침범하는 열기 견디지 못했는데	盛夏不堪溽熱侵
비온 뒤 서늘한 바람에 마음 상쾌하네	雨餘凉風愜人心

---

23 밤에 던진 야광주: 야광주는 상대의 훌륭한 시를 비유하여 표현한 것이다. 밤에 길 가는 행인의 앞에다 명월주(明月珠)나 야광주(夜光珠)를 몰래 던져 주면 모두 칼에 손을 대면서 좌우를 두리번거릴 것이라는 '명주암투(明珠暗投)'의 고사가 있다. 『史記 卷83 鄒陽列傳』

24 고산 유수곡(高山流水曲): 상대의 훌륭한 시를 비유하여 표현한 것이다. 춘추 시대 백아(伯牙)가 타고 그의 벗 종자기(鍾子期)가 들었다는 거문고 곡조로, 아양곡(峨洋曲)이라고도 한다. 백아가 거문고를 잘 탔는데 종자기는 이것을 잘 알아들었다. 그리하여 백아가 마음속에 '높은 산[高山]'을 두고 거문고를 타면 종자기는 이를 알아듣고 "아, 훌륭하다. 험준하기가 태산과 같다.[善哉, 峨峨兮若泰山!]" 하였으며, 백아가 마음속에 '흐르는 물[流水]'을 두고 거문고를 타면 종자기는 이를 알아듣고 "아, 훌륭하다. 광대히 흐름이 강하와 같다.[善哉, 洋洋兮若江河!]" 하였다. 이를 지음(知音)이라 하여 친구 간에 서로 상대의 포부나 경륜을 알아줌을 비유하게 되었다. 『列子 湯問』

| 사해가 같은 문자 쓴 날을 기뻐 보며 | 喜看四海同文日 |
| 말 밖의 맑은 담론 종이에서 찾았네 | 言外淸談紙上尋 |

구헌에게 드리다
贈矩軒

송강

대해가 동쪽 향해 밤낮으로 흐르니	大海向東日夜流
가벼운 바람 불어 사신 배 전송하네	輕風吹送使臣舟
조수 소리는 새벽녘 고향의 꿈 깨우고	潮聲曉破故園夢
계절 바뀌도록 절역에서 유람하네	物色星移絶城遊
말은 다르나 보며 주미 휘두르니[25]	語異惟看揮塵尾
흥 다하면 어찌 돌아갈 길 물을까	興闌何用問刀頭
우연히 만나 새로 사귀어 즐거워서[26]	萍逢千載新知樂
잠시 술통 앞에서 객의 수심 위로하네	暫爾樽前慰客愁

---

25 주미(塵尾) 휘두르니: 주미는 고라니 꼬리로 만든 먼지떨이로, 옛날 청담(淸談)을 하던
  사람들이 이것을 많이 손에 가졌으므로, 전하여 청담을 나누는 것을 비유한 것이다. 『世
  說新語 容止』

26 새로 사귀어 즐거워서: 굴원(屈原)의 「소사명(少司命)」에 "슬픔 중에 최고의 슬픔은
  살아서 이별이요, 기쁨 중에 최고의 기쁨은 새로 사귀는 것이라.[悲莫悲兮生別離, 樂莫
  樂兮新相知.]"라는 시구를 인용한 것이다. 『楚辭』

화답하다
和

구헌

화려한 자리에는 날마다 풍류 성대하고	華筵日日盛風流
바람은 만리 부상의 배를 전송하네	風送扶桑萬里舟
이슬비는 많은 사찰의 노래 재촉하고	小雨催成萬寺詠
한 잔 술 남겨 신선과 함께 노니네	一杯留與羽人遊
예전부터 꿈 꾼 같은 문자에 청안[27] 되지만	同文舊夢還青眼
바다 건너는 외로운 심사에 백발 되려하네	跨海孤懷欲白頭
신선 세계에 승경 넘친다 말하지 말라	莫道仙區饒勝景
나그네 가는 곳 마다 수심 가득하니	旅人何處不生愁

두 서기께 모두 드리다
兼寄二書記

송강

해외의 신선 세계 하늘에 오르는 듯	海外靈區似上天
배 안에서 달 보며 얼마나 지났던가	柁樓望月幾回圓
장차 국풍 시 삼백 편을 보겠고[28]	風謠行見詩三百

---

27 청안(青眼): 반가워하는 눈빛을 말한다. 진(晉)나라 죽림칠현(竹林七賢)의 한 사람인
   완적(阮籍)은 예교에 얽매인 속된 선비가 찾아오면 흰 눈[白眼]을 뜨고, 맑은 고사(高士)
   가 찾아오면 청안(青眼)을 뜨고 대했다고 한다. 『晉書 卷49 阮籍列傳』
28 장차…… 보겠고: 『시경』은 모두 311편인데 삼백편이라 한다. 그래서 삼백편은 『시경』
   시의 이칭으로 쓰인다. 즉 『시경』의 국풍 같이 좋은 작품이란 뜻이다.

와서 도덕경 오천언을 남겼네[29]	道德來留言五千
몸은 사신되어 이른 밤 떠나가지만	身作使星侵夜早
이름은 신선 섬에 남아 사람에게 전해지리	名遺仙島向人傳
만나서 언어 다르다 근심하지 말라	莫愁相遇方言異
어느 곳인 들 재자 사랑스럽지 않으랴	何地看才不可憐

이별하며 여러 군자에게 드리다
臨別贈諸君子

제암

금으로 새긴 노을 빛 관이 옥규 멍에하니[30]	金鏤霞冠駟玉虯
희화[31]는 가던 길 멈추고 떠나는 수레 전송하네	羲和弭節送行輈
풍찬노숙하며 오천 리를 가고	風飡霧宿五千里
멀리 물길과 산길로 육십 고을 지났네	水遠山長六十州
연꽃 핀 연못 펼쳐지니 구름 그림자 가늘고	菡萏池開雲影細

---

29 와서 …… 남겼네: 일본에 와서 훌륭한 글을 남겼다는 말이다. 주 나라가 쇠미해지자, 노자가 주 나라를 떠나 서쪽으로 함곡관을 지나려고 할 적에 앞서 함곡관 윤희가 천기를 보고 성인이 그곳을 지나갈 줄을 미리 알고서 기다리고 있다가, 과연 노자가 청우(靑牛)를 타고 그곳을 지나므로, 노자에게 제자(弟子)의 예를 갖추고 저서(著書)를 해주기를 부탁하여 노자로부터 오천여언(五千餘言)의『도덕경(道德經)』를 받았던 고사에서 온 말이다. 『史記 卷六十三』

30 옥규(玉虯)를 멍에하니: 옥규의 규는 용으로서 하늘에 있는 용마(龍馬)를 뜻한다. 『초사(楚辭)』이소(離騷)에 "옥규를 사마로 삼고 예를 타노라[駟玉虯而乘鷖]" 하였다.

31 희화(羲和): 고대 신화에 나오는 해를 몰고 다니는 신이다. 『楚辭 離騷 王逸注』여기서는 해를 뜻한다.

마름꽃 핀 벽이 개니 빗소리 그윽하구나　　　　　菱花壁晴雨聲幽
한 점의 영서[32]로 감사하게 비춰주어　　　　　靈犀一點煩相照
말이 채필 끝에 기대니 기쁘도다　　　　　　　言語怡憑彩筆頭

이별하며 여러 군자에게 드리다
同

구헌

천지는 단지 하나의 기이나　　　　　　　　　乾坤只一氣
지역에 따라 나뉘게 된다네　　　　　　　　　區域有群分
이역의 이별자리에 비 내리고　　　　　　　　別席殊方雨
고향 돌아가는 배 구름이 따르네　　　　　　　歸舟故園雲
관하[33]에서 멀리 꿈을 꾸니　　　　　　　　　關河留遠夢
의패에 맑은 향기 젖어드네　　　　　　　　　衣佩襲淸芬
훗날 밤에 바다에 뜬 달 보면　　　　　　　　海上他宵月
매번 그리움에 그대 보는 듯　　　　　　　　依依每見君

---

32 한 점의 영서(靈犀): 영서는 무소의 뿔로, 두 마음이 서로 비추어 통하는 것을 신령스러
　운 서각(犀角)이 서로 비추는 것으로 비유한 것이다.
33 관하(關河): 중국 함곡관(函谷關)과 황하(黃河)의 병칭으로 변새(邊塞)를 뜻한다.

자봉·동암 두 분께 드리다 두 분은 사자관이다.
贈紫峯東巖二子

송강

신선 사관의 채색 붓 자연[34]을 흩뜨리고 　　仙史彩毫破紫烟

부용산의 빼어난 빛 누대 앞에 펼쳐졌네 　　芙蓉秀色倚樓前

한번 서검[35]따라 강가에 머문 뒤로 　　一從書劍留江上

문득 오채색 구름이 이 땅에 걸렸구나 　　忽使五雲此地懸

○ 필어(筆語)

세 분께 아룀. 송강: 오늘 외람되이 보잘 것 없는 제가 훌륭한 그대들을 보게 되었으니 말할 수 없이 큰 행운입니다. 공들이 해륙(海陸) 만리를 오심에 배와 수레가 아무 탈이 없었으니 경하(敬賀) 드립니다.

답함. 구헌: 말씀하신대로입니다. 지나친 칭찬은 제가 감당할 수 없습니다.

물음. 송강: 귀국의 인삼은 모두 산에서 자생합니까? 아니면 재배하는 방법이 있습니까?

---

34 자연(紫烟): 깊은 산속에 이는 자줏빛 이내로, 신선의 세계를 뜻하기도 한다.

35 서검(書劍): 글[書]은 문(文)을 배우는 것이요, 검(劍)은 무(武)를 배운다는 것인데, 문무(文武)의 재주를 지녔다는 말이다.

답함. 구헌: 약초에 대해서는 제가 알지 못합니다.

물음. 구헌: 송본(松本)은 어느 주(州)에 속합니까?

답함. 송강: 송본성(松本城)은 신농주(信濃州)에 있습니다.

물음. 구헌: 그대는 몇 세이십니까?

답함. 송강: 기축생(己丑生)[36]입니다. 제 나이가 벌써 불혹(不惑)이 되었으니 부끄럽고 부끄럽습니다.

물음. 구헌: 강호성(江戶城) 안에 있습니까?

답함. 송강: 그렇습니다.

물음. 송강: 평양의 경치는 매우 뛰어나다고 하는데, 공께서는 응당 이름난 곳을 두루 다녔을 것이니 대략이나마 들을 수 있겠습니까?

이때에 호조(戶曹)의 월극민(越克敏) 등이 와서 주고 답한 글이 뒤섞이는 바람에 이 물음에 대한 구헌의 대답이 없다.

---

36 기축생(己丑生): 1709년이다.

○

> 봉서 일본국 대군[37] 전하(奉書日本國大君殿下)
>
> 조선 국왕 이금[38] 근봉(朝鮮國王李昑謹封)

조선 국왕 이금은 일본국의 대군 전하께 삼가 올립니다. 빙문을 하지 않은 지가 지금까지 30년이 되었습니다. 멀리서 듣자하니, 전하께서 기업(基業)을 이으셔서 사방을 편안하게 하셨다하니 아름다운 소문이 미치는 바에 치솟는 기쁨을 어찌 그치겠습니까. 경하 드리고 우호를 다지지는 것이 예에 마땅하기에 사신을 보내 이웃나라와 우의를 맺고자 합니다. 이에 변변치 못한 것들로 멀리서 기쁨을 드러내니, 바라건대 더욱 옛 우호를 돈독히 다지고 영원토록 많은 복을 받으십시오. 이만 줄입니다.

정묘(丁卯)년[39] 11월 일 조선국왕 성 휘[40](朝鮮國王姓 諱)

별폭(別幅)

인삼 50근, 대수자(大繻子)[41] 10필, 대단자(大緞子)[42] 10필, 백저포(白苧

---

37 대군(大君): 일본 막부(幕府)의 대장군(大將軍)을 이르는 말로, 통상 관백(關白)이라 일컫는다. 인조 14년(1636)의 통신(通信) 이후 '대군'으로 공식 호칭하였다. 이때의 대군은 덕천가중(德川家重(源家中), 도쿠가와 이에시게)으로, 강호막부(江戶幕府) 제 9대장군이다. 재위 1745~1769.

38 이금(李昑): 조선 21대 왕인 영조(英朝)의 이름이다.

39 정묘(丁卯)년: 1747년(영조 23)으로 무진 통신사가 일본으로 가기 한 해 전이다.

40 휘(諱): 그 이름을 직접 부르거나 쓰는 것을 꺼려서 쓰는 말이다.

41 대수자(大繻子): 두텁고 매끈하며 윤이 나는 비단의 한 종류이다.

42 대단자(大緞子): 비단의 한 가지로, 수자(繻子)보다 윤이 더 나고 색실로 무늬를 넣어

布)[43] 30필, 생저포(生苧布)[44] 30필, 백면주(白綿紬)[45] 50필, 흑마포(黑麻布) 30필, 호피(虎皮) 15장, 표피(豹皮) 20장, 청서피(靑黍皮)[46] 30장, 어피(魚皮)[47] 100장, 색지(色紙) 30권, 채화석(彩花席)[48] 20장, 각색필(各色筆)[49] 50병, 참먹[眞墨] 50홀, 황밀(黃蜜)[50] 100근, 청밀(淸蜜)[51] 100기(器) 매 항아리마다 1두(斗), 응자(鷹子)[52] 20련(連), 준마(駿馬) 2필.

끝.

정묘년 11월 일 조선 국왕 이금

거듭 이와 같이 문후를 올립니다.

짠 것이다.

43 백저포(白苧布): 누이어 희게 한 모시이다.

44 생저포(生苧布): 누이지 않은 모시이다.

45 백면주(白綿紬): 누인 명주이다.

46 청서피(靑黍皮): 담비 종류의 짐승의 털가죽으로, 청(靑)은 청색 또는 청색 돈는 검정, 회색(灰色) 등을 나타내는 말이다.

47 어피(魚皮): 물고기의 가죽이다. 대개 상어의 가죽을 말한다.

48 채화석(彩花席): 빛깔 있는 꽃무늬를 놓은 자리이다.

49 각색필(各色筆): 여러 품종의 붓을 말한다.

50 황밀(黃蜜): 꿀벌집의 주성분으로서 꿀을 짜 낸 뒤에 남은 찌끼를 끓여서 만들며, 빛이 노랗다. 초[燭]를 만들거나 약재(藥材) 등에 쓰인다. 황랍(黃蠟), 밀랍(蜜蠟).

51 청밀(淸蜜): 꿀.

52 응자(鷹子): 매.

○

> 경복 조선 국왕 전하(敬復朝鮮國王殿下)
>
> 일본국 원가중 근봉(日本國源家重謹封)

일본국 원가중은 조선 국왕 전하께 삼가 답장합니다. 빙문으로 우호를 다지고 글로 신의를 통함에 기거(起居)가 편안하심을 곧 알게 되었으니 진실로 경하드립니다. 이제 선인의 전통을 크게 보전하여 나라의 기틀을 견고히 하고, 옛 전장(典章)을 따라서 새로운 정사를 편다는 말을 들으시고 폐백을 매우 많이 보내주셨으니, 예의(禮意)가 매우 두텁습니다. 이것으로 양국이 교제하는 우의를 표하시니, 영세토록 두텁게 신뢰를 다지게 될 줄 더욱 알겠습니다. 그래서 애오라지 토산물을 돌아가는 사신에게 부칩니다. 바라건대 양국의 친목을 잃지 않아 큰 복을 기약합니다.

연향 5년 무진년 월 일

일본국 원가중

별폭(別幅)

첩금육곡병풍(貼金六曲屛風)[53] 20쌍, 묘금안구(描金鞍具)[54] 20부(副), 찰금지갑(擦金紙匣) 5부(副), 찰금연갑(擦金硯匣) 5부(副), 염견(染絹) 100필, 채주(綵紬) 200단(端).

---

53 첩금육곡병풍(貼金六曲屛風): 금박(金箔)을 올린 여섯 구비로 접는 병풍을 말한다.
54 묘금안구(描金鞍具): 묘금은 금·은·칠(漆) 등으로 그리거나 그것을 붙여서 꾸미는 것이고, 안구는 안장에 딸린 제구, 곧 부속품(附屬品)이다.

이와 같이 확실함.

연향 5년 무진년 월 일

일본국 원□□

○ 에도의 대납언(大納言)[55]에게

별폭(別幅)

인삼 30근, 대단자 10필, 무문능자(無紋綾子) 20필, 백저포 30필, 흑마포 10필, 호피 10장, 표피 15장, 청서피 15장, 어피 100장, 색지 30권, 각색필 50병, 참먹 50홀, 화연(花硯) 5면(面), 응자 10련, 준마 2필 안구(鞍具)포함

끝.

정묘년 11월 일

○ 대납언(大納言)으로부터

별폭(別幅)

묘금안(描金案) 2장, 염견 100필, 염화릉(染華綾) 200단.

이와 같이 확실함.

연향 5년 무진년 월 일

일본국 원□□

---

55 대납언(大納言): 태정관(太政官)의 차관인데, 국정에 참여하여 가부를 천황에게 아뢰고 선지(宣旨)를 전달하던 벼슬이다. 아래로 중납언(中納言)·소납언(少納言)이 있다.

○ 에도의 대어소(大御所)⁵⁶에게

별폭

인삼 10근, 대순자(大純子) 12필, 백저포 20필, 생저포 20필, 호피 15장, 표피 15장, 색지 30권, 각필 50병, 참먹 50홀, 화연 5면, 응자 10련, 준마 2필 안구(鞍具)포함

끝.

정묘년 11월 일
조선국왕성 휘

○ 대어소(大御所)로부터

별폭(別幅)

찰금시회대자(擦金蒔繪臺子) 2식(飾) 모든 도구는 은으로 꾸며져 있다, 사주(絲紬) 100단, 면(綿) 500파(把).

이와 같이 확실함.

연향 5년 무진년 월 일
일본 국왕 원□□

삼사(三使)가 각자 선물을 나누어 줌

인삼 1근, 호피 2장, 백조포(白照布) 5필, 참먹 20병, 황모필, 부용향

---

56 대어소(大御所): 장군의 아버지 또는 전장군의 처소, 또는 그 사람을 지칭하기도 한다.

(芙蓉香)[57] 20매(枚), 응자(鷹子) 1련.

계(計).

○ 에도의 어노중(御老中)[58]에게

조선국 예조참판 이광세(李匡世)[59]는 일본국 집정(執政) 원공(源公)께 삼가 올립니다. 귀국의 대군께서 훌륭한 전통을 이어 선인의 공렬을 돈독히 하였다는 말을 멀리서 듣고 우리 전하께서 옛 우호를 계속 이을 것을 생각하셨습니다. 그래서 사신을 파견하여 폐백을 올리고 경하하게 하였으니, 이는 진실로 이웃나라와 친목하고 신뢰를 돈독히 하는 정의(情誼)입니다. 바라건대 새로운 정사를 보필하여 영원히 큰 복을 누리십시오. 토산물은 변변치 못하지만 웃으면서 받아주시면 다행이겠습니다. 아울러 살펴주기를 바랍니다. 이만 줄입니다.

정묘년 11월 일

예조참판 이광세

별폭

호피 2장, 백저포 10필, 백면주 10필, 흑마포 5필, 화석(花席) 5장, 유

---

57 부용향(芙蓉香): 혼례식 때 행렬 앞에서 피우는 향으로, 손가락만 한 굵기에 5치 정도
 의 길이이다.

58 어노중(御老中): 에도막부의 직제(職制)중 하나이다.

59 이광세(李匡世): 1679~?. 1715년(숙종 41) 사마시를 거쳐 1719년(숙종 45) 춘당대시
 (春塘臺試)에 급제하였다. 한성부 판윤, 예조 참판, 호조 참판, 안악 군수 등을 역임한
 뒤 벼슬을 버리고 낙향하였다.

둔(油芚)[60] 5부(部), 응자 1련.

끝.

정묘년 11월 일

예조참판 이광세

○ 어노중(御老中)으로부터

일본국 집정 모는 조선국 예조참판께 삼가 답장을 올립니다. 멀리서 편지를 받고 감동되어 몇 번을 읽었습니다. 우리 대군께서 선인의 전통을 이었다는 말을 귀국이 듣고서, 삼사(三使)가 와서 축하하며 폐백을 올리고서 교린의 정의(情誼)를 펴니, 예경(禮敬)이 매우 극진합니다. 우리에게도 은혜를 베풀어 두터이 돌보아 주시니, 기쁜 마음 감당할 수 없어 무어라 사례해야 할지 모르겠습니다. 이에 별폭으로 조그만 정성을 드리오니 아울러 살펴주시기 바랍니다. 이만 줄입니다.

연향 5년 무진 월 일

일본국 집정 성명

별폭

백은(白銀) 100매, 면(綿) 100파.

끝.

연향 5년 무진년 월 일

일본국 집정 성명

---

60 유둔(油芚): 비올 때 쓰기 위하여 이어 부친 두꺼운 유지(油紙)이다.

○ 에도의 소사대(所司代)[61]에게

조선국 예조참판 이광세는 일본국 경윤(京尹) 원공께 삼가 올립니다. 일전에 귀국의 대군께서 내선(內禪)[62]을 새로 받아 선인의 공렬을 크게 이었다는 말을 듣고, 우리 전하께서 옛 우호를 이을 것을 생각하셔서 이일로 사신을 파견하여 폐백을 올리고 축하하게 하였습니다. 이는 더욱 성신(誠信)을 돈독히 하고 힘써 교린을 다지는 정의입니다. 바라건대 새로운 교화를 삼가 드날려서 영원히 큰 복을 누리십시오. 변변치 못한 토산물은 웃으며 받아주시면 다행이겠습니다. 아울러 살펴 주십시오. 이만 줄입니다.

정묘년 11월 일

예조참판 이광세

별폭

호피 1장, 표피 1장, 백저포 5필, 참먹 10홀, 흑마포 5필, 석린(石鱗)[63] 1근, 잣 1말, 응자 1련, 막피(莫皮) 10장.

계.

예조참판 이광세는 본국에서 일본의 영신(令臣)께 서한을 올립니다.

---

61 소사대: 에도 시대에 치안을 담당했던 부서이다.

62 내선(內禪): 임금이 왕세자에게 양위(讓位)는 하였으나 아직 즉위(卽位)의 예(禮)를 올리지 않은 것을 말한다.

63 석린(石鱗): 돌비늘 곧 운모(雲母)이다.

○ 한인내조명적(韓人來朝名籍)

정사(正使) 통정대부 이조참의 지제교(通政大夫吏曹參議知製教) 홍계희(洪啓禧), 자는 순보(純甫), 호는 담와(澹窩).

부사(副使) 통훈대부 행홍문관전륜 지제교 겸 경연시강관 춘추관편(通訓大夫行弘文館典輪知製教兼經筵侍講官春秋官編) 남태기(南泰耆), 자는 낙수(洛叟), 호는 죽리(竹裡).

종사(從事) 통훈대부 행홍문관전륜 지제교 겸 경연시강관 춘추기주관(通訓大夫行弘文館典輪知製教兼經筵侍講官春秋記註官) 조명채(曹命采), 자는 주향(疇鄉), 호는 난곡(蘭谷).

상상관(上上官) 3인 첨지 박상순(朴尙淳), 첨지 현덕연(玄德渊), 첨지 홍성귀(洪聖龜).

상판사(上判事) 3인 첨정(僉正) 정도행(鄭道行), 훈도(訓導) 이창기(李昌基), 주부(主簿) 김홍철(金弘喆).

제술관(製述官) 1원 전적(典籍) 박경행(朴敬行).

서기(書記) 3원 봉사(奉事) 이봉환(李鳳煥), 봉사(奉事) 유후(柳逅), 진사(進士) 이명계(李命啓).

차상판사(次上判事) 2원 판관(判官) 박종대(朴宗大), 주부(主簿) 황대중(黃大中).

압물판사(押物判事) 4원 판관(判官) 황후성(黃垕成), 첨정(僉正) 최학령(崔鶴齡), 주부(主簿) 최숭제(崔嵩齊).

양의(良醫) 1원 유학(幼學) 조숭수(趙崇壽).

의관(醫官) 2원 주부(主簿) 조덕조(趙德祚), 주부(主簿) 김덕륜(金德侖).

사자관(寫字官) 2원 동지(同知) 김천수(金天壽), 호군(護軍) 현문귀(玄文龜).

화원(畫員) 1원　주부(主簿) 이성린(李聖麟).

정사군관(正使軍官) 7원

부사군관(副使軍官) 7원

종사군관(從事軍官) 7원

별파진(別破陣) 2인

마상방(馬上方) 2인

이마(理馬) 1인

전악(典樂) 2인

반당(伴倘)[64] 3인

기선장(騎船將) 3인

이상 상상관으로부터 상관(上官)·차관(次官)에 이르기까지 52원이다.

도훈도(都訓導) 3인

복선장(卜船將) 3인

예사직(禮事直) 3인

청직(廳直) 3인

반전직(盤纏直) 3인

소통사(小通事) 10인

소동(小童) 16인

삼사신 노자(三使臣奴子) 6인

일행노자(一行奴子) 46인

---

64 반당(伴倘): 사신이 자비(自費)로 데리고 간 종자(從者)를 뜻한다.

흡창(吸唱) 6인

사령(使令) 16인

취수(吹手) 18인

도척(刀尺) 6인

포수(炮手) 6인

독봉지(纛捧持) 2인

형명기상봉지(形名旗上奉持) 4인

기수(旗手) 8인

이상 중관(中官)은 163인이다.

하관(下官)은 262명이다.

내기복선사공(內騎卜船沙工) 24명.

도합 477인이다.

韓客對話贈答

延享戊辰年六月五日，於淺草 本願寺，朝鮮製述官朴敬行、書記李鳳煥·李命啓會自午至酉，柳逅有病不出。我國同行八人就東席，韓人就西席，各二揖畢，互通名刺。

名刺【縱八寸七分，橫三寸九分。】　　緋唐紙書

僕姓多湖，名宜，字玄室，號松江，林祭酒門人，松本侯醫官。

僕姓朴，名敬行，字仁則，號矩軒，年三十九，以製述官來。

僕姓李，名鳳煥，字聖章，號濟菴，年三十九，以正使書記來。

僕姓李，名命啓，字子文，號海皐，年三十五，以從事書記來。

『贈朴矩軒』　　　多湖松江

蓬嶋層雲結似龍，星槎萬里訪奇蹤。知君來路登仙夢，跨我芙桑第一峰。

『和』　　　矩軒

風雨禪樓動函龍，衣冠萬里躡仙蹤。欲知海上思歸意，睡後支頤數遠峰。

『再和』　　　松江

不才何幸得登龍，一起風雲難逐蹤。別後可堪相思夜，天涯明月隔群峰。

『贈李濟菴』　　　松江

五月輕衫意氣清，人尋黃鶴到江城。樓中無奏『梅花笛』，恐動關山萬里情。

『和』　　　李濟菴

花骨雲彩徹底清，三峯筆力五言城。萬里相逢還作別，滿天風雨下樓情。

『再和』　　　松江

樓上仙風吹我清，來遊疑是紫霞城。秖今幸值賓筵盛，繾綣相投縞紵情。

『贈李海皐』　　　松江

鶴背長風颯爾開，仙城樽酒此徘徊。蓬萊水淺三千里，盡屬翩翩書記才。

『和』　　　李皐

棕、橘交鳴雨不開，樓光海色共裵徊。天涯淹病詩情倦，難試江君已盡才。

『再和』　　松江
城外祗園客館開, 彩雲此地久低徊。因君又見靑蓮後, 斗酒百篇敏捷才。

『贈柳逅』【此日柳逅有病不出, 附對州書記大浦益之進, 傳送。】　　仝
信槎星轉漢陽城, 綠樹黃鸝多遠聲。不是群仙貪逸擧, 爭看初日出桑瀛。

『贈席上諸君子』　　海皇
爲客長思歲月催, 愁將翰墨向人開。蟬聲不道樓臺隔, 林氣常隨風雨來。別恨連雲終易散, 歸心如海不知廻。仙鄉文酒依依過, 棕、橘秋生一任哀。

『和』　　松江
簾外雨過涼風催, 襟懷此日爲君開。驛亭靑嶽映車出, 祗苑綠陰入檻來。彩筆如椽虹忽見, 綸巾似玉月全廻。客心不待秋風起, 漫道吳江 張子哀。

『贈諸君子』　　濟菴
雲氣尋常徐福村, 錦帆東下極天根。仙方久廢霜侵髮, 海客相逢酒滿樽。眼閱歐巴聞瑪寶, 詩聯石鼎戲軒轅。明晨鞍馬蒼茫去, 風雨西樓不可諼。

『和』　　松江
倚鞍經歷幾江村, 長夏看山坐石根。客裡愁心嘆白髮,'眼前交意屬靑

樽。催歸欲動雙龍旆, 臨別難攀駟馬轅。君到漢陽東向見, 芙蓉雪色莫相諼。

『奉呈席上諸君子·求和』　　　矩軒
擎出龍樓五色縅, 王靈鼓舞百神咸。劍虹在匣星應識, 石血流津草未蔓。南極小川收短筆, 先王札樂在孤帆。天地一躔仙緣重, 萬里冷風滿客衫。

『和』　　　松江
竹林鬱鬱碧雲縅, 滿坐清風憶阮咸。桂向月宮曾早折, 草生兩砌若常蔓。高歌漫擊市中筑, 歸思應望海上帆。男子由來四方志, 莫言舟裏濕青衫。

『贈席上諸君子』　　　海皐
暑雨炎雲與疾侵, 瓊瓜投夜自無心。『高山流水』留餘債, 晴日涼天願更尋。

『和』　　　松江
盛夏不堪溽熱侵, 兩餘涼風愜人心。喜看四海同文日, 言外清談紙上尋。

『贈矩軒』　　　松江
大海向東日夜流, 輕風吹送使臣舟。潮聲曉破故園夢, 物色星移絶城遊。語異惟看揮麈尾, 興闌何用問刀頭。萍逢千載新知樂, 暫爾樽前慰客愁。

『和』　　矩軒

華筵日日盛風流, 風送扶桑萬里舟。小雨催成萬寺詠, 一杯留與羽人遊。同文舊夢還靑眼, 跨海孤懷欲白頭。莫道仙區饒勝景, 旅人何處不生愁。

『兼寄二書記』　　松江

海外靈區似上天, 柁樓望月幾回圓。風謠行見詩三百, 『道德』來留言三¹千。身作使星侵夜早, 名遺仙島向人傳。莫愁相遇方靑²異, 何地看才不可憐。

『臨別贈諸君子』　　濟菴

金鏤霞冠駟玉虯, 義和弭節送行輈。風殮霧宿五千里, 水遠山長六十州。菡萏池開雲影細, 菱花壁晴雨聲幽。靈犀一點煩相照, 言語怡憑彩筆頭。

『同』　　矩軒

乾坤只一氣, 區域有群分。別席殊方雨, 歸舟故園雲。關河留遠夢, 衣佩襲淸芬。海上他宵月, 依依每見君。

『贈紫峯東巖二子』【二子, 則寫字官也。】　　松江

仙史彩毫破紫烟, 芙蓉秀色倚樓前。一從書劍留江上, 忽使五雲此地懸。

○ 筆語

稟三君。松江: 今日叨以蒹葭對玉樹, 多幸不可言。公等海陸萬里, 舟車無恙, 敬賀敬賀。

答。矩軒: 如諭如諭。過獎所不敢當。

問。松江: 貴邦人蓂³皆自生山中者乎? 培養亦有法乎?

答。矩軒: 藥草之品, 非余所知。

問。仝: 松本屬何州乎?

答。松江: 松本城, 在信濃州。

問。矩軒: 貴庚幾何?

答。松江: 己丑生。犬馬之齡, 已至不惑, 可慚可慚。

問。矩軒: 在江戶城內乎?

答。松江: 然然。

---

3 蓂: 문맥상 "蔘"의 오자인 듯하다.

問。<u>松江</u>: 聞<u>平壤</u>勝景最多, 公經歷應遍名目, 大畧可得聞乎?

此時水府<u>越克敏</u>等來, 贈答雜集, <u>矩軒</u>無此答。

> 封書日本國大君 殿下
> 朝鮮國王李昑 謹封

<u>朝鮮國王李昑</u>, 封書<u>日本國</u>大君殿下。聘問之曠, 今垂卅載, 逖承殿下紹有基圖, 撫寧方域, 休問所及, 欣聳豈已。致慶修睦, 於禮則然。肆遣峕价, 用展隣誼。不腆[4]仍表遠悅, 惟冀益敦舊好, 永膺洪祉。不備。

丁卯年十一月　日

<u>朝鮮國王</u>姓　諱

別幅

人蔘伍十觔【斤之俗字】, 大繻子壹拾匹, 大緞子壹拾匹, 白苧布參拾匹, 生苧布參拾匹, 白綿紬伍拾匹, 黑麻布參拾匹, 虎皮壹拾伍張, 豹皮貳拾張, 靑黍皮參拾張, 魚皮壹百張, 色紙參拾卷, 彩花席貳拾張, 各色筆伍拾柄, 眞墨伍拾笏, 黃蜜壹百觔, 淸蜜壹百器【每缸壹斗】, 鷹子貳拾連, 駿馬貳匹。

際。

丁卯年十一月　日

<u>朝鮮國王李昑</u>

【疊候上如此】

---

4 腆: 厚也.

> 敬復朝鮮國王殿下
> 日本國源家重　謹封

日本國　源家重, 敬復朝鮮國王殿下。聘問修好, 書辭通信, 就審起居泰寧, 寔切嘉慶。酒今聞誕保前緒, 以固邦基, 仍率舊章, 爰叙新惟, 幣儀旣多, 禮意愈深。所以彰兩國交際之誼, 益知永世講信之厚也。聊將土宜, 附諸歸使, 惟冀親睦無違, 休祥可期。

延享五年戊辰月日　日本國　源家重

　別幅

贈金六曲屏風貳拾雙, 描金鞍具貳拾副, 擦金紙匣伍副, 擦金硯匣伍副, 染絹壹百匹, 綵紬貳百端。

整。

延享五年戊辰月日

日本國　源□

大納言君【江】

　別幅

人蔘參拾劶, 大緞子壹拾匹, 無紋綾子貳拾匹, 白苧布參拾匹, 黑麻布壹拾匹, 虎皮壹拾張, 豹皮壹拾伍張, 靑黍皮拾伍張, 魚皮壹百張, 色紙參拾卷, 各色筆伍拾柄, 眞墨伍拾笏, 花硯伍面, 鷹子壹拾連, 駿馬貳匹【鞍具】。

　際。

丁卯年十一月　日

大納言君【より】

　別幅

描金案貳張, 染絹壹百匹, 染華綾貳百端。

　整。

延享五年戊辰　月　日

日本國　源□

大御所君【江】

　別幅

人蔘壹拾觔, 大純子壹拾貳匹, 白苧布貳拾匹, 生苧布貳拾匹, 虎皮壹拾伍張, 豹皮壹拾伍張, 色紙參拾卷, 各筆伍拾柄, 眞墨伍拾笏, 花硯伍面, 鷹子壹拾連, 駿馬貳匹【鞍具】。

　際。

丁卯年十一月　日

朝鮮國王姓　諱

大御所君【より】

　別幅

擦金蒔繪臺子貳節【諸具銀備矣】, 絲紬壹百端, 綿伍百把。

　整。

延享五年戊辰月日

日本國王原　□

御三家右情門君刑部卿君

三使自分音物

人蔘壹劯, 虎皮貳張, 白照布伍匹, 眞墨貳拾柄, 黃毛筆等對, 芙蓉香
貳拾枚, 鷹子壹連。

　　計。

御老中【江】

朝鮮國禮曹參判李匡世, 奉書日本國執政源公閤下。 逖聞貴大君嗣
有令緒, 克篤前烈, 我王殿下思續舊好, 差使价, 奉弊馳賀, 此誠睦隣敦
信之誼也。惟冀輔弼新政, 永扶浩祚。不腆土宣莞領是幸, 統希崇亮。
不備。

　丁卯年十一月　日

　禮曹參判李匡世

　　別幅

虎皮貳張, 白苧布拾匹, 白綿紬拾匹, 黑麻布伍匹, 花席伍張, 油芚伍
部, 鷹子壹連。

　　際。

　丁卯年十一月　日

　禮曹參判李匡世

御老中【より】

日本國執政姓名, 敬答朝鮮國禮參判公閤下。 遙惠華簡, 薰誦數遍。
貴國聞我大君克承前緒, 三使來賀, 奉弊以陳隣交之誼, 禮敬愈睦。吾
亦蒙恩惠以遇盛眷, 無任歡抃[5], 不知所謝。乃將別幅, 庸致寸悃, 統希
丙鑒。不備。

---

5 抃: 悅.

延享五年戊辰　月　日

日本國執政姓　名

　別幅

白銀壹百枚, 綿壹百把。

　際。

延享五年戊辰　月　日

日本國執政姓　名

所司代【江】

朝鮮國禮曹參判李匡世, 奉書日本國京尹源公閣下。嚮聞貴大君新受內禪, 丕紹前烈, 我王殿下思續舊好, 專差使价, 奉弊馳賀, 蓋以益篤誠信, 勉修隣睦之誼也。惟冀奉揚新化, 永扶洪祚。不腆土宜莞領是幸。絃希崇亮。不備。

丁卯年十一月　日

禮曹參判李匡世

　別幅

虎皮壹張, 豹皮壹張, 白苧布伍匹, 眞墨拾笏, 黑麻布伍匹, 石鱗壹斤, 柏子壹斗, 鷹子壹連, 莫皮拾張。

　計。

禮曹參判李匡世, 在國贈書翰於日本令臣。

　韓人來朝名籍

正使【通政大夫吏曹參議知製教洪啓禧, 字純甫, 號澹窩】, 副使【通訓大夫行弘文館典輪知製教兼經筵侍講官春秋官編南泰耆, 字洛叟, 號竹裡】, 從事【通訓大夫行弘文館典輪知製教兼經筵侍講官春秋記註官曹命采, 字疇鄉, 號蘭谷】, 上上官三人【僉知朴

尙淳, 僉知玄德淵, 僉知洪聖龜】, 上判事三人【僉正鄭道行, 訓導李昌基, 主簿金弘
喆】, 製述官一員【典籍朴敬行】, 書記三員【奉事李鳳煥, 奉事柳逅, 進士李命啓】, 次
上判事二員【判官朴宗大, 主簿黃大中】, 押物判事四員【判官黃昰成, 僉正崔鶴齡,
主簿崔嵩齊】, 良醫一員【幼學趙崇壽】, 醫官二員【主簿趙德祚, 主簿金德侖】, 寫字
官二員【同知金天壽, 護軍玄文龜】, 畫員一員【主簿李聖麟】, 正使軍官七員, 副
使軍官七員, 從事軍官三員, 別破陣二人, 馬上方二人, 理馬一人, 典樂
二人, 伴倘三人, 騎船將三人。

　　以上自上上官, 至上官次官, 五十二員。

　　都訓導三人, 卜船將三人, 禮事直三人, 廳直三人, 盤纏直三人, 小通
事十人, 小童十六人, 三使臣奴子六人, 一行奴子四十六人, 吸唱六人,
使令十六人, 吹手十八人, 刀尺六人, 炮手六人, 纛捧持二人, 形名旗上
奉持四人, 旗手八人。

　　以上中官, 百六十三人。

　　下官, 二百六十二名。
　　內騎卜船沙工二十四名。
　　　合四百七十七人。

【영인자료】

長門戊辰問槎
韓客對話贈答

下官二百六十二名
內騎卜舩沙工二十四名

合四百七十七人

都訓導三人
　　　　　卜舡將三人
禮事直三人
　　　　　廳直三人
盤纏直三人
　　　　　小通事十人
小童十六人
　　　　　三使臣奴子六人
一行奴子四十六人
　　　　　吸唱六人
使令十六人
　　　　　吹手十八人
刀尺六人
　　　　　炮手六人
毒癩棒持二人
　　　　　形名旗上奉持四人
旗手八人
　　以上中官百六十三人

寫字官二負　同知金天壽

護軍丟文龜

醫負一負　主簿李聖欐

正使軍官七負　副使軍官七負

從事軍官三負　別破陣二人

馬上方二人　理馬一人

典樂二人　伴倘三人

騎舩將三人

以上自上々官至上官次官五十二負

42

書記三員　奉事李鳳煥
　　　　　奉事柳逅
　　　　　進士李命啓

次上判事貳員　刑官朴宗大
　　　　　　　主簿黃大中

押物判事貳員　刑官黃壺成〔右ノ壺ハノ字〕
　　　　　　　主簿僉正崔鶴齡
　　　　　　　主簿崔嵩喬

良醫一員　幼学　趙崇壽
卽、

醫官二員　主簿蔣德祐
　　　　　主簿金德崙

41

韓人来朝ノ名籍

正使　通政大夫吏曹参議知製教、
　　　洪啓禧字純甫号澹窩

副使　通訓大夫行弘文館典輪知製教兼経筵侍講官
　　　春秋官編南泰耆字号竹裡

從事　通訓大夫行弘文館典輪知製教兼経筵侍講官
　　　春秋記註官曹命采字曙郷号蘭谷

上々官三人
　　　僉知朴尚淳
　　　僉知玄德潤
　　　僉知洪聖亀

上判事三人
　　　僉正鄭道行
　　　副導李昌墓
　　　主簿金弘喆

副述官一負　典籍　朴敬行

40

真墨拾笏

黑麻布伍匹

石鱗壹斤

栢子壹斗

鷹子壹連

臭皮拾張

　　計

禮曹參判李匡世

　　在囯贈書翰於日本令臣

洪祐不賟土宜
荒領是韋統希
崇亮不備

丁卯年十一月日
礼曹参判李　匡世

別幅
虎皮壹張
豹皮壹張
白苧布伍匹

38

所司代 江

朝鮮國禮曹參判李匡世　奉書

日本國京尹源公　閣下

竊聞

貴大君新受

內禪丕緒

前烈我

王殿下思續舊好尊差使价奉幣馳賀

蓋以益篤誠信勉修隣睦之誼也惟冀奉揚

新化永扶

兩鑑ヲ不備

延享五年戊辰月日

日本国執政姓　名

　別幅

　　白銀壹百枚

　　綿壹百把

　　　　　賒

延享五年戊辰月日

日本国執政姓　名

朝鮮國禮参判公　閣下

遙惠

華簡薰誦數遍

貴國聞我

大君克承前緒

三使束賀奉幣以陳鄰交

之誼禮敬愈睦吾亦蒙

恩惠以過

盛春無任歡抃不知所謝

乃將別幅庸致寸悃統希

黑麻布伍匹
花席伍張
油芚伍部
鷹子壹連
　　　　陰

丁卯年十一月日
　　禮曹參判李 匤丗

御先中ヨリ
日本國執政姓 名 敬荅

34

浩祚不聰主宜

荒領是幸統希

崇亮不備

丁卯年十一月日

禮曹參判李　匡世

別幅

虎皮貳張

白苧布拾匹

白綿紬拾匹

御老中江

朝鮮国禮曹参判李子匡世　奉書

日本国執政　源公　閣下

逖聞

貴大君嗣有　令緒克篤

前烈我

王殿下思續奮好差使价奉幣馳賀此誠

睦隣敦信之誼也惟冀輔翼

新政永扶

御三家

右楊門君

刑部御君

人參壹觔　　三使自分音物

虎皮貳張

白照布伍匹

真大墨貳拾挺

黃毛筆貳拾對

芙蓉香貳拾枚

屬子壹連

　　計

31

朝鮮國王姓　諱

大御所君ヨリ
　　別幅

擢金蒔繪臺子貳飾　　諸具銀備兵

綟紬壹百端

綿伍百把
　　　整

延享五年戊辰月日

日本国王原　□

30

大御所君 正
　別幅
人參壹拾觔
白苧布貳拾疋
虎皮壹拾伍張
色紙參拾卷
真墨伍拾笏
鷹子壹拾連
丁卯年十二月　日
　　　　隙

大純子壹拾貳疋
生苧布貳拾疋
豹皮壹拾伍張
各筆伍拾枝
花硯伍面
駿馬貳匹　鞍具

29

大納言君ョリ　別幅

描金案貳張

染華綾貳百端
整

延享五年戊辰月日

日本國源□

染繻壹百匹

28

大納言君江

別幅

人參參拾觔

無紋綾子貳拾匹　自莖布參拾匹

虎皮壹拾張

黑麻布壹拾匹

青黍皮拾伍張

豹皮壹拾伍張

色紙參拾卷

臭皮壹石張

真黑伍拾笏

各色筆伍拾柄

鷹子壹拾建

花硯伍面

隮

駿馬貳匹　鞍具

丁卯年十一月日

整

延享五年戊辰月日

日木国源□

禮意愈深所以彰兩國交際之誼益知永世講

信之亭也聊將工宜附諭歸使惟冀親睦無

違休祥可期

日本国源 家室

延享五年戊辰月日

別幅

貼金六曲屛風貳拾雙　描金鞍具貳拾副

擦金紙匣伍副　擦金硯匣伍副

染絹壹百匹　絲紬貳百端

25

疊假上ニ九比

敬　復

朝鮮國主ノ殿下ニ

日本國源家重謹封

日本國源家重

朝鮮ノ國主ノ

聘問修好書辭通信就審ニ

敬復ニ

殿下ニ

起居泰寧寔切嘉慶廼今聞誕保前緒以回

邦基仍牽奮章爰叙新惟ヲ

幣儀甎多

24

臭皮壹百張

彩花席戴拾張

真墨伍拾笏

清蜜壹百器 每缸壹斗

駿馬戴匹
　　　隲

丁卯年十二月 日

朝鮮国王李昖

色紙參拾巻

各色筆伍拾柄

黃蜜壹百觔

鷹子戴拾連

永膺洪祉不備

丁卯年十一月　日

朝鮮国主姓　諱

別幅

人参伍十觔　竹之俗字

大緞子壹拾匹

生苧布参拾匹

黑麻布参拾匹

豹皮戴拾張

大縞子壹拾匹

白苧布参拾匹

白綿紬伍拾匹

虎皮壹拾伍張

青黍皮参拾張

22

朝鮮國王李昑　奉書
日本國大君　殿下
聘問之曠今壷卅載逖承
殿下紹有
基圖
撫寧方域
休聞所及欣聳宣己致
慶修駕於禮則然肆遣崇价用展隣誼
不聸仍表遠帆惟冀
益敦舊好

興ハ雲子也
帆ハ悦ヲ

大君殿

圖書頭度

三使、一度

筆士、一度　　金會

丁卯六月

書簡ヲ下ヶ上ニ〆此

奉　書

日本國大君殿下　朝鮮國王李［昤］謹封

20

寮中玄生　　安義明吾　　寮中玄生　　若池蓋荒

山形臺院之披閱　盃代名句　右披停豫之披閱　谷江吝疑

三日目　　　　　　　　三日目

寮僧　　　　　信月長八　多孫子　　加夜多之下

日　　　　　　知田深卿　寮中書生　椰原元長

并修搦船陛披閱　飯田喜春夏　多兩年多　哭承二郎

　　　　　　　　無湘玄室　寮中書生　居之笔六尓多

友堂浮稳雪披閱　炎浮名毒　寮中書生　疊之徑三尓多

寮中玄生　　保友孫生配　〆三拾人

19

韓客對話贈答

二日目

初日

官儒　林信言弖湯　官儒

日　源尾林万ゟ　日

學館　一色伯孝文　學館

松平隱岐守家內　君亦稚孝文

源步稚系距家內　源津守三男

色井隱岐故弖家內　井上修ゟゟ

松平大學政家內　本郷原喜

堀田お稼弖家內　今井源弖万

松平大學政家內　本郷原喜　町宅派士

堀田お稼弖家內　今井源弖万　堀田お稼弖家內

18

此時水府越兒敏等来贈荅雜集矩斬無

此荅

貴庚幾何ゾ

答

己丑生犬馬之齡已至不惑可慚々々　松江

問

在江戸城内乎

答

然リ〻　矩軒

問　杏江

聞平壤勝境最多公經歷應遍名自大畧可得聞乎　杏江

16

如論々々過獎大戎不敢當

問
　　　　　　　　　　　　　　松江
貴邦人葠皆自生山中者乎培養亦有法乎

荅
　　　　　　　　　　　　　　菲軒
藥草之品非余頂知

問
　　　　　　　　　　　　　　全
松本屬何州乎

荅
　　　　　　　　　　　　　　玄江
松本城在信濃州

問
　　　　　　　　　　　　　　菲軒

15

贈紫山筆東岳二子　二子則写字官也

仙史ノ彩毫破紫煙　　茉蓉ノ秀色倚楼ノ前　松江

一従書劍留江ノ上　　忽使五雲此地懸ル上

筆話

　稟二君

今日叨以蒹葭對玉樹多幸不可言公等海　松江

陸萬里舟車無恙敬加賀

　答

　　　　　矩軒

14

薗菴
運華衫

莫愁相遇方青異

臨別贈諸君子

金鑄霞冠驅玉虬

風殘霧宿五千里

蒸舊池開雲影細

靈犀一點煩相照

同

何地看才不可憐
　　　　濟菴

義和弭節送行軺

水遠山長六十州

葵花壁晴而声幽

言語怡憑彩筆頭
　　　　矩軒

乾坤只一氣　區域有群分

帰舟故国雲　開河留遠夢

海上他鄉月　依々無見君

別席殊方雨　衣佩襲清芳

薛逢千載新知樂

　和

華筵日々盛風流

小雨催成蕭寺詠

同文奮夢還青眼

莫道仙區説勝景

　　兼寄二書記

海外靈區似上天

風謠行見詩三百

身作使星侵夜暈

暫雨樽前慰客愁

　　矩軒

風送扶桑萬里舟

一杯留興羽人遊

跨海孤懷欲白頭

旅人何處不生愁

　　玄江

柁樓望月幾回圓

道德来留言三千

名遺仙島向入傳

12

贈席上諸君子

暑雨炎々雲興疾侵
高山流水留餘債

和

喜看四海同文日
盛夏不想溽熱侵

贈矩軒

大海向東日夜流
潮声曉破故園夢
語異惟看揮麈尾

海皋

瓊瓦投夜自無心
晴日凉天領更尋

杏江

雨餘凉瓦愜人心
言外清談紙上尋

杏江

輕凡吹送使臣舟
物色星移絶蛷遊
興闌何用問刀頭

奉呈席上諸君矣求和

擎出竜楼立色緘

叙虹在匣星應識

南極小川攻短筆

天地一蹉仙縁更

　　　和

竹林鬱々碧雲緘

桂向月宮曽早折

高歌漫撃市中筑

男子由来四方志

矩軒

玉靈敬舞百神咸

石血流津草未蔓

先王礼楽在孤帆

万里冷凡満客移

杏江

満坐清凡憶院咸

草生雨砌若常蔓

帰思應望海上帆

莫言毎裏濕青彩

贈諸君子

雲氣尋常徐福村
仙方久庽霜侵髮
眼閱歐巴旬瑪寶
明晨鞍馬蒼茫去

濟菴

錦帆東下極天根
海客相逢酒滿樽
詩聯名卼戲軒轅
凡雨兩西樓不可譲

咏

倚鞍經座幾江村
客裡愁心嘆白髮
催歸欲動雙竜旆
君到漢陽東向見

玄江

長夏看山坐石根
眼前交意屬青樽
臨別難攀馳馬轅
芙蓉雪色흇相護

贈席上諸君子

為客長思歳月催
蟬声不道楼臺隔
別恨連雲終易散
仙郷文酒依々廻

愁将翰墨向人開
林氣常随風雨来
帰心如海不知廻
椶橘秋生一任哀
　　　　海皐

和

簾外雨過涼凡催
駅亭青嶽映車出
彩筆如練虹忽見
客心不待秋凡起

標懐此日為君同
祇苑緑陰入檻来
繪巾似玉月金廻
漫道呉江張子宸
　　　　杏江

蓬萊水濱三千里　　　　盡屬翩々書記才

　和　　　　　　　　　　　　李皋

棕櫚交鳴雨不開　　　　棒光海色共蜚個

天涯淹病詩情倦　　　　難試江君已盡才

　再和　　　　　　　　　　玄江

城外祇園客館閒　　　　彩雲此地久低個

因君又見青蓮後　　　　斗渦百篇敏捷才

　贈栁迢　　　　　　　　　仝

　此日書記大浦益之進傳送

　栁迢近有病不出附對州

信槎星轉漢陽城　　　　綠樹黃鸝多遠声

不是群仙貪逸舉　　　　争君初日出桑瀛

7

立月輕衫意氣清

樓中无恙梅花笛

　和

萬里相逢還作別

花骨雲衫微腐清

　和

秖今事値實筵盛

　　贈李海皋

樓上仙風吹我清

　再和

鶴背長風颯兩開

人尋黃鶴列江城

恐歎関山萬里情

　　李济奄

滿天風雨下樓情

三山峯筆力五言城

　　松江

来遊疑是紫霞城

續綣相投縞紵情

　　松江

仙城撙酒此徘徊

6

贈朴矩軒

蓬嶋層雲結似㙛
知君來路登仙夢

和

欲知海上思歸意
風雨禪樓動画龍

再和

不才何幸得登龍
別後可想相思夜
　贈李濟菴

多湖玄江

星槎萬里訪奇蹤
聘我芙蓉第二峰（不二山ヲ云ヘリ矣）

矩軒

衣冠萬里躡仙蹤
騁後支顧數遠峰

玄江

一起風雲難逐蹤
天涯明月隔群峰

玄江

書ヲ記シ來ル

僕ハ姓ハ李名ハ命啓字ハ子文號ハ海皐ト主ス三十五以テ從事ヲ書ス

記シ來ル

六月五日於淺草本願寺朝鮮製述官
李鳳煥李命啓會自辰至酉獅近有
同行八人就東席韓人就西席各二

揖畢互通名刺

　名刺
　　豎九寸七分
　　横三寸九分　緋唐紙書

僕姓多湖名宜實字室號松江林參酒門人松本侯醫
官

僕姓朴名敬行字仁則號矩軒年三十九以製述官
來

僕姓李名鳳煥字聖章號濟菴年三十九以正使

3

和韓唱和錄　全二冊　當四月出來
朝鮮人官位姓名委曲記之

同　附錄　全一冊　當八月出來

寬延元年龍集戊辰八月

書林

東武　通本町三丁目
西村源六

浪速　心齋橋順慶町
澁川清右衛門

同
堀内忠助

22

製述官三書記案下

仙吏翩翩意氣豪知君王事獨賢勞唯留東海芙蓉

色仰見千秋帶雪高

錦帆無恙白雲秋詞客乘濤賦遠遊海氣悠悠望不

極白波千里水煙浮

錦帆遙下彤雲中玉帛千年仰國風使者且觀專對

器舊盟不改二邦通

長門戊辰問槎卷下終

劍一夜思家北斗前

諸仙詩賦積如山恰似錦袍采石邊自一騎鯨十洲

到能教各姓遍人間

○

小生敢言朝鮮製述官三書記座右海陸萬里秋暑

如熾歸程無恙仙槎繫于上下闋憾其間不得逐覩

光之願爲僕姓九名忠嗣字子業号曲江受家庭訓

備負儒官術業淺薄無足言者雖然冀效勤欵之

愚謹賦部詞奉呈諸君辱賜高和何幸如之

　奉呈

事應羨江湖有客星

腰下太阿氣若虹雄飛直與斗牛通舟前倘見風波
起，君試斬鮫積水中

跋海山川賦遠游，綠雲染翰赤流秋漢家太史本書
記不是周南好滯留

懸弧男子壯游裁意氣翩翩經國才欲識仲連蹈東
海千秋白日照芝茱

十里相思等代賢仙舟乘興暫留連皎然明月忽回
掉，翻似山陰夜雪天

星使遠游滄海天浮查一片丹邊旋知君腰下豐城

19

接安觀龍門出斗間

玲瓏懷裏碧琅玕遍照連城明月寒倘不先容如舊

識教人還作暗投看

遠遊賓客氣雄哉曾自盂嘗門下來萬里歸與長鋏

引無端更入權歌哀

赤馬關西大海開穩流遙送使軺回玉程無恙錦帆

影萬里雄風颯爾來

驌驦千里志揷雄更使才名擅海東知是壯游尤妙

撰怕教奠北馬群空

貫斗優査絶北滇赤關暫與白雲傳佳期不是尋常

18

一涯情識忽忙是王事丈夫原自不思家

　呈

醉雪柳公梧下七言絕十五首　鹿門

蓬萊秋色五雲開飛鶴凌風海上囘安得青天為比

翼儘禽原自不群才

七月安流捲欲飛日邊帆影有光輝便知天上支機

石依舊人間取得歸

王程萬里驛亭開行李逢迎往又來為問盈車多少

刺誰堪東道主人才

明月方昊赤馬關祥風吹送爭艤還不因星使能延

17

月綠筆秋過揚馬風我企望座顯氣白君歸回首朝

曒紅百年俱遇升平化四海安流舟楫通

南滇烟瘴晝陰森北客連墻歸路深撤節此時滯彊

攙掁轂月發雞林壯游盍世騎鯨氣別恨乘秋蹈

海心一舉坐天太鵬翼飛來飛去白雪濤

天整悠悠博望情日邊文旆影縱橫新羅經到舳艫

道高麗曲傳翟簫聲萬里南圖都意気由來北學有

才名欲申下走沾沾思無路真成御李主

長風萬里送星查賦罷遠游海路賒為命承文枑太

史賜恩勤政報皇華朝鮮八道雲無盡日本三山天

湖泂從不得企望思相關意氣釣鰲客方舟三嶋間

其十

淳俗堯時士雅音周代歌同懷存宇宙所恨隔山河
上漢白雲掉嘯風青海波轉鱸知可美歸思入秋多

呈

濟菴李公崟下七言律五首　鹿門

秋水蕭蕭赤馬津長風七月送韓賓擅君草昧版圖
古箕聖經營禮樂新盟契萬年山若櫃倉旗千里德
為隣文明今日重賢俊歸報凌烟閣上人

珪節縱游照日東三千實客並稱雄技夜忻蓬壺

韓桑瀕海國共是屬東維魯何修盟好扎僑重禮儀
風雲倏相會舟楫後何之王事不遑舍聊斐四牡詩

　　其七

堯時開甲子千載作吾隣昴嵕表東海金剛拱北辰

　　其八

環瑤投幾處縞紵結何人倘得芝眉接醜顏欲欸寧

赤關桑梓近此處海東津分野各星宿興方本比隣
交如兄與弟盟即舊維敦誰道殊音吐酒依舊笑眞

　　其九

滄溟千翼接刹涉使臣顏萬里西流水丁塊東嶧山

14

拝雲讓珪節鼓吹動江關綺繡限三品簪纓重何任

其四

老人宴殿上孝子居廬間箕聖遺風試者依前還

高麗以来官非三品綺繡不得文身先世無

文武官者謂之両班最重簪纓宴八十老於

殿裏必三年貴居廬

其五

文施三山外穩流舟揖歸神交新識在心事再逢稀

其六

若木赤烏去蟠桃青鳥飛郷關何處是天末夕陽微

上

短皐李公仏下五言律十首　鹿門

翩翩諸記室載筆遍蓮蹤十二國韓新皇旅食供

青雲喜觀鳳紫氣見猶龍千歲一逢客斯文百代宗

其二

修聘三韓國喬隣來日東北人能相馬小技懲彫蟲

玉帛千年美車書四海同榮旋珠履客專對度詢功

其三

修刺東南客覗然幾處逢大洋容小水台嶽對群羊

歟欲上青史游同從赤松生祠思去後牛酒歲時供

12

俶魚為群倉鱗鼓鬐鬒巌螫帶雨噍電散霞氛噬喝

撥刺池中物安得變化身上文吸滌噴沫因點顁始

知江湖可自分聞道雲漢可望不可龍門可就不

可臻忽觀儵査下天上却向人間一問津羽衣霓裳

奏天樂霓旌雷鼓駕著鱗持來飲我丹霞漿欲易肌

膚浣心賜肉眼駭矚白雲姿形撒憨愧明珠傍衝來

贈我赤烏書欲比瓊玖與瓊琚滄嶼假令似瑤池鮫

室但非儇人居無那乘査泛天上溯回安得從所如

未知身是池中物欲登不得龍門魚細鱗瑣尾奈擁

閟守如心貊復其初

外一葦所航貴梓日近炙海涯暑之萬自重替首再

拜賤名單具

呈

姓小倉名實廎字彦平號鹿門拜具

製述官矩軒朴公座右

魚登龍門行

鹿門

龍門之雲何衆颺龍門之水何瀁瀁俯仰寥廓且瀟

瀧下出地軸連天闇龍門之雲龍門水縹緲而熒熒

泥沌維昔禹載過天下浮于積石至龍門蠹蠹高倚

晨陽北阜彼雲漢即為源半牛夜宿九級浪其下千

渴望之久唯日為歲及紫氣入關既觀其所乃踟躕
自計得見龍光以叙心腹之願不意頃刻之際有小
繼食榜人起拖邊爾發舩而天假以和風忽掃百尺
十里旦暮忽焉達下關顧從舟後相追隨陪奉館中
夜既參半秉燭之游良緣不允姑旗明日明日又早
發素願不竟果也大鵬擊風神龍乘雲心欲攀之而
未有路也彎悒誰與詰之黙而息乎所賴文辭而懼
不待介者而瀆太君子之門不免不敏之戾竊感劉
州二子為之先牵恕察焉燕詞數章謹呈鄙表敢以
請正凡炎之餘辱患高和冀千里祝文掃諸形骸之

翼五雲庵映戴鰲山

七月望夕韓舶達下關十六日平發卒爾未

遑一面是日追舟後寄贈

上

朝鮮製述官三記室谷位書

七月望一日本長藩賤臣不佞實盧再拜言伏以

奉使竣事言旋言歸天眷之厚於二國海波晏如舟

楫利涉往復萬里起居清勝儼然復舊館兵敢賀盧

世以文學仕本藩嘉君幸以先人緒業謬使得參謝

技密通于館中向聞輶軒四兵往在上關除館以俟

寫字官紫峰余先已得識荆今復接于賓舘

時同抑物判事蒼崖月下酌酒紫峰下筆紙

一絕贈余余亦和答

奉呈

中山詞几　　　　　　　紫峰

萍蹤復到赤間關瞰客諸人撚舊顏明月滿庭還可

愛一吟一醉對中山

奉和

紫峰見贈瑤韻

樓頭明月滿江關相值青樽解旅愁見如掾罷鳳　　中山

7

右奉呈

湖皐李公　　　中山

潮落間關高海天安流秋下木蘭舩掉逢編帶縱栖

贈還憁當時子産賢

翩翩青鳥海隅回五彩雲深王冊臺懽向園中偸㬊

去人間一贈我曹来

　右奉呈

醉雪柳公　　　中山

　右和咎未至

右奉呈

矩軒扑公　　　　中山

意氣雄風起四筵與不孤佳人歌白雪詞客弄明珠

鞅掌從王事風流嘆使乎恨君有仙骨海上憶蓬臺

右奉呈

濟庵李公　　　　中山

潮水遠連銀漢流翩然七月海槎秋貪看君帶支機石原是人間不可求

諸子風流談有餘才豪君自上頭居此行深愛遊名嶽從是長傳太史書

瓊玖之愚讠汗泽承矢弗諼既所一胡然然為華番國

裏之遊焉若夫韓之與和天塹限之森焉何時得

重接晤言愚之法然浹下不已拙作數首托阿此留

子奉呈左右么麼彫蟲非借重於大邦唯於歉然于

懷者小鯫耳小人固不閒禮幸得免于罪庚所荷

許多會發舡怱卒走筆併裁一紙萬分之一不能申

鄙裏伏諸海函炤亮頓首拜　七月十六日

日本長藩講官草允文拜具

濟濟王門客後賢自右君執圭傳使命拄笏見八文

西海指三嶋南州入五雲腰間何所帶斗氣坐毚毚

4

長門戊辰問槎卷下

○上朝鮮製述官三記室案下書

不佞　允文　不自揣駑駘裁書大邦君子恭以使事已

峻大旆後西　是月流火祝融氏猶尚將命而諸公天

眷之厚也其登名山探龍窟則海伯讓送鯈蛛蜩蛝

拂道攬彎擊拕高與依然再過吾本州當斯時也僕

迎紫氣於上關從青牛於下關然終不能見真人也

於是乎始疑前日何親接猶龍頡蓋如故乎初則歆

欽後則快快遇與不遇唯是一頃刻之間已方其交

接之時也共于汜愛不瀆尾於娜生飽以德音以

3

長門戊辰問槎

下

朝鮮製述官三書記　　　蘆城

木道三千里怒乘鵬背通奔騰向遠地絹緞凌長空
奮翼九別外飛聲四海中翩翩来昌速意氣最㵞雄

又

持節遠遊客翩翩書記曹時人稱俊傑明王擇英豪
白雪飄高調青雲起彩毫乘槎千萬里壯志破波濤

又

盆津何日發万里向東来海上彩雲鑕關門紫気閣
旌旗天際俠詩賦郢中才今侾文星色高懸百尺臺

長門戊辰問搓卷中終

51

二賢從此濶別耶不知更有相接之日耶

答

海皐公兼票

諸公　　　　　　　　　　珠川

今日幸得奉警咳於一堂上僕之喜不可言也光酬
酢往復多賜瓊篇竊抵拱壁而勝會鏖十日何厭唯
恐勞長者也僕等將辭　貴筵定期　貴舩西歸
之時兩已海陸迢迤賢勞將多自重

○　奉贈

50

談教則皂緦已備矣不必待易為卜筮之書果

邦亦有古義私說等之書是伊藤氏之所著也

　問
　　　　　　　　　　姬川

古義私說可得一見耶幸為圖之

　答
　　　　　　　　　洙川

僕亦變離鄉土二書不齎來

来十此待其時供電覽耳　貴舩西歸之時僕亦

　再答
　　　　　　　姬軒

若然則誠為可感幸毋怨也

　稟
　　　　　海皋

問

矩軒朴公　　　　　洙川

貴邦名何且繪以乾坤震兌之卦體是有事故邪

又問

貴國學周易從何註

答
　　　　　　　　矩軒

冠繪以爻卦蓋取其文也弊邦讀易之士理用程傳
卜取朱子本義未知　貴國有別般通行之注義邪

再答
　　　　　　　洙川

卑邦方今不多學易取傳義與　貴邦同而從義理

48

知ッテ以テ公幹ヲ来ル耶

　　　　答
　　　　　　　　　洙川

國學生徒、時ニ有リ増減、大要四五十人、僕一晜生何方

公幹也、聞ク大斾之来、篇欲観乎、太邦使華之集

且希接　諸公之光範奔支至于此耳
　　　　　　　　　　　　　　　齊菴

　　　問
　　　　　　　　　洙川

　　齊菴李公

　君之冠服名何ゾ

　　　答
　　　　　　　　　齊菴

東坡冠道士服

問

　　　　　齋藤

一、席茗水得蒙裕季野修割相見良用感幸　兩位

年紀幾何

　　答

　　齋藝海皐二公　　　　沫川

僕以日本享保九年甲辰生于長門國阿川縣去此
地四百里所用貴邦之里數今犬馬之齒二十有五　五筆来

受業於類宮

　　問　　　　海皐

長門國學生徒幾何　四百里之遠而　兩賢辱臨未

46

真龍陽春白雪高難和為對芙蓉萬汲峯　芙蓉峯即富士山也

其四

津關風靜晚波平共喜使搓渡大瀛天近責椎舍獅
色歌飄白雪捲潮聲千秋事業存新著四海交遊有
舊情三百誦詩專對捷憐君到處得芳名
時向日叅會席將散不遑即和以譯官約之
日贈和

筆語

問

航海萬里得與　諸賢共席幸何可言　二賢俱在

海皐

此邦遠近洛何如

星槎萬里御西風使節遙來勢溯東白璧杜懷詩志

氣彩毫隨意見英雄殊方修睦魯衛際吾黨論交天

地中其域永存周禮察此行幾有叔孫通

其二

關門紫氣自西流渺渺大洋來鷁舟玉節晴懸玄兔

海華裾畫映青螟洲過時詩賦多高會到處山河皆

壯遊更屬諸君斑馬蒼史才知是秀千秋

其三

大國久傳箕子封驚迎發蓋使臣濃仙槎崖恐尋常

見鴻韶最歡避迟逢伯樂一過無黃馬葉公始懼有

奉呈

洙川
東里　兩斯文

青春二才子滄海七言詩遇我雲深處頗怪日諸府

騏驥翩月窟鵬翼蕩天池北舶明珠影逢人說項斯

濟菴

奉和

濟菴李公

萬里殊方客一堂俱賦詩聚星慚此夜陪壤奈它時

洙川

坐靜人如玉山廻海似池桂漿仙子讖疑是自根斯

洙川

奉呈

諸公案下要和四首

洙川

43

席上奉贈

沘川東里兩賢契

金鰲背上問仙曹筆勢遙凌雲色濤宇宙浮生滄海

壯文章千古漢唐高寄雲浩蕩瞻黃鵠紫岸藜莊駐

碧桃努力匡山十年讀後来丹穴見奇毛

濟菴

奉和

齊菴李公瑤韻

沬川

遠遊俱是子長曹又向廣陵千里濤揮筆卸巾雲

大鵬琴曲裏楚山高漫附鴻鵠忘燕雀忽得瑤瑤塊

亦挑自此梅天煙霧路歸時玄豹總文毛

疊前韻要和干

東里二賢　　　　　沐川

　　　　　　　　海皋

相忝二國海為間喜得諸賢自二關水岸風多無辜
樹魚磯湖上欲沈山自從羈旅三春畫遠有風波一
日間百幅花殘茶酒裏異方隨處慨慈顏

　　再奉和

海皋李公　　　　　　沐川

區域何分宇宙間風帆飄忽渡重關試看四海天連
水莫厭東方雲滿山二國五年脩舊好一堂半日慣
餘間相逢無限新知樂更恐明朝悵別顏

41

奉呈

京里要和
洙川

海皐

紅旗白舫䒤蒼古　遠遠天風到上關客棹雲迷三鯷

海嶠桃春盡六鰲山高松陰日花壇冷深院傳茶錦

悵間從此不堪人萬里一天南北犯離顏

奉和

海皐李公

洙川

人望樓舩滄海上忽着紫氣滿東關進仙館海風懷

地産秀金剛爵勃山坐接青雲居日下歌旭日雪乳氣

適間相慈勝書別離速為我重來復解顏

我何時紫氣向西流

二公雄李曾過龜關故用老耼事

洙川韻

奉和

　　　　　　　濟巷

高接一面繫棠舟接席傳箇不待郵殘搏亂墨催歸

意滿樹鷟聲海日流

洙川韻

奉和

　　　　　　　海皋

天涯半半暫停舟賓舘相逢似閩郵抵應歸後佇收

夢東入滄溟夜夜流

沬川韻

岑影離離亂竹斜鼇岑萬里落紅霞波神也潛忘光　矩軒

盡爲結風頭萬點花

沬川韻

疊和

悄仙童拂盡滿庭花

青篇白舫渚雲斜曉起茶樓醉紫霞燕語鶯歌俱悄　濟菴

席上賦奉呈

濟菴海皐二書記

竈門關下駐仙舟自此往還五十郵道德經成留與　沬川

38

東遊雲海錦帆斜衣珮扶桑濕紫霞萬里頻成薪水

會漢南三月負煙花

再疊前韻要和

海皐

羈愁如日每西斜茶罷風微起細霞清秋祗願重相

見歸騘應知過橋花

再疊前韻奉呈

諸公

洙川

冠珮如星相對斜餘光照映遠雲霞千紅萬紫今飛

盡豈料毫端亦有花

再和

奉和

洙川瓊韻

深院青揉海日斜諸君彩筆爛雲霞滄溟不乏徐昌

濟巷

殼煙月揚州樹樹花

奉和

洙川詞伯韻

萬竹沈沈一逕斜滇波繞嶋晚升霞妙年諸子饒才

醉雪

思箇箇詩成筆有花

奉和

洙川贈韻

海皐

36

縛羈人春盡麥風清薜蘿不定永收纏芝宇相逢偶

識名祗恨浮生多聚散明朝風起又東行

席上賦奉呈

　　　　　　　　　　　　洙川

諸君詞案下

佳客滿堂玉樹斜衣冠萬里問煙霞諸君詩賦知多

　　　　　　　　　　　　洙川

少處處山川處處花

奉和　　　　　　矩軒

洙川席上韻

古嶋天晴畫施斜防州太守送流霞櫻林老佛行惜

性自發階前百種花

月廻此地煙波如莫厭文筵把筆再徘徊

此和未至

奉呈

海皋李書記詞案下

輶車何日發韓京遠渡滄溟向武城錦纜繫来長者

過玉壺傾盡片心清遙知郁郁文明化為詐翩翩書

記名相過唱酬情不淺夢魂夜夜逐君行

奉和

洙川韻

海皋

雲鵬齊翼別秦京二月看花發釜城山館煙迷椶岸

洙川

翩翩明朝應有史官癸滿坐寶明總俊賢

奉酬

洙川瓊韻

　　　　　　濟菴

彩雲東指渺茫天簫鼓聲中使者舩孔雀屏開捲
處蟠桃花落駐帆邊蛟綃百幅題詩滿鶯語三春出
谷翩映坐明珠光菌菌狀柔文獻足才賢

奉呈

醉雪抑書記詞案下

　　　　　　洙川

已聞書記最翩哉喜見撞舡橫海來渇望三春瑩我
思壯遊萬里有君才自嘵頌蓋一時速更待浮槎八

五城不是大邦能育秀只今何擅海西名

　洙川案右
　　和呈

歸魂夜夜繞西京滿眼驚濤不計程鼉嶋風烟橫　　矩軒

路防州山水有詩聲一區櫻竹天圍港百怪魚龍海

拍城萬里行裝舟一葉青衫異域笑虛名

　　奉呈

　濟庵李書記詞案下

過望使星懸海天長風萬里送樓船彩毫飛動雲仁　　洙川

宸文施光輝日出邊大國威儀俱翼翼卑材書記自

32

使槎無恙絶重溟　相對憐君眼色青勝　會應須頻連深

俀任它百里奏文星

洙川韻却寄

次

孤舟萬里宿滄溟　春後鰲山盡意青　座上新詩先照

眼光芒欲奪斗牛星

　　　　　　　矩軒

奉呈

製述官矩軒朴公詞案下

　　　　　　　洙川

青雲一鶚擊韓京　飛向東方萬里程　早識登龍經品

第最羣　歌鳳笑任聲座高珠履三千上價貴瓈篇十

○通刺

僕姓山縣名子祺字魯彥一字季八別號洙川爲長
門國學生徒敢具賤名以希華光

謹稟

諸公

西東萬里風波不可料攙舡無恙儼然抵此
是二國修睦之寧頓達天心之所致也至祝
至祝從聞
文斾之東極切瞻望幸假天緣怨接
手儀感戴曷勝因奉呈燕章敢供賚敬

上客懐中白璧寒　黄来燦爛碧江干世人不識夜光

色相望還爲按劍看

　　其二

遥佩龍泉海上来壮遊萬里志雄哉請看此地豊城

郡紫気高干牛斗開（赤馬關属豊沛郡故用豊城事）

　　其三

右烏羽毛五彩鮮凌雲翼就自翺翔由来不爲鶏群

駐一夜艦飛向九天

右翌六日解纜後托對州儒臣贈之和章未

至

29

奉贈

李海皐先生几下

積水渺無窮東華又有東三山祥靄近一叢碧波空
專對志應逐遠遊賦欲工隣交知發歲依舊使搓通
　　　　　　　　　　　　　　　　　龍山

奉呈

拂醉雪先生案下

曩昔接諸公于賓舘獨不窺　先生之一斑
遺恨何謂之歸舍之後鄙絕三章謾爾
未免取笑于大方門他日右間幸賜高和卿
以為囊中賢
　　　　　　　　　龍山

28

華筵文圓終日興無限依稀却着鄴卞賢

其二

早撬萬里釜山濱一片祥雲送使臣鳳去北溟當水

素客遊南國冒陽春烟霞且動舉前色詩吟堪驚座

上珍海內由未知己必逢迎誰是眼中人

奉贈

李濟菴先生几下　　　　龍山

軒車絡繹向東寰傾蓋承歡使者顏為是星槎浮海

上逢看仙子謫人間拾珠朝探驪龍窟回掉暮過亦

馬蘭君自史遷多壯志行挥處處愛名山

識交態誰言情更新

奉酬

龍山再疊韻

風水茫茫帶遠人，天東時節接薤賓，交對諸白歡如
　　　　　　　　　　　　　　　　　　　海皐

舊花烏高樓気色新

右四月五日赤馬關賓館唱和

奉贈

朴矩軒先生梧右 二首
　　　　　　　　龍山

西海長風赤自邊波濤無恙木蘭舡客來江舘對吉

眼誰識關門浮紫炳酣醉百篇飛彩筆英才八十幾

李海皋先生案下

龍山

頌蓋相逢似故人開筵高舘樂佳賓怪看海上烟霞

色更映翩翩彩筆新

奉酬

龍山惠贈韻

海皋

相看南北暫時人多喜諸賢禮肅賓水遠山長此何

夕雲霞片片繞樓新

再疊前韻奉酬

李海皋先生案下

龍山

君自西方彼美人玉門迎去好稱賓一堂抔酒思相

派中興類業一家才

　再疊前韻奉酬

朴矩軒先生案下

高舘華筵上容開海雲連映酒盃来壮觀知是搓乘　　龍山

興君自未虚作賦才

　再和

龍山疊示韻　　矩軒

新詩疊出彩箋開氣自東滇蕩漾来牛斗天南永不

晦君家果有皆堂才

　奉寄

龍山再疊　　　　　　　　　　　　　濟菴

宗生破浪願風乘博望仙搓聖旨膺愛子炤虹声價

蔚瀛洲高處幾時登

奉寄

朴矩軒先生案下

赤目關頭海色開仙搓此日向東来可憐威鳳殿中　龍山

威鳳殿高麗

客射策當年使者卞　時御試所

和呈

龍山詞案

橫山掇竹寺樓開一隊詞人入坐桑詩壇相邀鼓　　矩軒

23

之報則何幸過之

奉和

龍山見贈韻　　　　濟菴

滄溟多處一桴乘先聖微言早服膺欲問全經消息

久扶桑咫尺與君登

再疊前韻奉酬

李濟菴先生案下　　龍山

把盃今日興堪禁襲思別淚痕欲濕應不是蕭門返迬

地着君長嘯似猻登

奉酬

聘大使嚴然臨爲風俗不爲崇海若不揚破錦帆無

慮忽到干此地恭喜恭喜僕姓、山名道晋字世祿号

龍山從家翁來不意今日接　芝眉于賓館觀次邦

之美　賢大夫之半米披雲之望頎逐羨小人之喜

可知也

奉寄

李濟菴先生案下　　　　　龍山

仙舟汛汛遠相乘此日海頭看李膺却望龍門高万

及風雲後忽有誰登（謂公姓李故用李膺事）

右燕石之襄苟兔周客之好廬向有賜之堰

誠何須擱筆楚山隈

　其二

海樹如烟遠玉欄相逢斗酒興方寬誰知詞客醉中趣詩就百篇鞍上眷

　其三

關外千旄方子子錦帆東去何離別武昌六月試囘頭突突芙蓉天際雪

○　通刺

東西萬里彼此異域實風馬牛不相及也然而二國昇平之化遐邇無隔以尋舊盟修鄰父今彼王

20

醉雪栁書記案石若報以瓊瑤何幸過

縹山

北海春鴻盡西關潮水間客中千里愛夜夜釜山隈

箕域來槎子清時修聘來尋盟元魯衛同志似陳雷

縹山

其二

停橈臨海館盃酒旅懷寬遐境入高境遠游多壯觀

飛騰千里志離別一時嘆登岸望帆影蕭蕭赤水寒

奉贈

李海臬公案下三首

縹山

海東夜色對君殊席上故着明月珠高貞連城性不

19

奉皇求不得漢帝勞逢迎飄乎御寇鶴九臨橫　紲

右三章和末

奉贈

以下同

國信製述官朴公案下　會席蒼黃不盡餘歡里
　　　　　　　　　　日霽對府昏記送舟次

縱山

携来白璧色相憐投贈人間掌上鮮蜃氣映天結樓

閣星文照席起雲烟賦成牧叔觀濤可名震馬卿游

蜀年此夕仙舟誰不羨風流寧減奎璧賢

疇昔之會無車公其娛也不娛遺恨不可謂

也賦鄙律二関以奉贈

18

願言同調子　後會何時期　暫盡盃中物　為操□□興絃

絲竹右清音　寧堪別離

其二

有魚在北溟　化飛此東國　一舉數千里　偉哉垂天翼
朝傍扶桑啄　暮過崦嵫息　其音諧咸池　羽毛燦五色
惟彼鷦鷯屬　何得大鵬徒　自今又翻飛　高搏芙蓉峰

芙蓉峯即
富士山也

其三

蓬萊與瀛洲　仙居遙峰嶻　中有一神人　悟物欲□延
趍思四海外　比志九天□　囊有不□藥　六顏如□英

詞臣明日廣陵邊海上白雲青翰松好云君乘桴叔

興人間傳賞観濤篇

奉酬

綏山寄韻

懲空笙鶴赤雲邊来日晴虹夜貫舡自愧玄虚無筆

海皐

力誰將鮫錦繡新篇

奉呈

綏山

席上三詞伯三首

各天雖遙隔四海皆昆兄傾蓋交如故下榻談共清

詩篇交相和會并爛如星能誦詩三百早知真對...

奉呈

李濟菴書記座下

　　　　縱山

一時傾蓋悉英豪席上翩翩見彩毫知是牛過赤
馬關門紫氣為君高

奉和
縱山瓊韻

　　　　濟菴

金鰲背上遇詩豪雲滿江郎五色毫今夕相逢明日
別滄浪前路浪華高

奉呈
海臯李詞伯

　　　　峽山

15

春後餘花映海隈鳥中鶴聲浩然衰欲笑日域同文

化先照長門四座才

奉再和

矩軒公瓊韻

扁舟東入白雲隈萬里海風送客来孟去二都賦應
縱山

作人間一見張衡才

疊次

縱山韻

矩軒

衣冠乍駐紫崖隈破浪孤舟日下来詩藻亦應須學

方山川帝肯局人才

○通刺

錦帆之東其從如雲風波無恙蘭橈列于此至祝至

僕姓大江名漢章字子雲號縵山今從弊藩儒臣

幸得接諸君子芝眉而見大邦之美不堪欣躍

奉呈

製述官矩軒朴公詞案下　　縵山

久旆悠悠赤水隈使君車騎如雲来國風十五行應

聽知是延陵李子才

奉酬

縵山案右

矩軒

僕等還舍心不平匥以歐徉二車易面接願

乞賜高和

司馬才名興漢年一時喧衆傳雄篇上邦文物東方

覿萬里使星西海懸懷土夢迷藍島月觀濤賦就廣

陵天關門且自淹仙吏紫気長留牛斗邊

其二

仙使暫留赤水隈錦帆雲散立徘徊風飄楊柳愁難

縮春盡梅花曲可哀驛路月魚明壁映名心勝待彩

毫開歸来何問三都美海内文知作眧才

右七首和末

襄白雪初知楚調中重譯萬邦風俗異挑舠四海

兄同輕泰自若逢桑志此日彈冠若十東

　其二

清賞立談臭若蘭且寬應去尚鹽壇住他紫气雙龍

動自喜青雲一鶚看興至吐詞人似玉醉來揮扇月

裁執曾從宝劍隨公子風雨十今呉水寒

　奉寄

　醉雪挵公　　　　　棠園

昨日諸公開宴於寶館僕等幸得陪雅慈千

載一期為以無加焉然以不足下為恨而已

11

赤馬關西蒼海限　侍星影落錦帆開
尊前忽値雲間客　坐上同觀日下才
懷裏夜光人按劍　賦中彩筆月盈臺
楚歌元自總難和　何事還投巴里來

其二

西海曾聞命世珍　瞻望日夜側孤身
曲中白雪楚詞客　天外明星漢使臣
能將懷裏連城色　偏照尊前滿坐人
上國有才元不乏　初知雅頌此時新

奉呈
海皐李公

棠園

滇渤春雲合　瑞風埃天恍
影使槎通青　學姑對巴人

所望也

奉呈
矩軒朴公　　　　　　　　　　　　棠園

玄化云流布天地如比隣君子時來息笑哉西土人
摛藻若春花齠玉溫且純今日良宴會貌睞情殊親
層觀來爽氣玉欄臨海湑嶋嶼收宿霧微風清且渝
玄論在揮筆清議應書紳盛莚難數遇何以燕嘉賓
合離胡倏忽安得永良辰

奉呈
濟菴李公　　　　　　　　　　　　宗園

女直野人初非異名甲瞻朔州不可以又有說話便

誄之

稟

　　　　棠園

今日幸接芝眉鄙懷惬矣雅莚頃刻忽爲如夢大牢
之滋味未得染一指遺憾不少願乞他日再會賜飫
餘何慶過之

答

　　　　海皐

一席萍水終日揮塵瓊韻縣翩應接不暇既感且欣
如獲百朋既卜其晝又卜其夜固是所願而諸公意
闖欲歸不敢輒止誠愧誠愧明若無風而續此會甚

8

識由來明壁楚臣傳，

奉再和

棠園再疊

雲日仙岑海鶴翩琪花留馥上賓筵　　　　齋菴

衛曰詞筆盈彩

慍晴川芳草幾人傳，

筆語

　　問　　　　　　　　　　棠園

傳聞貴國與野人女直相隣其俗真野人乎貴國生

平有隣交乎其國今後事清朝乎或別行國政乎　矩軒

　　答

7

濟菴李公坐下　　　　　　棠園

五彩鳳凰羽翼翩翩来仙客此初逢人間何得護隨

燕正是飲中名久傳

　奉酬

棠園瓊韻

寶刀金篦影聯翩四月天花滿讌笑擲驪珠二十　　濟菴

八斯遊堪向畫圖傳

　奉再和

濟菴李公

憐名詩飄本㠶㠶筆下烟雲照綺筵莫惜連城少相　　棠園

6

遠海山春樹老三珠

奉呈

矩軒朴公坐下

楚客風流更耐憐由來白雪有誰傳縱令高調護難　棠園

和試向人間彈雅絃

奉答

棠園坐上韻

春盡滄波綠可憐蟠桃消息賴詩傳弥陀寺裏停行　矩軒

李燕鉄陰中閒管絃

奉呈

5

奉和　　　　　　　　　海皋

萬里隨槎天一隅行，隨赤日入方壺忽驚寶彩生恠
袖傾倒驪龍夜夜珠

海皋李公

奉再和

西邦才子向東隅繫纜醉歌對玉壺此會千秋稀所
有為吾莫惜千中珠

棠園

奉和

棠園惠韻

鼇頭繫纜瀰桑隅仙駑盈盈滿費壺千古伯牙琴操

海皋

長門戊辰問槎卷中

○　通刺

萬里蒼海風波不驚錦帆無恙嚴陵於此二國隣交
之厚天實為之吾儕小人生遭茲時且得觀使者之
盛儀賢大夫之高標區區之心不堪欣慰僕姓〓名〓
泰恒字伯子号棠園

奉呈

海泉李公坐下

棠園

五色煙霞照海隅乘槎仙使問蓬壺測茫赤水知〓何
戀諸見洲荊乾萌珠

長門戊辰問槎　中

周南先生序

長門戊辰問槎

浪速

稱觥堂梓

1

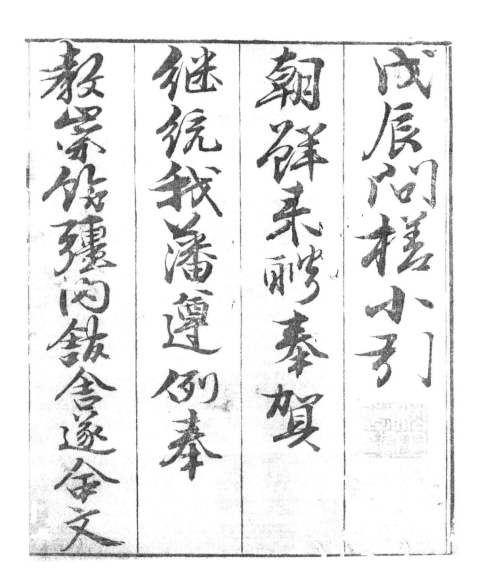

戊辰問槎小引

朝鮮來聘奉賀

継統我藩遵例奉

敎崇佇瓊內飯舍遂途途文

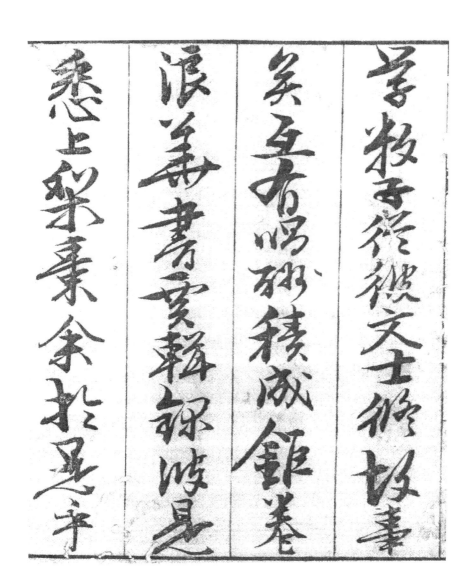

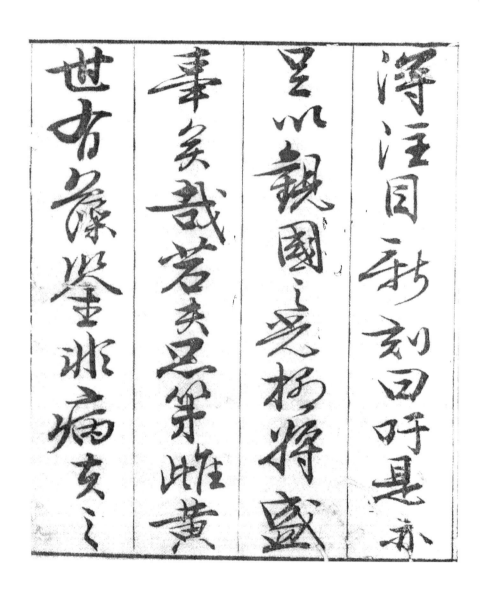

浮注日新刻囬吁是亦

呈以親國之光極將盛

事矣哉若夫巳第此黄

世方廉鑒非病哀之

5

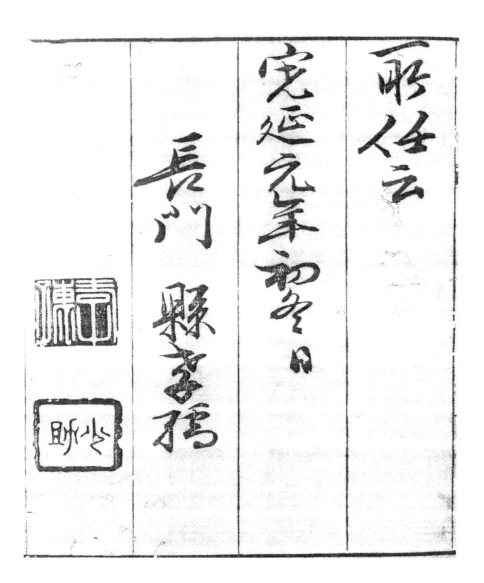

一邨任云

宽延元年初冬日

長門 縣書稿

長門戊辰問槎姓名

中山　長州萩府記室　姓草場名允夫字季英一字平三

鄖山　長州萩府記室　姓小田村名望之字公望一字文助

華陽　長州萩府記室　姓小田名清字子濯一字七郎左衛門

崧園　長州縣名記室　姓泰名恒字伯恒一字次郎右衛門

縱山　長州萩府記室　姓繁澤名漢章字子雲一字三郎本姓大江

龍山　長州萩府記室　姓山根名道晉字世禄

澁川　長州萩府人　姓山縣名子棋字魯彦一字李八

鹽城　長州萩府人　姓田中名省之字季參

鹿門　長州萩府記室　姓小倉名實甫字彥平

曲江　長州萩府記室　姓佐々木名忠嗣字子業一字織江

韓客姓名

矩軒　製述官　姓扑名敬行字仁則

濟菴　正使書記　姓李名鳳煥字聖章

醉雪　副使書記　姓柳名逅字子拇

海皐　從事書記　姓李名命啓字子文

紫峯　寫字官　姓金名天壽字君實

備韓客姓名十之一餘見和韓唱和錄

長門戊辰問槎卷上

○通刺

航海萬里不值海若之怒儼然抵此抑天之不厭斯
文諸君其有賜哉不亦二國之慶乎敬賀僕姓草名
允文字季英号中山今承本藩之命同二三諸子來
執謁於賓舘幸不遄棄枉賜容接感戴何言

　　各位案下

奉呈

海皋李公案下

錦帆遙掛彩雲間海上仙區幾處攀一出蘭臺人著

　　　中山

玉可知令史問名山

奉和

舟度魚龍到赤間　諸天花雨得嚌攀　瓊似異域伙枏
　　　　　　　　　　　　　　　海皐

報文軺何曾隔海山

奉呈

製述官朴公案下

西天黃鶴白雲隈　駕去仙人何處回　海上三花珠樹
　　　　　　　　　　　　　　　中山

色知君遙折一枝來

奉酬

中山見示韻

矩軒

西日維舟赤岸限三山且欲訪仙回海後白馬刑時

闘人自金鵄漫處來

奉呈

濟菴李公榻下

中山

佳人絕色倚攔于攜去琅玕照席寒此地從來稀所

見崑崙西顧碧雲端

奉酬

中山瓊韻

中山

之子彤毫気象不雲笈不寫島郊寒載去仙舟光燭

夜起着天水浩無端

濟菴

一接龍光深紫掌愛況不惟菌牙之餘忽示

肺腑小人之榮庸何如喃不堪感謝唯憐頃

刻之閒不能盡鄙衷也聊賦鄙律奉呈

　　諸公吟壇　　　　　　　中山

北來修聘擁節搏桑邊星動群賢坐玉成諸子篇

壯遊齊蹈海才気獨談天欲問東方勝芙蓉初日懸

　　又次

　　中山詩韻　　　　　　　矩軒

頃倒殘花底支離積水邊春歸祝融海堆八壯遊伊

曉憂遷三島詩情谷一天鄉心那可挽風外萬旌憐

奉次

中山贈韻

領盡殊方勝槪舟　赤岸邊已着高照盞相贈遠遊篇

萍水欵同席參高帳　各天鄉愁終懸懸遙夢衣燈懸

　　　　　　　　　海皐

奉和

中山贈韻

芳樹淸和節仙搓蕩邊樓臺右實主雲月見詩篇

香延三山草心長萬里天願固吾不惜夜語一灯懸

　　　　　　　　　齊巷

再疊韻奉呈

海皐詞伯

　　　　　　　　　中山

才氣翩翩殿試間一技曾向桂林攀玉恩爲覓神仙

樂更見芙蓉海上山

奉酬

中山再疊韻

海皐

東遊消息蒼蒼間西望歸雲不可攀桑落仙醪留一

醉共看鰲背寄三山

再次前韻呈

齋菴李公

中山

相逢杯酒碧江千半醉高歌意氣寒郢曲任人

噫一時作玉散林端

14

再和

中山

烟波朝瞻似長干　積石雲皮瓊樹寒忽謾相逢三島　　齊奄

珠璃珠璀璨彩毫端

筆語

稟

中山

僕少小好書雖造次顛沛於曼而眼中無神

晥中有愚至今遂不得意其雖然僕於書也

不啻杜氏之辯家不餘片帛之素也今幸遇

大邦藝苑宗匠則雖如僕無似而承几愛之

15

餘忽得唱酬豈無心得隴望蜀乎瀆者漫書
一紙伏要諸君嚴覽諸為僕賜批評何幸如
之

問

貴國文明之化比隆鄒魯意搢紳之徒如林善書者
亦多矣其超乘者有幾人請敎之

答

筆家神造世乏人即今擅名不可以指某謂某耳
貴筆當追録鄙見以謝耳　　　　　矩軒

書軸評語　　　　　矩軒

16

余於筆家固未有三昧之見而於此帖不覺神坐為
興到盖真草八分半行各得其髓真八俗欲其藏密
草半行欲其疎奕此古人之軌迹而足下已得其奓
兵篆恐其眼者以顏之筋柳之勁為足下下頂針則
足下亦以不得辭兵曼可以進足下否

　　　　同前　　　　　　　　　濟菴

既接芝宇續玩瓊章始識日出之邦人文極備一軸
銀鈎金聲而玉振之人愚才少于患才多古人之詩
為子準備僕於筆家無異聲畫然見西施何必識姓
名而稱美

同前　　　　海皐

無聲之畫正心之畫俱入寶玩如穫拱璧古稱三絕
公得其二欽服欽服

右席上唱酬

吾儕小人何幸得接君子之林親承咳唾乎
感喜不壹不料忽兩六翩翩天悵然望塵拜
焉意意不能已漫賦七律憑大津子以献抱
樓徒叱置之為幸伏俟大師西向之日耳
中山

赤馬關門紫気新逢迎何意見真人一後渤澥能驅

18

后更向扶桑初問津握襄明珠南海月囊中吉草收

圍春風流元自對辭命可識清朝衰搢紳

其二

槎客飄然東海遊關門抔酒共危樓龍光晴迴豊域

氣鵬擊天高赤水流劈曲千秋堪自唱隋珠今日向

誰投淹留須擬平原飲良會人間難可求

其三

彩鷁春飛滄海天旌旗獵獵動雲烟鮫人幾處弄珠

出仙子三山採藥旋西日歸鴻藍嶋外北風鳴馬赤

關前知君時自多鄉思賦就東方千古傳

19

其四

曾聞銀漢乘槎客復見仙郎窮日邊碼石雲飛金節
動蓬萊月出錦帆懸一從東海楊塵後更值大邪修
騁年休道異鄉知巳少人間自覺為君傳

其五

文旆暫留碧海陰追隨車騎譪如林青丘瑞靄來天
地暘谷大陽光古今作賦不慙梁苑簡臨風更憶蓬
臺吟長裾君才王門客專對四方男子心

右奉嵩

製述官朴公無呈記室二李公

20

昨陪諸賢之清燕一叮琪鐘聞大音焉實上

涯之一大愉快哉而公他使臺不睱天之壓

良緣也何甫至此欲袖刺竆寶館俄值發舩

不遂披雲遺憾不可言也率爾賦�絕四章

託大沛子

呈左右行中有睱幸賜答章

醉雪柳公案下　　　　中山

青紅之比五雲隈中有金剛日月四君自仙人無往

若御風東更到蓬萊

其二

一夜天雷紫氣寒攜來龍劍照江干還愁湖海多風
雨不是窮交不可看

　　　其三

赤水蒼茫萬里餘高關落日延天居西來忽見栖蘆
気好向人間一著書

　　　其四

彩筆翩翩著作卽翰林十載有輝光一時念命遊
海到處詩篇更擅場

　　奉送

　製述官及三書記之東

　　　　中山

22

仙舟忽見海城隈此日吾曹御李田可識龍門

客迓君車馬若雲來ラ

　　其二

遠遊賖就氣何豪此去江山照彩毫試上函關倚危

見芙蓉雪色待君高シ

　　其三

一曲朱絃流水清相逢却見舊知情明朝恨作天涯

客為問鍾期千載名

　　其四

赤馬關門赤馬驕長鳴風起曉蕭蕭黃金基上待君

23

到行兵壹東萬里橋

右贈舟中

和章未至

○ 通刺

韓桑結好大斾向東水驛之遠千有余里飛廬不怒

陽侯霧威星搓無恙暫想赤關至祝多多僕姓田名

公里字望之号鄼山蒙寡君長門疾命執謁賓舘代

希不為諸君之排擯一獲披青雲覩白雉何幸如

駒弓枉矢豈發云乎哉

　奉呈

24

製述官矩軒朴公案下　　鄴山

海上浮槎博望歲漠漠家昔日作仙班象石今拕斗牛

去勿謂河源不可求
　　　　　　　　　矩軒

奉和

鄴山足下

不願人間萬户羨孤舟浩蕩馭風遊東書不問天南
　　　　　　　　　矩軒

再和

北滿眼驪珠入海求

矩軒公瓊韻
　　　　　　　　鄴山

掌中明片動階疾擕去一時東海遊勿爲靈蛇還窟

25

稟范茫莊水可難求

　再疊

鄗山座上韻

醉當年不肯應泰求

周時封建裂公侯分境傳厨護送遊瑤草亦知天帝

　　　　　　　　　　　矩軒

　奉呈

澹巷李公案下

三尺龍泉比斗欠千金高價世間間隽來此日豊

去紫氣如虹照海雲 此此屬豊浦郡故借用豊城

　　　　　　　鄗山

　奉和

鄰山瓊韻　　　　　　　　濟菴

乾坤風水渙為文海外三神恠所聞詩挑花下人担

語笑指扶桑五色雲

　再和

濟菴公瓊韻

鸞鳳搏来五彩文瑤音和律不堪聞明朝恐值長風

　　　　　　　　　　鄰山

　奉酬

至直向蓬莱入白雲

鄰山再疊

　　　　　　　　　　濟菴

歸墟朝暮混天文鮫杼春聲隔岸聞彩爛扶桑君摘

　　　　　　　濟菴

到織成葩錦纈烟雲

奉呈

海臯李公案下　　　郞山

美人遙至自西方宛轉蛾眉雲錦裳忽唱陽春歌一

出調高難和斷人膓

奉和

郞山寄韻

蘭若迢迢水一方天涯詩酒集霓裳鮫霞屓霧紛　海臯

憑厎報多慚錦繡膓

再和

海皐公瑤韻

　　　　　　　　　鄆山

星軺不駐向東方　歌罷離筵淚迸滂　嶺跼時應此

駆崎嶇一路八羊腸　自崎之東都西　二百五十里

　　奉酬

鄆山再疊韻

　　　　　　　　　海皐

靈藥曾聞不死方　東浮雲海試褰裳　春歸花落平儂

別無奈秦鈴繞欽腸

筆語

間關滄濤塵到貴境得接諸大雅風儀可慰萬里容

　　　　　　　　　矩軒

慈足下知有好詩可得一觀曰耶

問
　　　　　　　　　　　郡山

已亥之秋聘使弭節赤馬本藩儒官某等迎接賓館

僕甫成童從後抵此幸覩寬姜張二子之手末童蒙

無知雖不足當著眯一星哉隈坐移晷到今凌人目

想意者姜公指使張公殆杖於朝不知甕鑠如何

答
　　　　　　　　　矩軒

敎意已悉千咨華陽書中幸同盟也

問
　　　　　　郡山

貴國釜山浦上有佛寺号專修此邦僧阮緒幺

30

子源智所扱法基也今存也否

　　答

僕所居去釜山遠遠不知此寺有
無今行會皇不符

撰問何以仰對

　　　　知軒

　　答問

貴國文華固巳聞青泉而其間又三
十年未知近來
嗚國之盛者誰當主牛耳耶白石門人亦有傳其衣
鉢而詩藻之外亦有留意于性学上耶事為細細示
敎如何

　　答

　　　　　　欜山

此邦文學之盛四十年前有狙徠先生者以復古之

學擅步海内從遊如雲噬矢其間者東都有南郭春

臺我藩有周南皆經學文章窺其編奥白石唯以詩

藻鳴耳

昨接朴公諸公於引接寺親承咳唾而座無

車公諸公皆有不豫色扣之對州耕溪公公

在三使臺不得來晃於今遺憾不少因賦鄙

絶四章奉呈

醉雪柳公案下

　　　　郎山

使節住遂夢古今仙舟此夕滯江湄西來不是昔

32

客赤馬關頭紫氣深

其二

臨海舘角山色寒關門斜日落江干君今下榻驪龍
窟顧擲明珠與我看

其三

風流使者不辭勞徙倚批襟意氣高遶海雨捲多壯
觀明朝且望廣陵濤

其四

錦帆遙向海東飛兩岸青山映客衣此地縱魚鱸膾
美秋風起日待君歸

33

昨聞咸池大音遺響猶在耳繫纜不日時言
難再不堪戀戀之情聊賦一律送別　矩軒
濟世海皋三公東遊　廊山

島嶼隣賓館縈迴海氣間韓雲離駟目津樹只怡顏
蘭臭貪三嗅豹文窺一斑以非洵美土早已向東襄

奉呈
矩軒朴公案下　郎山

禹穴誰探得龍門君自攀壯心堪蹈海豪氣早過關
采藥瀛洲去拾珠合浦還嫦娥七女臥或駭羽人顏

游勝魚兒情具好遊非病屢漢家良太史詩照遍名山

奉呈

濟菴李公案下

鄭山

三韓仙使木蘭舟錦纜牙檣紫气流西顧看雲過馬

島東遊指日入蜻洲百年玉帛結和好二國衣冠事

獻酬正是升平照遠通相逢共說土風優

其二

赤馬關高桑域濱仙郎停棹問通津山光帶日入舩

冷樹色含烟夾岸新鼓笛奏來驚海若父章裁作感

江神相逢更似舊知已始信天涯為比隣

奉呈

海臯李公案下　　　　郞山

錦帆東去問滄洲一片長風海霧収忽聽佳人能弄
笛便看仙侶共同舟驚濤振勢沸鮫室畏日增華映
壘樓太史御恩今載筆江山逗處八歌謳

其二

大邦使節滯江關倒屣逢迎共解顏拾得蚌胎生至
賢擧求籠芥員孤山懸弧凤志馳天下掯管大名鳴
世間東道到時多麗句主人惜別送君還

右十首和
章末至

○通刺

尋百載之舊盟修二國之隣交

三大使遙指東萬里滄海一波不起本道無恙繫纜

于赤馬關景福無疆至祝至祝僕姓山名清字子濯

號華陽以講官仕本藩開　文旆未奉命謹候迎于

此乃有日矣今幸得不被迎象面偕盈尺之地感謝

不少僕賤息通喜亦從辱末至敢輕于　學嚴書指

容陪于左右賜咳唾之餘賊飽德之甚實老牛舐犢

之私情也伏詰憐察

俚絶一章奉呈

製述官朴公　　　　　　　華陽

赤馬關頭海色高廣陵東去好觀濤壯遊此處興何
淺七發還教牧叔勞

次酬
　　　　　　　　　　　　　　矩軒

華陽見示韻
　　　　　　　　　　　　　　矩軒

海岸潮聲下絆高兩疆今不起風濤忽看短幅淋漓
筆為問孤撑跋涉勞

再和
　　　　　　　　　　　　　　華陽

矩軒朴公高韻

海雲飛盡晉天高玄光西連千生濤春謝江頭鴻雁

38

卿懷入夢幾回勞

　　和

莘陽再疊韻

頭上銀河去路高，卑夢崢嶸滄濤明，晨潮候西風

　　　　　　　　　　　矩軒

遠不費篙師挨拖勞

　　奉呈

濟菴李公梁下

　　　　　　莘陽

一路三千大海空懸帆，漂淼馭長風，行行不駐知如何

愿看盡扶桑日出東

　　奉和

華陽見示韻　　　濟菴

珠樹摶臺海漫空　仙槎春趂棟花風　百年縞紵神交在　薄水浮生西復東

再扣

濟菴李公高韻　　　華陽

渺渺蒼波涵碧空　客舟暫泊石尤風　結驢誰似故人　酒解縂明朝又向東

再酬　　　濟菴

珊瑚紫氣蕩虛空　拂曙仙舟好馭風　欲問他時相憶　華陽韻

40

慶彩雲迄指日生東

奉呈
海皐李公

西風滄海霽吹烟萬里長流清不連奉使休歌難路
華陽

曲祥雲護送木蘭船
奉酬
華陽贈韻

旭日樓船向紫烟蘋花不定弄漪漣萍水莫傷今日
海皐

別清秋相見卅歸船
齊巷

筆語

萬里隨槎欲訊日出處欠獻芹得　諸君子光顧誠

儀不世因緣筆舌相酬處得傾蓋之歡已

禀　　　　　　華陽

已亥歲僕總弱冠一介書生從本藩儒臣之後迎接

大姉于上下兩闈辱被申學士及徐成張三書記顧

盼陪侍驗壇歃牛耳之餘血執臂一堂中唱酬數回

於今奉餘教戀戀乎不能忘諸懷屈指既三十年忧

惚如夢憾念一至未嘗悵然不掩泣兵諸君今無恙

否顧齒高德邵官途益進爲朝家棟梁歟余髮種種

譾劣如舊老驥伏櫪猶尚弗能十里況駑駘哉生無

一芥補于世徒取不死之嘲也用

復

　　　　　　　　　　矩軒

巳亥去今已三十春秋矣成張己九原難作姜秋水

亦老病屏居山野只有一青泉巋然獨存来時與之

共談日域消患因知扶桑以西大啓文昌運矣今者

得接足下清範始聞節南人唱酬時事帆然如接青泉

於萬里海外也青泉今亦七十翁矣亦無意於名場他

近以迎日太守以寓遺老儌間之地而筋力不減他

人五十時尚娓娓說日東諸詞客不能忘云兩青泉

唱酬諸作有刊傳者否幸為僕覓示之偶登隔海面

目世

再後　　　　　　華陽

成張二子既作地下修文即姜耕牧亦老病罷官可
歎可歎唯申青泉既七十翁瞿鑠尚堪撼齒德可
敬唱酬諸作昔年既彫椊始過桑域然而僕跧家鄉
二百餘里褓中不賒一本不能應公之求是為恨也

又　　　　　　　矩軒

所示奉悉三十年人事觸境一長吁其青泉詩竣逵

時可以得見否幸毋孤此意也

答　　　　　　　華陽

謹諾

稟

華陽

己亥歲張弼文為僕說金剛之勝甚詳悉兵五十三

金人一萬二千之峰銀鑿瑤玉岩石皆似立仙嶙峋

可謂靈區而貴國太典不載各山封祀之數獨何邪

顧如天台不列五岳乎其說亦竭前聞也

後

矩軒

金剛者天下第一洞府五十金佛猶靈佛家誕詭法

門而萬二千蓮花峰色撑比極而鎮東溟弊邦自皇

明以来世恭庶度用是不敢志牲弊於域內山川豈

謂吾東不如林放乎

右四月五日賓館唱和

男兒懸弧雄飛志結髮攘臂遊四方西奔東走窮秦

魯北胡南越问測芒晨發軔於白帝虛宿于蒼梧

之傍七澤風雨晝滇滇九疑衆峰鬱且望直上會誓

探禹穴逐得足跡遍八荒矧又君原貢仙才呃轅怒

向東海来東海海中三神山方丈瀛洲及蓬莱五色

雲烟鎖帝闕塈殿瑤扉金銀臺三花珠樹榮冬夏瑞

芝藹生碧水限群儒尚徉下相迎玉女手捧紫霞盃

吾曾跛人何所赴蹣跚蹙蹴限趾步鼻反曾比轅下

駒少壯誰能千里驚一朝掉我存離羣物眉揮頭望

天路九重宵宴違青雲難逐高足見知遇海上蛟挑

大如盤半餐投我我不餐扶桑長幹撐白日攀援枝

高後盤桓羽客由來天上住介間何能報得看嘉運

假我良緣會俗骨一時謾結歡鼓瑟吹笙歌白雪朱

絃一曲舞鸞驚鳳竄原不栖荊棘須更辭去高羽翼

會日常少別離多浮雲聚散曷能極縱氏山頭鳥不

回天台赤城霞轉忽騰望不及佇立法後期何歲更

難問清風明月重相想朗吟向我遺餘響

右七言古風一篇奉贈

製述官扑云前夕周施于寳館鞭弭之功末竣

共期再會而一朝牽刃分手悵然不可言焉

聊述蕰蔚而已華陽頓首

前夜寳讌之會千秋一奇是唯悵是下獨不

在爲所謂無車公不娯也雖然逯關多日必

有會期不謂一朝俄尔解纜不得一面天查

良緣何不弔吾黨俚律二首奉呈

醉雪抑公案下

　　　　華陽

偁偁使節向東方千騎如雲照路傍始聘初觀周禮

棠執圭遠到漢賢良關山花落春將盡滄海月明波

不揚更喜右文邪代化尋盟百籲會古衰衣

其二

箕邦詞客本豪雄才氣如虹凌上霄擊汰三春臨大
海沉舟萬里馭長風蓬壺迤指彩雲裡賜谷行看紅
日東王事寧道勞跋涉懸弧功業遠遊中

七言律二章奉呈

濟菴李公

華陽

為唱皇華寵遠詞臣奉使自風流乘春久旆出鶯
谷破浪錦帆遜馬州寧威毒河博望與邏同觀樂延
陵遊决决何者衣東海唯有芙蓉白雪浮

貴國長今照一稱驚谷

其二

仙藉曾聞列上班泛搓飄忽到人間絳旗曉出紫霞

洞端氣霄明赤馬關珠樹三花迎客發盤桃大實為

誰攀東行更有天台在偏恐劉即去不還

貴國開城府松岳山下有紫霞洞高麗侍中
茶洪甞搆堂于此製紫霞洞曲盖扱仙人来
壽之詞
此邦洛東有敢谷二号天台山

五律二章奉呈

海皋李公案下

　　　　　　華陽

彩鷁海東浮雄罷為壯遊波光晴見雪氣畫生眼

藥是探蓬島搖應泝漢流支機成研後詩戒編蟾洲

誰道室斯遠相思一葦通交情無彼此地勢但西東

談熟筆揮際道存目擊中不妨音吐共四海豈兄同

右解纜後托對州儒臣大沛枴溪贈之
和章未至

長門戊辰問槎卷上

長門戊辰問槎
韓客對話贈答

여기서부터 영인본을 인쇄한 부분입니다. 이 부분부터 보시기 바랍니다.

조선후기 통신사 필담창화집
번역총서를 간행하면서

　20세기 초까지 한자(漢字)는 동아시아 사회의 공동문자였다. 국경의 벽이 높아서 사신 외에는 국제적인 교류가 불가능했지만, 문자를 통한 교류는 활발했다. 중국에서 간행된 한문 전적이 이천년 동안 계속 한국과 일본을 비롯한 주변 나라에 전파되었으며, 사신의 수행원들은 상대방 나라의 말을 못해도 상대방 문인들에게 한시(漢詩)를 창화(唱和)하여 감정을 전달하거나 필담(筆談)을 하며 의사를 소통했다.

　동아시아 삼국이 얽혀 싸웠던 임진왜란이 7년 만에 끝난 뒤, 조선에 군대를 파견하였던 중국과 일본은 각기 왕조와 정권이 바뀌었다. 중국에는 이민족인 청나라가 건국되고 일본에는 도쿠가와 막부가 세워졌다. 조선과 일본은 강화회담이 결실을 맺어 포로도 쇄환하고 장군이 계승할 때마다 통신사를 파견하여 외교를 회복했지만, 청나라와에도 막부는 끝내 외교를 회복하지 못하고 단절상태가 계속되었다. 일본은 조선을 통해서 대륙문화를 받아들일 수밖에 없었고, 그 방법 중 하나가 바로 통신사를 초청할 때 시인, 화가, 의원 등의 각 분야 전문가를 초청하는 것이었다.

오백 명 규모의 문화사절단 통신사

연암 박지원은 천재시인 이언진(李彦瑱, 1740~1766)이 11차 통신사 수행원으로 일본에 다녀온 지 2년 만에 세상을 뜨자, 이를 애석히 여겨 「우상전」을 지었다. 그 첫머리에 일본이 조선에 다양한 전문가들로 구성된 문화사절단을 파견해 달라고 요청한 사연이 실려 있다.

> 일본이 관백(關白)이 새로 성권을 잡자, 그는 저축을 늘리고 건물을 수리했으며, 선박을 손질하고 속국의 각 섬들에서 기재(奇才)·검객(劍客)·궤기(詭技)·음교(淫巧)·서화(書畫)·여러 분야의 인물들을 샅샅이 긁어내어, 서울로 모아들여 훈련시키고 계획을 갖추었다. 그런 지 몇 달 뒤에야 우리나라에 사신을 파견해 달라고 요청하였는데, 마치 상국(上國)의 조명(詔命)을 기다리는 것처럼 공손하였다.
>
> 그러자 우리 조정에서는 문신 가운데 3품 이하를 골라 뽑아서 삼사(三使)를 갖추어 보냈다. 이들을 수행하는 사람들도 모두 말 잘하고 많이 아는 자들이었다. 천문·지리·산수·점술·의술·관상·무력으로부터 퉁소 잘 부는 사람, 술 잘 마시는 사람, 장기나 바둑 잘 두는 사람, 말을 잘 타거나 활을 잘 쏘는 사람에 이르기까지, 한 가지 기술로 나라 안에서 이름난 사람들은 모두 함께 따라가게 되었다. 그런데 이들 가운데서도 문장과 서화를 가장 중요하게 여기지 않을 수가 없었다. 왜냐하면 그들은 조선 사람의 작품 가운데 한 글자만 얻어도 양식을 싸지 않고 천 리 길을 갈 수 있기 때문이었다.

도쿠가와 이에하루(德川家治)가 쇼군을 계승하자 일본 각 분야의 대표적인 인물들을 에도로 불러들여 조선 사절단 맞을 준비를 시킨 뒤, "마치 상국의 조서를 기다리는 것처럼 공손하게" 조선에 통신사를 요청하였다. 중국과 공식적인 외교가 단절되었으므로, 대륙문화를 받아들이기 위해 조선을 상국같이 모신 것이다. 사무라이 국가 일본에는 과거제도가 없기 때문에 한문학을 직업삼아 평생 파고든 지식인들이 적어서, 일본인들은 조선 문인의 문장과 서화를 보물같이 여겼다.

조선에서도 국위를 선양하기 위해 여러 분야의 문화 전문가들을 선발하여 파견했는데,『계림창화집(鷄林唱和集)』이 출판된 8차 통신사(1711년) 때에는 500명을 파견했다. 당시 쓰시마에서 에도까지 왕복하는 동안 일본인들이 숙소마다 찾아와 필담을 나누거나 한시를 주고받았는데, 필담집이나 창화집은 곧바로 출판되어 널리 읽혔다. 필담 창화에 참여한 일본 지식인은 대륙의 새로운 지식을 얻었을 뿐만 아니라, 일본 사회에서 전문가로서의 위상도 획득하였다.

8차 통신사 때에 출판된 필담 창화집은 현재 9종이 확인되었으며, 필담 창화에 참여한 일본 문인은 250여 명이나 된다. 이는 7차까지 출판된 필담 창화집을 모두 합한 것보다 훨씬 많은 수인데, 통신사 파견이 100년 가까이 되자 일본에서도 한문학 지식인 계층이 두터워졌음을 알 수 있다. 8차 통신사에 참여한 일행 가운데 2명은 기행문을 남겼는데, 부사 임수간(任守幹)이 기록한『동사록(東槎錄)』이나 역관 김현문(金顯門)이 기록한 또 하나의『동사록』이 조선에 돌아와 남에게 보여주기 위해 일방적으로 쓴 글이라면, 필담 창화집은 일본에서 조선과 일본의 지식인들이 마주앉아 함께 기록한 글이다. 그러기에 타인의 눈을 통해 자신의 모습을 객관적으로 볼 수 있다.

16권 16책의 방대한 분량으로 다양한 주제를 정리한 『계림창화집』

에도막부 초기의 일본 지식인은 주로 승려였기에, 당연히 승려들이 통신사를 접대하고, 필담에 참여하였다. 그 다음으로 유자(儒者)들이 있었는데, 로널드 토비는 이들을 조선의 유학자와 비교해 "일본의 유학자는 국가에 이용가치를 인정받은 일종의 전문 지식인에 지나지 않았다"고 규정하였다. 그 가운데 상당수는 의원이었으므로 흔히 유의(儒醫)라고 하는데, 한문으로 된 의서를 읽다보니 유학에도 관심을 가지게 된 것이다. 이노 작스이(稻生若水)가 물고기 한 마리를 가지고 제술관 이현과 서기 홍순연 일행을 찾아가서 필담을 나눈 기록이 『계림창화집』 권5에 실려 있다.

> 이 현 : 이 물고기는 우리나라의 송어입니다. 조령의 동남 지방에 많이 있어, 아주 귀하지는 않습니다.
> 홍순연 : 이 물고기는 우리나라의 농어와 매우 닮았습니다. 귀국에도 농어가 있는지 모르겠지만, 이것과 같지 않습니까? 농어가 아니라면 내가 아는 물고기가 아닙니다.
> 남성중 : 이 물고기는 우리나라 송어입니다. 연어와 성질이 같으나 몸집이 작으며, 우리나라 동해에서 납니다. 7~8월 사이에 바다에서 떼를 지어 강으로 올라가는데, 몸이 바위에 갈려 비늘이 다 떨어져 나가 죽기까지 하니 그 성질을 모르겠습니다.

그는 일본산 물고기의 습성을 자세히 설명하고 조선에도 있는지 물었지만, 조선 문인들은 이 방면의 전문가들이 아니어서 이름 정도나

추정했을 뿐이다. 홍순연은 농어라고 엉뚱하게 대답하기까지 하였다. 조선 문인이라면 모든 것을 알 수 있을 것이라고 기대했기에 생긴 결과인데, 아직 의학필담으로 분화되기 이전의 형태다. 이 필담 말미에 이노 작스이는 이런 기록을 덧붙여 마무리했다.

> 『동의보감』을 살펴보니 "송어는 성질이 태평하고 맛이 달며 독이 없다. 맛이 진기하고 살지다. 색은 붉으면서 선명하다. 소나무 마디 같아서 이름이 송어이다. 동북쪽 바다에서 난다"고 하였다. 지금 남성중의 대답에 『동의보감』의 설명을 참고하니, '鮏'은 송어와 같은 것이다. 그러나 '송어'라는 이름은 조선의 방언이지, 중화에서 부르는 이름이 아니다. 『팔민통지(八閩通志)』(줄임)『해징현지(海澄縣志)』 등의 책에 모두 송어가 실려 있으나, 모습이 이것과 매우 다르다. 다른 종류인데, 이름이 같을 뿐이다.

기록에서 보듯, 이노 작스이는 다수의 의견에 따라 이 물고기를 '송어'라고 추정한 후, 비교적 자세한 남성중의 대답과 『동의보감』의 기록을 비교하여 '송어'로 결론 내렸다. 그런 뒤에 조선의 '송어'가 중국의 송어와 같은 것인지 확인하기 위해 중국의 여러 지방지를 조사한 후, '송어'는 정확한 명칭이 아니라 그저 조선의 방언인 것으로 결론지었다. 양의(良醫) 기두문(奇斗文)에게는 약초를 가지고 가서 필담을 시도하였다.

> 稻生若水 : 이 나뭇잎은 세 개의 뾰족한 끝이 있고 겨울에 시들지 않으며, 봄에 가느다란 꽃이 핍니다. 열매의 크기는 대두만하고, 모여서 둥글게 공처럼 되며, 생길 때는 파랗고, 익으면 자흑색이 됩니다. 나무

에 진액이 있어 엉기면 향이 나고, 색이 붉습니다. 이름은 선인장 나무입니다. (줄임)

　　기두문 : 이것이 진짜 백부자(白附子)입니다.

제술관이나 서기들이 경험에 의존해 대답한 것과 달리, 기두문은 의원이었으므로 자신의 지식을 바탕으로 확실하게 대답하였다. 구지현박사의 연구에 의하면 이노 작스이는 『서물류찬(庶物類纂)』이라는 박물지를 편찬하기 위해 방대한 자료를 수집·고증하고 있었는데, 문화 선진국 조선의 문인에게 서문을 부탁하여, 제술관 이현이 써 주었다. 1,054권이나 되는 일본 최대의 백과사전에 조선 문인이 서문을 써 주어 권위를 얻게 된 것이다.

출판사 주인이 상업적인 출판을 위해 직접 필담에 참여하다

초기의 필담 창화집은 일본의 시인, 유학자, 의원 등 전문 지식인이 번주(藩主)의 명령이나 자신의 정보욕, 명예욕에 따라 필담에 나선 결과물이지만, 『계림창화집』 16권 16책은 출판사 주인이 직접 전국 각 지역에서 발생한 필담 창화 원고들을 수집하여 출판한 것이다. 따라서 필담 창화 인원도 수십 명에 이르며, 많은 자본을 들여서 출판하였다. 막부(幕府)의 어용 서적을 공급하던 게이분칸(奎文館) 주인 세오겐베이(瀨尾源兵衛, 1691~1728)가 21세 청년의 몸으로 교토지역 필담에 참여해 『계림창화집』 권6을 편집하고, 다른 지역의 필담 창화 원고까지 모두 수집해 16권 16책을 출판했을 뿐 아니라, 여기에 빠진 원고들까지 수집해 『칠가창화집(七家唱和集)』 10권 10책을 출판하였다.

　『칠가창화집』은 『계림창화속집』이라고도 불렸는데, 7차 사행 때의 최대 필담 창화집인 『화한창수집(和韓唱酬集)』 4권 7책의 갑절 규모에 해당한다. 규모가 이러하니 자본 또한 막대하게 소요되어, 고쇼모노도 코로(御書物所)인 이즈모지 이즈미노조(出雲寺 和泉掾) 쇼하쿠도(松栢堂) 와 공동 투자하여 출판하였다. 게이분칸(奎文館)에서는 9차 사행 때에 도 『상한창화훈지집(桑韓唱和塤箎集)』 11권 11책을 출판하여, 세오겐베 이(瀨尾源兵衛)는 29세에 이미 대표적인 출판업자로 자리매김하게 되 었다. 그러나 안타깝게도 38세에 세상을 떠나, 더 이상의 거질 필담 창화집은 간행되지 못했다.

필담창화집 178책을 수집하여 원문을 입력하고 번역한 결과물

　나는 조선시대 한문학 연구가 조선 국경 안의 한문학만이 아니라 국경 너머를 오가며 외국인들과 주고받은 한자 기록물까지 연구해야 한다는 생각으로, 첫 번째 박사논문을 지도하면서 '통신사 필담창화 집'을 과제로 주었다. 구지현 선생은 1763년에 파견된 11차 통신사 구 성원들이 기록한 사행록 9종과 필담창화집 30종을 수집하여 분석했는 데, 박사학위를 받은 뒤에도 필담창화집을 계속 수집하여 2008년 한국 학술진흥재단의 토대연구에 『조선후기 통신사 필담창수집의 수집, 번 역 및 데이터베이스 구축』이라는 과제를 신청하였다. 이 과제를 진행 하면서 우리 팀에서 수집한 필담창화집 178책의 목록과, 우리가 예상한 작업진도 및 번역 분량은 다음과 같다.

1) 1차년도(2008. 7.~2009. 6.) : 1607년(1차 사행)에서 1711년(8차 사행)까지

연번	필담창화집 책 제목	면 수	1면 당 행수	1행 당 글자 수	예상되는 원문 글자 수
001	朝鮮筆談集	44	8	15	5,280
002	朝鮮三官使酬和	24	23	9	4,968
003	和韓唱酬集首	74	10	14	10,360
004	和韓唱酬集一	152	10	14	21,280
005	和韓唱酬集二	130	10	14	18,200
006	和韓唱酬集三	90	10	14	12,600
007	和韓唱酬集四	53	10	14	7,420
008	和韓唱酬集(결본)				
009	韓使手口錄	94	10	21	19,740
010	朝鮮人筆談幷贈答詩(國圖本)	24	10	19	4,560
011	朝鮮人筆談幷贈答詩(東京都立本)	78	10	18	14,040
012	任處士筆語	55	10	19	10,450
013	水戶公朝鮮人贈答集	65	9	20	11,700
014	西山遺事附朝鮮使書簡	48	9	16	6,912
015	木下順菴稿	59	7	10	4,130
016	鷄林唱和集1	96	9	18	15,552
017	鷄林唱和集2	102	9	18	16,524
018	鷄林唱和集3	128	9	18	20,736
019	鷄林唱和集4	122	9	18	19,764
020	鷄林唱和集5	110	9	18	17,820
021	鷄林唱和集6	115	9	18	18,630
022	鷄林唱和集7	104	9	18	16,848
023	鷄林唱和集8	129	9	18	20,898
024	觀樂筆談	49	9	16	7,056
025	廣陵問槎錄上	72	7	20	10,080
026	廣陵問槎錄下	64	7	19	8,512
027	問槎二種上	84	7	19	11,172

028	問槎二種中	50	7	19	6,650
029	問槎二種下	73	7	19	9,709
030	尾陽倡和錄	50	8	14	5,600
031	槎客通筒集	140	10	17	23,800
032	桑韓醫談	88	9	18	14,256
033	辛卯唱酬詩	26	7	11	2,002
034	辛卯韓客贈答	118	8	16	15,104
035	辛卯和韓唱酬	70	10	20	14,000
036	兩東唱和錄上	56	10	20	11,200
037	兩東唱和錄下	60	10	20	12,000
038	兩東唱和後錄	42	10	20	8,400
039	正德韓槎諭禮	16	10	18	2,880
040	朝鮮客館詩文稿(내용 중복)	0	0	0	0
041	坐間筆語附江關筆談	44	10	20	8,800
042	七家唱和集－班荊集	74	9	18	11,988
043	七家唱和集－正德和韓集	89	9	18	14,418
044	七家唱和集－支機閒談	74	9	18	11,988
045	七家唱和集－朝鮮客館詩文稿	48	9	18	7,776
046	七家唱和集－桑韓唱酬集	20	9	18	3,240
047	七家唱和集－桑韓唱和集	54	9	18	8,748
048	七家唱和集－賓館縞紵集	83	9	18	13,446
049	韓客贈答別集	222	9	19	37,962
예상 총 글자수					589,839
1차년도 예상 번역 매수 (200자원고지)					약 8,900매

2) 2차년도(2009. 7.~2010. 6.) : 1719년(9차 사행)에서 1748년(10차 사행)까지

연번	필담창화집 책 제목	면수	1면 당 행수	1행 당 글자 수	예상되는 원문 글자 수
050	客館璀璨集	50	9	18	8,100
051	蓬島遺珠	54	9	18	8,748
052	三林韓客唱和集	140	9	19	23,940
053	桑韓星槎餘響	47	9	18	7,614

054	桑韓星槎答響	106	9	18	17,172
055	桑韓唱酬集1권	43	9	20	7,740
056	桑韓唱酬集2권	38	9	20	6,840
057	桑韓唱酬集3권	46	9	20	8,280
058	桑韓唱和塤篪集1권	42	10	20	8,400
059	桑韓唱和塤篪集2권	62	10	20	12,400
060	桑韓唱和塤篪集3권	49	10	20	9,800
061	桑韓唱和塤篪集4권	42	10	20	8,400
062	桑韓唱和塤篪集5권	52	10	20	10,400
063	桑韓唱和塤篪集6권	83	10	20	16,600
064	桑韓唱和塤篪集7권	66	10	20	13,200
065	桑韓唱和塤篪集8권	52	10	20	10,400
066	桑韓唱和塤篪集9권	63	10	20	12,600
067	桑韓唱和塤篪集10권	56	10	20	11,200
068	桑韓唱和塤篪集11권	35	10	20	7,000
069	信陽山人韓館倡和稿	40	9	19	6,840
070	兩關唱和集1권	44	9	20	7,920
071	兩關唱和集2권	56	9	20	10,080
072	朝鮮人對詩集1권	160	8	19	24,320
073	朝鮮人對詩集2권	186	8	19	28,272
074	韓客唱和/浪華唱和合章	86	6	12	6,192
075	和韓唱和	100	9	20	18,000
076	來庭集	77	10	20	15,400
077	對麗筆語	34	10	20	6,800
078	鳴海驛唱和	96	7	18	12,096
079	蓬左賓館集	14	10	18	2,520
080	蓬左賓館唱和	10	10	18	1,800
081	桑韓醫問答	84	9	17	12,852
082	桑韓鏘鏗錄1권	40	10	20	8,000
083	桑韓鏘鏗錄2권	43	10	20	8,600
084	桑韓鏘鏗錄3권	36	10	20	7,200
085	桑韓萍梗錄	30	8	17	4,080
086	善隣風雅1권	80	10	20	16,000
087	善隣風雅2권	74	10	20	14,800
088	善隣風雅後篇1권	80	9	20	14,400

089	善隣風雅後篇2권	74	9	20	13,320
090	星軺餘轟	42	9	16	6,048
091	兩東筆語1권	70	9	20	12,600
092	兩東筆語2권	51	9	20	9,180
093	兩東筆語3권	49	9	20	8,820
094	延享五年韓人唱和集1권	10	10	18	1,800
095	延享五年韓人唱和集2권	10	10	18	1,800
096	延享五年韓人唱和集3권	22	10	18	3,960
097	延享韓使唱和	46	8	14	5,152
098	牛窓錄	22	10	21	4,620
099	林家韓館贈答1권	38	10	20	7,600
100	林家韓館贈答2권	32	10	20	6,400
101	長門戊辰問槎상권	50	10	20	10,000
102	長門戊辰問槎중권	51	10	20	10,200
103	長門戊辰問槎하권	20	10	20	4,000
104	丁卯酬和集	50	20	30	30,000
105	朝鮮筆談(元丈)	127	10	18	22,860
106	朝鮮筆談1권(河村春恒)	44	12	20	10,560
107	朝鮮筆談1권(河村春恒)	49	12	20	11,760
108	韓客對話贈答	44	10	16	7,040
109	韓客筆譚	91	8	18	13,104
110	韓人唱和詩	16	14	21	4,704
111	韓人唱和詩集1권	14	7	18	1,764
112	韓人唱和詩集1권	12	7	18	1,512
113	和韓文會	86	9	20	15,480
114	和韓唱和錄1권	68	9	20	12,240
115	和韓唱和錄2권	52	9	20	9,360
116	和韓唱和附錄	80	9	20	14,400
117	和韓筆談薰風編1권	78	9	20	14,040
118	和韓筆談薰風編2권	52	9	20	9,360
119	鴻臚傾蓋集	28	9	20	5,040
예상 총 글자수					723,730
2차년도 예상 번역 매수 (200자원고지)					약 10,850매

3) 3차년도(2010. 7.~ 2011. 6.) : 1763년(11차 사행)에서 1811년(12차 사행)까지

연번	필담창화집 책 제목	면수	1면당 행수	1행당 글자수	예상되는 원문 글자수
120	歌芝照乘	26	10	20	5,200
121	甲申槎客萍水集	210	9	18	34,020
122	甲申接槎錄	56	9	14	7,056
123	甲申韓人唱和歸國1권	72	8	20	11,520
124	甲申韓人唱和歸國2권	47	8	20	7,520
125	客館唱和	58	10	18	10,440
126	鷄壇嚶鳴 간본 부분	62	10	20	12,400
127	鷄壇嚶鳴 필사부분	82	8	16	10,496
128	奇事風聞	12	10	18	2,160
129	南宮先生講餘獨覽	50	9	20	9,000
130	東渡筆談	80	10	20	16,000
131	東槎餘談	104	10	21	21,840
132	東游篇	102	10	20	20,400
133	問槎餘響1권	60	9	20	10,800
134	問槎餘響2권	46	9	20	8,280
135	問佩集	54	9	20	9,720
136	賓館唱和集	42	7	13	3,822
137	三世唱和	23	15	17	5,865
138	桑韓筆語	78	11	22	18,876
139	松菴筆語	50	11	24	13,200
140	殊服同調集	62	10	20	12,400
141	快快餘響	136	8	22	23,936
142	兩東鬪語乾	59	10	20	11,800
143	兩東鬪語坤	121	10	20	24,200
144	兩好餘話상권	62	9	22	12,276
145	兩好餘話하권	50	9	22	9,900
146	倭韓醫談(刊本)	96	9	16	13,824
147	倭韓醫談(寫本)	63	12	20	15,120
148	栗齋探勝草1권	48	9	17	7,344
149	栗齋探勝草2권	50	9	17	7,650
150	長門癸甲問槎1권	66	11	22	15,972

151	長門癸甲問槎2권	62	11	22	15,004
152	長門癸甲問槎3권	80	11	22	19,360
153	長門癸甲問槎4권	54	11	22	13,068
154	萍遇錄	68	12	17	13,872
155	品川一燈	41	10	20	8,200
156	表海英華	54	10	20	10,800
157	河梁雅契	38	10	20	7,600
158	和韓醫談	60	10	20	12,000
159	韓客人相筆話	80	10	20	16,000
160	韓館應酬錄	45	10	20	9,000
161	韓館唱和1권	92	8	14	10,304
162	韓館唱和2권	78	8	14	8,736
163	韓館唱和3권	67	8	14	7,504
164	韓館唱和續集1권	180	8	14	20,160
165	韓館唱和續集2권	182	8	14	20,384
166	韓館唱和續集3권	110	8	14	12,320
167	韓館唱和別集	56	8	14	6,272
168	鴻臚摭華	112	10	12	13,440
169	鷄林情盟	63	10	20	12,600
170	對禮餘藻	90	10	20	18,000
171	對禮餘藻(明遠館叢書 57)	123	10	20	24,600
172	對禮餘藻(明遠館叢書 58)	132	10	20	26,400
173	三劉先生詩文	58	10	20	11,600
174	辛未和韓唱酬錄	80	13	19	19,760
175	接鮮瘖語(寫本)1	102	10	20	20,400
176	接鮮瘖語(寫本)2	110	11	21	25,410
177	精里筆談	17	10	20	3,400
178	中興五侯詠	42	9	20	7,560
예상 총 글자수					786,791
3차년도 예상 번역 매수 (200자원고지)					약 11,800매

1차년도에는 하우봉(전북대) 교수와 유경미(일본 나가사키국립대학) 교수를 공동연구원으로 하여 고운기, 구지현, 김형태, 허은주, 김용흠 박

사가 전임연구원으로 번역에 참여하였다. 3년 동안 기태완, 이지양, 진영미, 김유경, 김정신, 강지희 박사가 연구원으로 교체되어, 결국 35,000매나 되는 번역원고를 마무리하였다.

일본식 한문이 중국식 한문과 달라서 특히 인명이나 지명 번역이 힘들었는데, 번역문에서는 독자들이 읽기 쉽도록 한국식 한자음으로 표기하고, 첫 번째 각주에서만 일본식 한자음을 표기하였다. 원문을 표점 입력하는 방법은 고전번역원에서 채택한 방법을 권장했지만, 번역자마다 한문을 교육받고 번역해온 과정이 다르기 때문에 재량을 인정하였다. 원본 상태를 확인하려는 연구자를 위해 영인본을 뒤에 편집하였는데, 모두 국내외 소장처의 사용 승인을 받았다.

원문과 번역문을 합하여 200자원고지 5만 매 분량의『조선후기 통신사 필담창화집 번역총서』를 12,000면의 이미지와 함께 편집하고 4차에 나누어 10책씩 출판하는 과정이 복잡하고 힘들었기에, 연세대학교 정갑영 총장에게 편집비 지원을 신청하였다.『조선후기 통신사 필담창수집 번역본 30권 편집』정책연구비(2012-1-0332)를 지원해주신 정갑영 총장에게 감사드린다.

『조선후기 통신사 필담창화집 번역총서』를 편집하는 과정에 문화재청으로부터『통신사기록 조사 및 번역, 데이터베이스 구축』연구용역을 발주받게 되어, 필담창화집을 비롯한 통신사 관련 기록을 세계기록유산으로 등재하는 작업에 참여하게 된 것도 기쁜 일이다. 통신사 관련 기록들이 모두 데이터베이스로 구축되어 국내외 학자들이 한일문화교류, 나아가서는 동아시아문화교류 연구에 손쉽게 참여하게 된다면『통신사 필담창화집 번역총서』의 사명을 다하는 것이라고 생각한다.

▒ 최이호(崔二浩)

1978년 전남 완도 출생.
조선대학교 국어국문학부를 졸업하고, 중학교에서 한문을 가르쳤으며,
현재 고려대학교 번역협동과정 박사에 재학 중이다.
광주 백천서당, 한국고전번역원 부설 번역교육원 전문과정Ⅰ을 거쳐
현재 전문과정Ⅱ에서 한문 공부를 하고 있다.
역서로는 『중용구경연의(中庸九經衍義)』(공역)가 있다.

조선후기 통신사 필담창화집 번역총서 27
長門戊辰問槎 · 韓客對話贈答

2014년 8월 28일 초판 1쇄 펴냄

역 자 최이호
발행인 김흥국
발행처 도서출판 보고사

등록 1990년 12월 13일 제6-0429호
주소 서울특별시 성북구 보문동7가 11번지 2층
전화 922-5120~1(편집), 922-2246(영업)
팩스 922-6990
메일 kanapub3@naver.com
http://www.bogosabooks.co.kr

ISBN 979-11-5516-302-3 94810
      979-11-5516-055-8 (세트)
ⓒ 최이호, 2014

정가 30,000원

이 도서의 국립중앙도서관 출판예정도서목록(CIP)은 서지정보유통지원시스템 홈페이지
(http://seoji.nl.go.kr)와 국가자료공동목록시스템(http://www.nl.go.kr/kolisnet)에
서 이용하실 수 있습니다.(CIP제어번호: CIP2014024682)